Dans les bras de l'Ecossais

BLYTHE GIFFORD

Dans les bras de l'Ecossais

Les Historiques

éditions HARLEQUIN

Collection : LES HISTORIQUES

Titre original : RETURN OF THE BORDER WARRIOR

Traduction française de MARIE-FRANCE BALAZS-KNOPP

ÉDITIONS HARLEQUIN
83-85, boulevard Vincent Auriol, 75646 PARIS CEDEX 13.
Service Lectrices — Tél. : 01 45 82 47 47
www.harlequin.fr
ISBN 978-2-2803-1149-6 — ISSN 1159-5981

Chapitre 1

Middle March, Marches écossaises,
fin de l'été 1528

Quelque chose n'allait pas. Il n'aurait su expliquer quoi, mais il en était certain, même à cette distance.

Cela faisait dix ans qu'il n'avait pas vu se dresser devant lui l'imposante tour du château familial — pas depuis qu'on l'avait envoyé au loin, à la cour du petit roi. Entre-temps, le souverain avait grandi et venait de le réexpédier chez lui avec une mission à accomplir.

Une mission dont il comptait bien s'acquitter promptement, pour quitter cet endroit au plus vite et ne jamais y revenir.

Les rayons du soleil projetaient un inquiétant jeu d'ombre et de lumière sur l'herbe verte. Son cheval broncha nerveusement, tandis que le vent apportait vers lui le son lancinant d'une plainte funèbre.

Voilà ce qu'il avait pressenti. La mort. Quelqu'un venait de passer.

Mais qui ?

Rassemblant les rênes, il éperonna sa monture, en songeant à la famille qu'il avait laissée derrière lui bien des années plus tôt. Son père, son frère aîné, sa sœur cadette. Sa mère était morte l'an passé ; au moins lui avaient-ils envoyé un message pour l'en informer.

La seule qu'il eût envie de revoir, c'était sa sœur, Bessie.

Il se secoua. Après tout, ce n'était peut-être pas un membre de la famille qu'ils étaient en train de pleurer. La maisonnée comprenait d'autres personnes. Il n'en traversa pas moins la vallée au galop, comme s'il importait qu'il arrive au plus vite.

Parvenu devant le portail du mur d'enceinte, il fut accueilli par un sonore : « Qui va là ? », ainsi qu'il s'y attendait. Il ne connaissait pas le garde en faction, qui ne le reconnut pas non plus.

Mais, après dix ans, qui le reconnaîtrait céans ?

D'un geste décidé, il ôta son heaume d'acier poli pour montrer ses traits et sentit avec plaisir l'air frais sur son visage.

— C'est John Brunson. Sir John. Le roi m'a fait chevalier.

Il avait dû attendre des années et parcourir bien des miles avant de pouvoir dire cela !

— Allez dire à Geordie le Rouge que son plus jeune fils est là.

Pas pour longtemps, ajouta-t-il à part lui.

L'homme prit appui sur sa pique et le dévisagea.

— Geordie Brunson ? Personne ne peut plus rien lui dire. Il est couché sur son lit de mort.

John demeura silencieux, incapable de feindre la moindre apparence de consternation ou de chagrin.

John, ou sir John, ce n'était pas suffisant pour convaincre le garde de le laisser entrer. Malgré la petite foule qui se rassemblait pour la veillée, on le fit attendre devant la porte, pendant qu'on allait quérir son frère Rob pour vérifier son identité. John ne pouvait les blâmer de cet excès de prudence ; c'était la coutume dans les Marches.

Cela dit, la confiance ne régnait pas davantage dans l'entourage du roi. Simplement, la suspicion était moins ostentatoire.

Bien plus barbu, grand et large d'épaules que John n'en avait gardé le souvenir, Rob apparut soudain en haut des remparts. Il se croisa les bras d'un air de doute, sans se soucier de laisser son frère suer sous son armure. Si on l'avait surnommé Rob le Noir, c'était autant pour son humeur sombre que pour sa chevelure d'ébène. De nouvelles rides marquaient son front, constata John. Sans doute s'étaient-elles creusées quand il s'était réveillé pour apprendre qu'il était désormais le chef du clan.

— Tu prétends être mon frère, étranger ?

Ainsi, même Rob s'avérait incapable de l'identifier au premier coup d'œil ! Après tout, c'était compréhensible. John n'avait que douze ans lorsqu'il avait quitté le château, à peine un adolescent.

— Oui. L'homme qui se tient devant toi est bien le fils de Geordie le Rouge.

— Un Storwick pourrait en dire autant !

Ce scepticisme, ce dédain… C'était exactement à cela qu'il s'était attendu.

— Qu'est-ce qui te ramène ici ? lança Rob d'un ton revêche.

Il n'avait pas dit « à la maison », comme s'il était évident pour lui que Brunson Tower n'était pas le foyer de John.

Mais tout était différent, désormais. Il n'était pas là en suppliant. Au lieu de quémander la permission de Rob et son aide, il était en droit de lui dicter ce qui devait être.

— Je suis envoyé par le roi Jacques, cinquième de ce nom.

Un ricanement accueillit cette précision.

— Ce n'est pas un sésame ! Trouve autre chose, l'ami.

Depuis quinze ans, le jeune roi était dirigé par ses conseillers, et son nom n'inspirait guère de crainte dans les Marches. John le connaissait toutefois assez pour savoir que cela allait changer, très bientôt.

Il haussa les épaules.

— Regarde mes yeux, et tu me reconnaîtras !

Johnnie Blunkit, c'était ainsi qu'on le surnommait naguère. Le seul Brunson qui eût les yeux bleus.

— Si tu es un Brunson, alors tu dois savoir quel était le nom de ton arrière-arrière-grand-père !

John fouilla sa mémoire en vain. Il essaya de se rappeler la vieille *Ballade des Brunson*, mais seuls les premiers vers résonnèrent dans sa tête.

Silencieux comme le lever de la lune, sûr comme les étoiles,

Fort comme le vent qui balaie le Carter Bar…

Il n'en savait pas plus sur les siens, et c'était encore trop à son goût.

— Je ne sais peut-être pas le nom de mon arrière-arrière-grand-père, mais je me souviens que tu as essayé de m'initier à l'escrime, Rob le Noir. Ta lame a glissé, et j'en porte toujours la marque entre mes côtes.

Une cicatrice que certaines dames de la cour avaient trouvée particulièrement excitante !

Rob ne se dérida pas, mais il esquissa un mouvement de tête à l'intention des gardes. La porte s'ouvrit en grinçant sur ses gonds.

John entra dans la cour à cheval et jeta autour de lui un coup d'œil désorienté, cherchant à reconnaître les lieux. Etait-ce là le coin où Rob et lui s'entraînaient naguère à manier la dague et l'épée ? Et ici l'endroit où sa sœur et lui avaient enterré leurs jouets ? Le manoir ne lui semblait pas plus familier que la série de châteaux où il avait séjourné avec le roi pendant toutes ces années.

Et guère plus accueillant…

Une mince jeune fille, dont les cheveux roux cascadaient sur les épaules, s'avança soudain dans la cour.

— Johnnie ?

Bessie ! Sa sœur, au moins, l'avait reconnu. Elle avait huit ans lorsqu'il était parti. En tant que cadets, ils étaient toujours ensemble, soudés contre le monde.

Et voilà qu'elle était devenue une femme.

Il mit pied à terre et l'étreignit, prolongeant un peu l'instant pour se donner une contenance. Un petit répit, le temps de réfléchir et d'avoir l'illusion fugace qu'il appartenait toujours à ce lieu.

— Oh ! Johnnie ! Je leur ai toujours dit que tu reviendrais un jour.

Il l'écarta légèrement pour voir ses yeux. Bruns, comme ceux de tous les Brunson à part lui. Mais, aujourd'hui, ils étaient rougis par les larmes.

Il secoua la tête.

— Pas pour longtemps, Bessie.

Le moins longtemps possible, et jamais plus ensuite !

Enfin descendu du rempart, Rob s'avança pour lui donner l'accolade, mais sans la moindre chaleur.

— Je dois te parler, commença John. Le roi veut que nous…

Rob l'arrêta d'un geste impérieux.

— Quoi qu'il désire, je n'en écouterai pas un mot pour l'instant. Cela attendra que nous ayons mis Geordie le Rouge en terre, afin qu'il repose avec nos aïeux.

C'était toujours ainsi, se souvint John. Tout travail, toute vie cessaient complètement pendant les jours de deuil qui précédaient l'enterrement.

C'était peut-être la coutume ici, dans les Marches, mais le roi n'avait pas le temps d'attendre.

Il tint cependant sa langue et suivit Bessie à l'intérieur du manoir. Sa lourde armure protesta en cliquetant, tandis qu'ils gravissaient l'escalier menant à la grande salle.

— Je l'ai trouvé ce matin dans son lit, expliqua Bessie, comme si elle pensait que cela l'intéressait le moins du monde. J'étais inquiète, parce qu'il n'était pas descendu déjeuner avec nous. Il est mort dans son sommeil, sans personne pour recueillir ses dernières paroles.

Elle chuchotait, comme si elle craignait de se remettre à pleurer si elle parlait trop fort.

— Emporté sans avoir eu le temps de nous dire adieu…

Pourtant, il semblait paisible, ajouta-t-elle d'une voix tremblante. On aurait dit qu'il dormait encore.

— Dans son lit ! marmonna Rob derrière eux. Ce n'est pas une mort pour un guerrier.

Bessie s'arrêta à la porte de la salle.

— Je dois aller préparer son corps, murmura-t-elle.

Elle étreignit John de nouveau, brièvement, puis continua à monter l'escalier vers l'étage où gisait leur père, planant au-dessus d'eux tous tel un archange du mal.

Elle, au moins, pleurait sincèrement Geordie Brunson le Rouge.

Ils entrèrent dans la salle remplie de monde, dont la vaste cheminée occupait la moitié du mur opposé. En fait d'assemblée en pleurs, John se retrouva d'abord devant une table occupée par une demi-douzaine de guerriers.

— Voici mon frère John, annonça Rob, sans faire la mention de son nouveau titre de chevalier.

Ni la plus petite allusion au fait qu'il ait pu venir pour une autre raison que la mort de son père…

L'un après l'autre, les convives se levèrent pour l'accueillir. Tous portaient de grossières vestes en laine et des bottes de cuir usé ; des hommes rudes, endurcis par la guerre et la vie difficile qu'ils menaient. Ils lui serrèrent la main tour à tour en l'accolant, lui accordant d'emblée leur confiance. Parce qu'il était un Brunson, ni plus ni moins.

Le dernier à se lever fut un personnage moins carré d'épaules, qui était installé dos à la porte. Il se retourna enfin pour l'accueillir, et John, étonné, se trouva en face d'une femme, dont le regard brun rencontra le sien avec moins de chaleur que celui des autres.

— Voici Cate, la présenta Rob. Ce sont ses hommes.

Il prononça ces mots comme si c'était la chose la plus naturelle du monde.

La femme était grande, mince, et aussi blonde que ce Viking aux yeux marron qui, d'après la légende, était l'aïeul de tous les Brunson. Un nez légèrement aquilin, un menton carré et des joues creuses… Rien dans le visage ni le corps de l'inconnue ne dénotait la moindre douceur féminine.

Une femme qui refusait d'en être une… Comment fallait-il la traiter ?

Il tendit la main pour serrer la sienne, ainsi qu'il avait fait avec tous les autres, mais elle ne répondit pas au geste et se contenta d'incliner brièvement la tête. Laissant gauchement retomber son bras, il inclina la tête à son tour, en dissimulant tant bien que mal son embarras. Puis il baissa les yeux, cherchant d'un regard machinal la courbe des seins et des hanches. Il ne trouva que des angles. Rien qui puisse contribuer au confort d'un homme !

D'ailleurs, aucun des hommes présents n'était tenté d'en chercher là, à en juger par leur expression.

— Vous êtes donc une Brunson ? demanda-t-il.

Elle lui faisait vaguement penser à quelque lointaine cousine, depuis longtemps oubliée.

Cate releva le menton et secoua la tête, ébouriffant dans ce mouvement sa chevelure coupée court.

— Je suis une Gilnock.

Les Gilnock étaient des parents éloignés qui descendaient du même Viking sanguinaire que les Brunson, et la seule famille des Marches à la réputation encore plus impitoyable que la leur.

— Mais elle vit sous notre toit, à présent, intervint Rob.

Sous la protection des Brunson, ainsi qu'il advenait d'ordinaire aux orphelins du clan.

D'un geste brusque, elle congédia ses hommes et se rapprocha de Rob et de John.

— Il faut que je vous parle, Rob.

Sa voix surprit John — plus basse et profonde qu'il ne s'y attendait, comme si elle chuchotait des secrets dans le noir.

— Geordie le Rouge est mort avant d'avoir pu tenir sa promesse. Que va-t-il se passer maintenant ?

John haussa les sourcils, en se demandant quelle pouvait bien être la promesse en question.

— Il n'était pas votre père, observa-t-il.

Pourtant, elle ressemblait bien plus que lui à une Brunson. L'espace d'un instant, la pensée le traversa qu'elle avait endossé des habits d'homme pour usurper sa place.

— C'était mon chef de clan, répliqua-t-elle. Il avait juré de protéger ma famille.

— Un Brunson vous a donné sa parole, déclara Rob, une note de colère dans la voix. On la tiendra, n'ayez crainte !

Dans les Marches, la parole d'un homme l'engageait au-delà de la mort. A la cour, elle était souvent oubliée après le dîner.

— Quand ? insista-t-elle.

— Après l'enterrement, assura Rob. Cela devra attendre jusque-là.

Et, jetant à John un regard d'avertissement, il ajouta :

— Et les autres choses aussi.

Cate surprit le coup d'œil et se tourna vers John.

— Vous n'êtes donc pas revenu à cause de sa mort ?

Elle l'évaluait du regard, prête à le juger sur sa réponse. Différant en cela des autres femmes, elle n'éveillait pas en lui la moindre chaleur. En vérité, elle lui semblait aussi froide et farouche que son frère.

Rob voulait le faire attendre jusqu'après les funérailles. Mais si son père était mort, le roi, lui, était bien vivant. Et impatient.

— J'apporte un ordre du roi, déclara-t-il d'une voix brève.

— Tu veux dire de ses oncles ou de sa mère, rétorqua Rob avec dédain. A moins que ce ne soit de son beau-père ?

Pas plus que Cate Gilnock, il ne semblait désireux d'apprendre de quoi il retournait. John comprenait sa réticence. De six ans plus jeune que lui, Jacques portait le titre de roi depuis sa naissance mais, pendant les seize années qui venaient de s'écouler, il était demeuré sous le contrôle de ses proches.

— Non. A présent, il règne seul, sans intermédiaire.

Cate et Rob restèrent silencieux, soupesant ses paroles.

— Un homme qui va devoir faire ses preuves, dit enfin Rob.

Parlait-il du roi ou de lui ? Cate eut un sourire moqueur.

— Quel est donc ce message si important que votre enfant roi vous a envoyé nous délivrer en armure ?

John se renfrogna. Pour qui se prenait-elle ? Cet attirail guerrier qu'il était si fier de porter en avait impressionné plus d'une, à la cour.

— Il est votre roi aussi bien que le mien !

Elle haussa les épaules.

— Ah bon ? fit-elle de son étrange voix rauque, à la fois dédaigneuse et envoûtante. Je ne l'ai jamais vu et ne lui ai jamais fait allégeance, que je sache. Jusqu'ici, c'est ma famille et moi-même qui avons assuré ma protection. Pas votre roi.

— Cela va changer, assura John. Il veut que nos hommes se joignent à lui pour combattre le traître qui l'a retenu captif ces deux dernières années.

Le « traître » en question avait été un temps le régent du pays, mais les choses pouvaient changer…

— Et le petit roi vous a envoyé nous dire cela ? lança Cate avec mépris. Vous auriez pu vous épargner le déplacement. Les Brunson ne se battront pas pour un roi de Fife. Ils se battront pour remplir la promesse de Geordie le Rouge, qui m'a juré d'expédier de vie à trépas Willie Storwick le Balafré !

Le Balafré ? John se demanda ce que l'homme avait bien pu faire pour susciter une telle vindicte. Mais quelle importance, après tout ? Si c'était son père qui avait engagé sa parole, eh bien, elle était rompue à présent qu'il était mort !

— Le roi vous ordonne de combattre ses ennemis, pas de vous étriper entre vous. Il n'y aura plus de raids, ni de vols de troupeaux dans les Marches. Je suis venu faire exécuter l'ordre royal.

Et gagner ainsi sa place future aux côtés du roi. Mais ce n'était pas ça qui allait les persuader, il en était bien conscient.

— Et vous voulez aussi empêcher le soleil de se lever le matin ? fit-elle avec un sourire moqueur.

John grimaça. Si un homme lui avait lancé ce genre de plaisanterie, il aurait répondu d'un direct en pleine face.

— Le roi exige…

— Le roi ne règne pas ici, l'interrompit Rob de cet air sombre qui lui avait valu son surnom. C'est nous qui décidons.

— Ta loyauté ne va tout de même pas au roi d'Angleterre ?

— Ma loyauté va à ma famille. Et la tienne ?

John secoua la tête. Son chemin et celui des siens s'étaient séparés bien des années plus tôt ; jamais il n'en avait été aussi conscient qu'en cet instant.

— Nous devons tous notre loyauté au trône. L'Ecosse doit être unie, si elle veut devenir un vrai pays.

Cate se dirigea vers la porte d'un pas décidé, comme si elle ne voulait plus rien entendre.

— Je ne dois rien à votre roi ! lâcha-t-elle. Retournez près de lui et dites-lui de nous laisser tranquilles.

Quelle impudence ! Pour qui se prenait-elle ? John se tourna vers son frère, attendant sa décision, mais Rob semblait littéralement pétrifié par le chagrin. Toute sa vie, il s'était préparé à prendre un jour la tête de la famille. Pourtant, une certaine incertitude se devinait en lui, malgré la ligne têtue de ses mâchoires.

Longtemps, les habitants des Marches s'étaient considérés comme au-dessus du roi, qu'il soit d'Ecosse ou d'Angleterre. Cependant, le moment était mal choisi pour contraindre un fils en deuil à choisir entre l'ordre du roi et la promesse de son père.

Si Cate rendait à Rob sa parole, cela faciliterait le choix, évidemment. Il n'aurait alors plus à vaincre que l'entêtement de son frère, et non le fantôme d'un homme mort.

Pour que les Brunson acceptent de faire route vers l'est afin de joindre leurs forces à celles du roi, il fallait que Cate Gilnock renonce à ses exigences et s'écarte de leur chemin.

C'était ce qu'il allait devoir la persuader de faire, et vite ! Le roi s'attendait à le voir lui amener ses hommes avant l'hiver.

La soupe fut servie, et l'on commença à raconter des histoires — des histoires qui mettaient en scène le meilleur côté de Geordie le Rouge… et le pire. Refusant de partager une hilarité ou un chagrin qu'il ne ressentait pas, John laissa Rob et les autres dans la grande salle et se mit en quête d'un endroit où déposer ses armes et sa cuirasse.

Evitant l'étage où gisait le corps de son père, il se dirigea vers le dortoir. Il avait fait le voyage seul, sans même un page, afin de cheminer plus vite, et surtout de garder sa mission secrète. Aussi dut-il ôter lui-même son armure, tout en réfléchissant au problème que représentait Cate Gilnock.

Pendant les quelques journées de deuil précédant les funérailles, il allait laisser Rob pleurer son père et ferait du charme à la jeune femme. D'ici à l'enterrement, il saurait bien la persuader de délivrer Rob de cette fameuse promesse.

Cate ne ressemblait à aucune femme qu'il avait connue mais, malgré les apparences, elle était comme les autres, il n'en doutait pas. En s'y prenant bien avec elle, il devrait pouvoir la persuader de renoncer à sa vengeance et de se calmer un peu. La raisonner ne servirait à rien, bien entendu, mais il y avait d'autres moyens, songea-t-il avec un sourire.

S'il ne savait trop comment s'y prendre avec sa famille, il n'en allait pas de même avec les femmes. Il savait comment les flatter, les cajoler, comment vaincre leurs feintes résistances et leur extorquer un sourire ou un baiser. A la cour, le roi et lui avaient souvent partagé la même maîtresse. John avait même servi de mentor au jeune homme, bien que le souverain n'eût guère eu besoin de conseils en ce domaine.

Rasséréné, il descendit l'escalier à la recherche de Cate Gilnock. A en juger par son comportement, elle n'avait jamais dû être courtisée. Quelques douces paroles, un sourire ravageur… et elle délivrerait Rob de l'imprudente promesse que leur père avait jugé bon de lui faire !

Les Brunson pourraient alors se mettre en route pour rejoindre leur roi.

Après avoir quitté les deux frères, Cate se força à descendre posément l'escalier de la tour, alors qu'elle aurait voulu courir. Elle inspira profondément. Il fallait se contrôler. Manifester de la peur n'était pas un bon moyen de tenir les hommes à distance, elle le savait, mais celui-là, avec ses propos enjôleurs et son armure de chevalier, l'effrayait plus qu'elle ne l'avait été depuis des années.

Pas parce qu'elle craignait qu'il lui fasse du mal physiquement — elle ne laisserait plus jamais aucun homme porter la main sur elle —, mais à cause du jugement qu'elle avait lu dans ses yeux. Ce regard critique sur l'armure qu'elle avait construite autour de sa vie, comme ces plaques de fer dissimulées entre les épaisseurs matelassées de sa veste…

Dieu merci, il ne connaissait pas la vérité ; sinon, ce serait encore pire.

Elle se rendit aux écuries, où son limier avait été relégué jusqu'aux funérailles. D'ordinaire, Belde était toujours à son côté, et sa présence la rassurait. Mais dans une maison en deuil, un chien pouvait se faire tuer s'il s'approchait trop du mort.

Plutôt se faire tuer elle-même !

Belde remua la queue en la voyant et la renifla des talons aux genoux, selon son habitude. Cela lui prit plus longtemps, cette fois, sans doute parce qu'il percevait sur elle une odeur qui ne lui était pas familière.

— C'est le nouveau Brunson que tu sens, murmura-t-elle en le grattant derrière les oreilles.

Un Brunson qui menaçait de détruire la fragile protection qu'elle avait érigée autour d'elle.

— Mords-le quand tu le verras !

Occupé à décrypter cette nouvelle senteur, le chien ne releva pas la tête. Elle lui passa les bras autour du cou et enfouit son visage dans la fourrure rousse. Elle ne pleurerait pas, non. Et seul cet animal serait témoin de son chagrin.

D'habitude, les hommes de son entourage l'acceptaient telle qu'elle était, sans commentaires. Et si elle n'était pas exactement un compagnon d'armes pour eux, aucun ne voyait en elle une femme. Cette partie d'elle était morte, et elle ne laisserait personne la ressusciter.

Surtout pas ce Brunson aux yeux bleus.

Relevant la tête, elle plaqua une expression décidée sur son visage. Sa détresse resterait un secret entre Belde et elle.

John la trouva dans un coin de la cour, absorbée par une occupation qu'il n'avait jamais vu pratiquer par une femme. Elle jouait de l'épée dans la grise lumière de l'après-midi !

Il l'observa depuis le seuil, plus intrigué que jamais. Cate Gilnock était mince et forte, et son corps se pliait avec aisance à l'exercice. Ce n'était pas la première fois qu'elle tenait une arme, c'était évident. Mais cette épée-là, à moitié aussi haute qu'elle… Un homme aurait eu besoin de ses deux mains pour la manier.

Quelle sorte de femme pouvait s'y essayer ainsi ?

Doucement, il tira sa dague du fourreau. Ce simple poignard ne ferait pas le poids devant l'épée, songea-t-il en longeant le mur en silence. Mais, confrontée à un homme armé, Cate Gilnock ne manquerait pas de rougir et de lui laisser la place.

Elle l'entendit arriver alors qu'il n'était encore qu'à trois pas et se retourna pour lui faire face.

Il leva sa lame et la croisa avec la sienne.

— Vous vous rendez ? fit-il avec un sourire.

— Moi ? Jamais !

Les lèvres serrées, elle fit dévier la dague d'un coup sec, puis lui pointa sa lame sur la poitrine, faisant mine de lui porter un coup d'estoc.

John resserra la main sur la poignée de sa dague et recula d'un pas, en regrettant d'avoir ôté son armure. Désormais sur ses gardes, il para et décrivit un cercle autour d'elle, le plaisir le disputant en lui à l'irritation. C'était là, dans cette cour, qu'il avait appris naguère à combattre, parce que c'était une question de survie pour un habitant des Marches. Depuis, son style s'était affiné auprès du roi, qui avait troqué son épée de bois contre une rapière d'adulte à treize ans.

S'entraîner avec le jeune souverain, sous la férule du même maître, avait développé chez lui une élégance preste qui permettait au petit roi d'accroître son habileté sans qu'aucun des deux adversaires ne soit blessé. Même désavantagé par la nature de son arme, il devait être capable de jouer avec cette femme jusqu'à ce qu'elle s'avoue vaincue.

Le problème était qu'elle n'observait aucune des règles convenues. Elle brandissait son épée avec la rudesse d'un guerrier qui pourfend un ennemi. Il y avait dans ses attaques une passion qui eut tôt fait de l'embraser lui-même — jusque dans ses parties intimes.

Il fit un saut juste à temps pour éviter une botte. Ce n'était pas le moment de se laisser distraire ! Alors qu'il s'attendait à une joute pour rire, voilà qu'il affrontait une guerrière.

Désormais concentré sur le combat, il leva sa dague très haut, prêt à frapper. Cate brandit son épée à deux mains en se tournant sur le côté pour bloquer l'attaque, en une parade intelligente. Mais soulever ainsi la lourde rapière avait épuisé ses forces, et ses bras tremblaient quand elle les abaissa.

Profitant de sa faiblesse, John bondit en avant et les fers se croisèrent de nouveau. Bien préparé cette fois, il fit peser toute sa force dans l'attaque. Elle soutint l'assaut, mais il réussit à écarter son épée et se rapprocha assez pour sentir la poitrine haletante de son adversaire à quelques centimètres de la sienne.

Elle était si près de lui que son imagination se mit à vagabonder et qu'il se surprit à songer aux seins qui se cachaient sous la veste de laine rêche. Il voyait nettement son visage, à présent, ses angles abrupts, ses traits nets. Un double éventail de cils épais ombrait ses yeux bruns, voilant la hargne qu'il lisait dans ses prunelles.

— Alors, vous vous rendez ?

Pantelante, elle secoua la tête. Ses lèvres s'écartèrent, tentatrices. C'était une femme après tout ; un baiser aurait plus de pouvoir sur elle qu'une dague !

D'un geste prompt, il abaissa le bras qui tenait l'épée, puis attira son adversaire vers lui et s'empara de ses lèvres.

Elle s'abandonna une seconde, pas plus.

Ce fut assez pour qu'il perde la tête, oubliant l'épée pour se souvenir seulement que Cate Gilnock était une femme — une femme dont les seins si doux se pressaient contre lui, une femme qui sentait l'été et la bruyère en fleur…

Soudain, elle se raidit et recula le buste, les lèvres toujours rivées aux siennes, si bien qu'il crut d'abord qu'elle jouait.

Il comprit qu'il n'en était rien lorsqu'il sentit la pointe d'un poignard sur sa gorge.

— Laissez-moi ! ordonna-t-elle, si près de lui encore que ses lèvres, tandis qu'elle parlait, effleuraient les siennes. Sinon, je vous tranche la gorge, je le jure !

Il relâcha son étreinte, et elle le repoussa d'un geste brutal, après quoi elle s'essuya la bouche et cracha dans la poussière.

John tâta l'égratignure qu'elle avait laissée sur son cou, heureux encore qu'elle n'ait pas mis sa menace à exécution.

Les yeux de Cate, qu'il avait cru voir s'adoucir sous l'effet du plaisir, flamboyèrent, étrécis de colère.

— Hé ! Doucement ! s'exclama-t-il avec un demi-sourire. C'est un Brunson que vous avez en face de vous, pas un Storwick.

Elle brandit son épée d'une main et son poignard de l'autre.

— C'est un homme que j'ai en face de moi ! Un homme persuadé que ce que je veux ou ne veux pas n'a aucune importance, dès lors que cela fait obstacle à ses privilèges ou à son plaisir !

Il haussa les sourcils, écarta les bras, et s'inclina légèrement.

— Mille pardons, demoiselle !

Paroles aussi peu sincères que les sentiments qui se cachaient derrière…

Elle le dévisagea froidement.

— Vous êtes un étranger, ici ; vous ne connaissez pas les usages. Je veux bien vous laisser la vie sauve, parce que vous êtes un Brunson. Mais il n'y aura pas d'autre avertissement. Que cela ne se reproduise pas. Jamais !

Elle abaissa lentement son épée.

Vous êtes un étranger, ici…

A l'entendre, c'était elle, la Brunson. Elle qui l'avait vaincu à l'épée, elle qui lui prenait sa place à la table familiale ! La colère monta en lui, le faisant grincer des dents.

— Et si je recommence ?

La lame se leva de nouveau, pointée non sur sa gorge cette fois, mais entre ses cuisses.

— Si vous faites ça, vous n'aurez plus jamais l'occasion de coucher avec une femme, je vous en donne ma parole.

Il déglutit, le corps soudain en émoi. Pure réaction physique au défi, rien de plus, songea-t-il. Aucun homme ne pouvait éprouver de désir pour ce genre de femme.

— Alors vous n'avez rien à craindre, Catie Gilnock. La prochaine fois que je coucherai avec une femme, ce ne sera certainement pas vous !

Son épée toujours brandie, Cate le regarda s'éloigner. Elle attendit qu'il ait disparu à l'intérieur du manoir pour abaisser sa lame, puis elle porta les doigts à ses lèvres.

Il avait osé l'embrasser ! Et, l'espace d'un instant, elle avait ressenti ce que devaient éprouver les autres femmes.

Ce qu'elle avait pensé ne jamais ressentir.

Après le raid, après la mort de son père, après… le reste, elle était restée plongée dans une hébétude salvatrice. Les mois s'étaient noyés dans une brume. Certains jours, la seule sensation qui la rattachât encore au monde réel était celle de la truffe de Belde, léchant les larmes qu'elle avait versées sans même s'en rendre compte.

Puis sa léthargie s'était dissipée, et la peur avait pris sa place.

Jour après jour, instant après instant, elle l'avait combattue. Petit à petit, elle avait construit un rempart pour la tenir à l'écart.

Maintenant, plus personne ne cherchait à savoir pourquoi elle n'était pas comme les autres femmes. Sauf Johnnie Brunson. Son sourire nonchalant lui rappelait douloureusement les doutes qu'elle avait étouffés, les regrets qu'elle ne s'était jamais permis. Quand cet homme la regardait, ils resurgissaient… La femme qu'elle avait été, celle qu'elle ne pourrait plus jamais être. Toutes les choses qu'elle voulait oublier, les questions qu'elle ne voulait pas se poser — ni qu'on lui pose.

Les questions auxquelles elle ne répondrait jamais.

Elle ramena son épée à l'armurerie et en polit la lame, reculant le moment de rejoindre l'assemblée. Et de le revoir.

Sans doute n'aurait-elle pas longtemps à batailler contre lui. Il comprendrait vite qu'aucun étranger ne pouvait dicter à un habitant des Marches qui et comment il devait combattre. Ce pays, ces gens, étaient inaccessibles aux caprices d'un roi.

Mais elle se battrait, bien entendu. Elle continuerait à se battre jusqu'à ce que le corps de Willie Storwick le Balafré soit enfin enseveli sous une bonne épaisseur de terre.

A cause de ce qu'il lui avait fait.

Chapitre 2

John regarda Cate entrer dans le hall et se joindre aux hommes réunis près du foyer, sans même lui accorder un coup d'œil.

La veillée funèbre battait son plein, et il était entouré d'étrangers. Rob était monté veiller le mort, qui ne devait pas rester seul jusqu'aux funérailles.

A un moment ou à un autre, il allait devoir se retrouver devant le corps de son père, en sachant que ces yeux définitivement clos ne verraient jamais la broche royale en forme de chardon qu'il avait si fièrement épinglée à sa poitrine.

Un insigne qui ne semblait impressionner personne ici, dans les Marches. Pas même la fille Gilnock.

Au début, il n'avait pas eu l'intention de l'embrasser. Mais lorsqu'elle avait refusé de se rendre et que son regard l'avait défié, aussi implacable que sa lame, cela l'avait… Eh bien, oui, cela l'avait excité, même s'il ne s'attendait guère à trouver à sa bouche un autre goût que celui, froid, de l'acier. Etrangement, les lèvres chaudes de Cate l'avaient grisé, attiré… jusqu'au moment où elle l'avait brutalement repoussé.

Peut-être n'avait-elle pas considéré cela comme un défi, mais c'était ainsi que son corps à lui l'avait interprété.

Une femme ne refusait jamais Johnnie Brunson !

Il l'observa au milieu de tous ces hommes. Quelle sorte de femme était-ce là ? Sa chevelure d'un blond très pâle encadrait un visage dur, aussi sec et anguleux que tout le reste de sa personne. Du moins était-ce ce qu'il avait pensé, avant qu'elle ne soit assez près pour qu'il sente ses seins contre son torse et voie palpiter devant lui l'éventail épais de ses cils.

Il chassa de son esprit les images lascives qui y dansaient et se força à écouter. Cate ne racontait pas d'histoires de son cru, mais riait à celles des autres et les encourageait à poursuivre. En cela, du moins, elle se comportait comme une femme. Sans doute était-elle aussi changeante que toutes celles qu'il avait connues. Le tout allait être de trouver un moyen de la faire changer d'avis.

Attablés à côté de lui, les hommes de Geordie le Rouge racontaient des anecdotes au sujet d'un troupeau volé aux Storwick, puis repris, puis volé de nouveau, se promettant bien d'en dérober d'autres à la mémoire de Geordie.

John ne perdit pas son temps à discuter avec eux. C'était à Rob le Noir de décider s'il y aurait ou non de nouveaux raids, et il ne devait pas le forcer trop tôt à choisir.

Lorsqu'il voulut jeter un nouveau regard vers Cate, il s'aperçut qu'elle avait disparu.

La douce voix de sa sœur se fit soudain entendre derrière lui.

— Tu veux aller veiller un moment près de lui ?

Il se retourna et découvrit Rob et Bessie, le visage marqué par le chagrin.

— Il vaudrait mieux que ce soit un proche parent, objecta Rob.

Comme s'il n'en était plus un !

— Rob, s'il te plaît ! lâcha Bessie avec un soupir de lassitude.

Les deux frères se défièrent du regard, ainsi qu'ils le faisaient dans leur enfance.

— Je suis autant son fils que toi, rétorqua John.

C'était du moins ce qu'il s'était répété chaque fois qu'il avait eu des doutes.

— Je prendrai mon tour de veille, ajouta-t-il en se levant.

Plus d'échappatoire, à présent. Il devait affronter ces adieux.

Lentement, il gravit l'escalier et s'arrêta devant la porte ouverte de la chambre. La flamme de la chandelle qui allait brûler toute la nuit palpitait sur le coffre, près de la cheminée.

Et Cate Gilnock était assise au pied du lit.

Comme si elle était une proche parente, elle, et avait le droit de s'installer là !

Poussé par la colère, il entra dans la chambre pour revendiquer sa place. Son frère, sa sœur, même les hommes de Geordie, étaient plus proches de son père qu'il ne l'était lui-même. Cela, il en avait conscience et l'acceptait.

Mais pas cette femme, cette intruse !

— Je veux rester seul avec lui, annonça-t-il sèchement.

Elle sursauta et porta la main à la poignée de sa dague, puis s'arrêta net en le reconnaissant.

— Si vous êtes incapable de respecter sa parole, alors vous ne devriez même pas être ici ! lança-t-elle.

Ces paroles le frappèrent en plein cœur, aussi acérées qu'une lame.

— Seul ! répéta-t-il d'un ton sans réplique.

Sans un mot, elle se leva et sortit de la pièce.

John s'approcha de la couche. Enveloppé d'un linceul blanc, son père était allongé sur le lit à courtines où il était mort. Il avait du mal à imaginer sa douce sœur aux yeux de biche en train de préparer le corps pour les funérailles. Pourtant il gisait là, les bras le long des flancs, le visage aussi farouche que dans son souvenir. Même dans la mort.

Il aurait dû s'incliner respectueusement et prier pour l'âme de son père, ainsi que Cate avait dû le faire. Ou peut-être aurait-il dû redouter que l'esprit vengeur du défunt ne hante encore les lieux. Il aurait dû ressentir… quelque chose.

Au lieu de cela, il avait l'impression de se trouver dans une chambre vide. Il n'arrivait même pas à imaginer que ce corps était celui de son père — son père toujours si droit, si fort et si avare de paroles, qui n'avait jamais de temps à consacrer à son plus jeune fils, excepté pour faire quelques brèves remarques sur sa façon de manier l'épée ou la massue. Il n'avait pas eu la chance d'être celui que son père affectionnait et éduquait. Non. Il avait été l'oisillon poussé hors du nid et envoyé au roi, sans susciter plus de regret qu'une vache ou un mouton vendus au marché.

Et pas une lettre en dix années, pas le moindre mot, sauf pour lui apprendre la mort de sa mère. Comme s'il avait cessé d'exister après avoir quitté le fief des Brunson.

Eh bien, il était de retour maintenant. Et son père était mort pour de bon, même s'il était déjà mort pour lui depuis dix ans.

Il fit un pas de plus vers le lit et, soudain, une vague de douleur le submergea, lui coupant littéralement les jambes. Vacillant, il dut s'agripper à la colonne du lit. Celui qui avait besoin de pleurer, c'était Rob. Celui qui avait besoin de temps pour se faire à la mort de son père avant d'endosser le fardeau de chef de clan, c'était Rob. Voilà du moins ce qu'il avait cru.

A présent, il devait affronter la vérité. C'était pour lui que c'était trop tôt ! Trop tôt pour accepter le départ de son père. Trop tôt pour renoncer à la lueur d'espoir qui avait brillé en lui tandis qu'il traversait les montagnes au galop, arborant fièrement son armure.

L'espoir qu'il pourrait faire la paix avec son père, enfin.

Trop tard pour cela, désormais.

La paix, si elle était encore possible, c'était avec son frère qu'il allait devoir la négocier.

Il sentit un mouvement derrière lui ; la chambre n'était plus vide.

— Quand l'avez-vous vu pour la dernière fois ?

La voix de Cate, de nouveau.

Il ne se retourna pas, mais laissa affluer en lui les souvenirs.

— J'avais douze ans. Il m'a envoyé à Edinbourg avec juste assez d'hommes pour être sûr que j'arriverais là-bas sain et sauf. Je me souviens… Nous sommes sortis du fort, je me suis retourné pour faire au revoir de la main…

Mais son père avait déjà quitté le rempart. En fait, c'était à cet instant précis que Geordie le Rouge était sorti de sa vie.

John secoua la tête et se redressa, tournant le dos au lit. Il n'y aurait pas de réconciliation. C'était trop tard.

— Cela faisait dix ans que je ne l'avais pas vu.

Les ombres et la lueur de la bougie adoucissaient le visage de Cate, au point que, pendant un instant, il crut qu'elle comprenait.

Ou était-ce seulement de la pitié pour un homme qui était étranger dans sa propre famille ?

Cette pensée l'irrita. C'était elle, l'étrangère, elle qui n'avait pas sa place auprès de ce lit mortuaire !

— Pourquoi priez-vous pour mon père comme si vous étiez une proche parente ? Où est votre père à vous ?

— Mort, comme le vôtre.

Elle déglutit, soudain plus vulnérable qu'il ne l'avait jamais vue.

— Assassiné par Willie Storwick le Balafré…

Il comprenait, maintenant !

— Ainsi, vous avez repris son épée et ses hommes, et vous avez juré de le venger…

La chose était si évidente qu'elle ne se donna même pas la peine d'acquiescer. Lorsqu'il rencontra son regard, toute douceur féminine en avait disparu. Il se trouvait de nouveau face à la guerrière.

— Et votre roi n'aura pas nos hommes tant que je n'aurai pas obtenu vengeance !

Ces mots le glacèrent, tant ils résonnaient comme un serment. La colère, brûlante, reprit cependant vite le dessus en lui. Cette créature obstinée était son ennemie, autant et même plus que les Storwick de l'autre côté de la frontière.

— Le roi aura ses hommes. Sans quoi vous le regretterez, je vous préviens !

Elle fit entendre un reniflement dédaigneux.

— Votre roi ne me fait pas peur.

— Je ne parlais pas du roi.

En voyant ses yeux s'écarquiller, il regretta sa menace, mais l'entêtement de cette fille avait balayé tous ses plans de séduction. Le charme persuasif avait fait long feu.

Il se pencha vers elle, sans céder cette fois à l'attrait de ses lèvres.

— Mais le roi aussi est enclin à la vengeance, reprit-il. C'est pourquoi il s'apprête à détruire l'homme qui l'a retenu captif pendant des années.

— S'il est enclin à la vengeance, il comprendra pourquoi je tiens à la mienne.

— Pas si elle fait obstacle à la sienne !

Il voulait la vaincre ici et maintenant, puisqu'il n'avait pas pu le faire plus tôt, dans la cour.

— Alors, si vous êtes du clan des Brunson, vous ferez comme nous. Le roi aura ses hommes, je suis venu pour m'en assurer.

— Johnnie ! fit une voix féminine où vibrait une légère note de réprobation.

Bessie se tenait sur le seuil. Depuis combien de temps était-elle là, à les observer en silence ?

Et qu'avait-elle vu exactement ?

Elle n'attendit pas qu'il lui pose la question.

— Tu as fait un long voyage, aujourd'hui. Va te reposer. Je vais rester à son chevet.

Il sortit sans un mot, après avoir jeté un dernier regard vers le lit.

A moins que ce ne soit vers Cate Gilnock.

— Vous vous êtes occupée du chien ?

Bessie était la plupart du temps tellement silencieuse que Cate sursautait souvent en l'entendant parler.

— Je l'ai attaché, répondit-elle en reprenant place sur son tabouret. Il est à l'écurie, avec les chevaux.

— Je suis désolée que vous ne puissiez le garder avec vous. Je sais combien vous tenez à lui.

Surprise, Cate cilla. Dire qu'elle avait cru donner le change, en leur laissant penser que Belde était un chien ordinaire, bon à traquer le gibier, sans plus !

Après avoir tiré un siège près du sien, Bessie s'assit et ferma les yeux en soupirant, l'air accablé.

Ne sachant que faire pour l'aider, Cate lui toucha l'épaule.

— Vous n'en pouvez plus. Vous devriez vous allonger et dormir un peu.

Bessie secoua la tête sans ouvrir les yeux.

— Ils vont aller et venir toute la nuit, dit-elle d'une voix douce et résignée.

Puis elle se redressa, carrant les épaules. Elle ressemblait tellement à son frère, en cet instant !

— Je dormirai plus tard, ajouta-t-elle.

Bessie était la femme idéale que tout homme aurait voulu avoir pour épouse — chaste, placide et paisible. Une femme qui regardait le monde autour d'elle sans la moindre illusion, et semblait se satisfaire de son lot dans la vie.

Elles avaient beau partager la même chambre depuis près de deux ans, Cate ne savait toujours pas grand-chose à son sujet.

— Votre frère n'est pas comme les autres, observa-t-elle après un instant de silence.

Il menaçait les défenses qui l'avaient si bien protégée jusqu'ici.

Sans demander auquel de ses frères elle faisait allusion, Bessie acquiesça.

— Nous étions très proches quand il était enfant.

Il existait entre eux une indéniable ressemblance, Cate le voyait bien. Tous deux étaient minces, avec la même chevelure auburn. Pas comme Black Rob, qui tenait plutôt de la famille maternelle.

— Nous l'appelions Johnnie Blunkit, reprit Bessie en souriant, sa tristesse envolée.

— Blunkit ? Pourquoi cela ?

— A cause de ses yeux…

Cate saisit aussitôt le rapport. L'étoffe de Blunkit était d'un bleu lavande tout à fait semblable à la couleur des yeux de John Brunson.

— Il devait détester ce surnom, j'imagine.

— Oui, il a fini par le prendre en grippe.

Cate secoua la tête. Elle avait du mal à imaginer ce robuste chevalier sous les traits d'un enfant.

— C'est curieux, je ne me souviens pas du tout de lui.

— Vous avez pourtant dû le voir quand il était gamin.

— Quand cela ?

Elle ne devait guère avoir plus de dix ans quand John avait été envoyé à la cour, et Bessie était encore plus jeune à l'époque.

— A l'occasion d'un mariage, peut-être, ou du nouvel an. Le manoir était toujours plein de monde en ces occasions.

En fouillant ses lointains souvenirs, Cate se rappela vaguement deux jeunes garçons croisant le fer dans la cour. Le plus grand — ce devait être Rob — avait l'avantage, mais John ne faisait pas de quartier, luttant de toute son énergie en accusant son frère de retenir ses coups.

— Cela fait si longtemps, murmura-t-elle.

Comme elle était loin, la petite fille rieuse de neuf ans qui ne savait rien des horreurs de ce monde et pensait encore se marier un jour !

— J'avais oublié, soupira-t-elle.

— Il n'était pas comme les autres, dit Bessie. Même à cette époque-là.

Cate se demanda dans quelle mesure Bessie connaissait

encore son frère. Tant d'années s'étaient écoulées depuis son départ !

Johnnie Blunkit était un homme, à présent.

Un homme dont le premier réflexe avait été de l'embrasser !

Lorsque John revint dans la grande salle, le feu s'était presque entièrement consumé et le brouhaha des conversations commençait à s'apaiser. Quelques-uns des hommes somnolaient.

Il accepta une chope de bière et un morceau de fromage, son premier semblant de repas de toute la journée.

Rob était assis à l'écart sur le siège en pierre de la fenêtre. Il ne fit pas un geste et ne dit pas un mot quand son frère le rejoignit. John ne savait pas vraiment ce qui le poussait ainsi vers son aîné silencieux, mais il avait au moins admis une chose, son père était bel et bien parti. Le retour triomphal qu'il avait espéré avait complètement échoué ; il n'y aurait pas de réconciliation.

C'était la faveur du roi qu'il devait rechercher, dorénavant. Pas celle d'une famille qui ne s'était de toute façon jamais intéressée à lui et ne s'y intéresserait jamais.

Son père, Cate, son frère… Tous l'avaient jugé d'un coup d'œil et s'étaient détournés. Le roi, lui, ne se détournerait pas — pas quand il lui aurait amené trois cents Brunson pour se battre à ses côtés.

Cate entra dans la salle, et un homme se leva pour aller prendre sa place auprès du mort. Cette fille obstinée, décidée à contrer la volonté royale, occupait ses pensées plus que tout ce qui aurait dû les occuper en cet instant — son père, le roi, sa mission.

Elle ne ressemblait en rien aux femmes qu'il côtoyait à la cour, des femmes toujours prêtes à jeter leur bonnet par-dessus les moulins, ne fût-ce que pour avoir une chance de coucher avec un homme du roi. Même celles qui étaient déjà mariées !

Il la désigna du menton alors qu'elle rejoignait ses hommes à l'autre bout de la salle.

— Plutôt nerveuse, non ?

Rob haussa les épaules.

— Peut-être.

John attendit un instant, mais son frère n'ajouta rien. Agaçant ! A la cour, le silence n'était pas de mise. Les bavardages allaient bon train, même quand les mots ne signifiaient pas grand-chose.

Même quand ils étaient menteurs.

Il insista.

— Pourquoi cela ? Tu en as la moindre idée ?

Nouveau haussement d'épaules.

— Ce n'est pas à moi de le dire.

— Pas à toi de le dire ou pas à moi de l'entendre ?

Rob lui cachait-il quelque chose ? C'était difficile à savoir, tant l'homme était taciturne.

Enfin, il tourna la tête vers lui et le regarda avec cette expression familière qui signifiait : « Comment pourrais-je te prendre au sérieux, petit Johnnie Blunkit ? »

— Les Storwick ont tué son père. Tu t'attendais à la voir se mettre à danser, peut-être ?

John refusa d'abandonner.

— Non. Mais je ne m'attendais pas non plus à la voir habillée en homme et portant une épée !

Rob ne répondit pas, mais son visage parlait pour lui. Le chagrin se lisait sur chacun de ses traits. Lui aussi venait juste de perdre son père. Bien sûr, il ne dansait pas ! Et s'il essayait trop tôt de le contraindre, songea John, il n'enverrait pas non plus d'hommes au roi.

— Elle n'a pas de mère ? reprit-il, rompant de nouveau le silence.

— Non. Elle est morte des années avant son père.

— Des frères, peut-être ? Des sœurs ?

Rob secoua la tête. John comprenait, à présent. Cate Gilnock n'avait plus de famille, alors elle lui volait la sienne. Eh bien, qu'elle la garde. Pour ce qu'il en avait à faire !

— Quand est-ce arrivé ? La mort de son père, je veux dire…

Décidément, Rob prenait plaisir à se laisser arracher les mots de la bouche !

— Il y a deux ans.

Plus longtemps que John ne l'avait pensé. Assez longtemps, en tout cas, pour qu'elle ait achevé son deuil…

— Comment est-il mort ?

Comprenant que son cadet ne le lâcherait pas, Rob poussa un soupir résigné.

— Cate n'en a pas raconté grand-chose… C'était à peu près à cette époque de l'année. Ils étaient encore dans les montagnes avec leurs troupeaux quand Willie le Balafré est arrivé. Il les a tous tués, sauf Cate. Et il a emmené les bêtes, évidemment.

John fronça les sourcils. Tous tués. Un tel massacre n'était pas dans les habitudes des habitants des Marches, aussi farouches soient-ils. Malgré tout, ils avaient épargné la femme, ainsi qu'il se devait.

— Tu n'as pas pu le retrouver ?

— Comment l'aurais-je pu ? Nous n'avons appris la chose que des semaines plus tard.

— Tiens ! Pourquoi cela ? demanda John, surpris.

— Elle les a d'abord enterrés, son père et les autres, avant de descendre des Hautes Terres.

John l'observa de nouveau, cette femme dont le bras tremblait quand elle soulevait une épée. Comment avait-elle trouvé la force physique et morale de faire cela ?

— Et ensuite ?

— Nous avons essayé de mettre la main sur le Balafré, grogna Rob, comme si John l'accusait d'avoir négligé son devoir. Mais les Storwick ont nié la responsabilité de leur chef dans cette affaire. Et ce n'est pas le gouverneur anglais qui l'aurait livré à la justice, tu penses bien.

Les habitants des Marches avaient leurs propres lois, appuyées à l'occasion par les autorités royales des deux côtés de la frontière.

— De toute façon, ça aurait été sa parole contre celle de Willie, poursuivit Rob.

— Père a donc promis à cette fille la justice que les autorités lui refusaient, conclut John.

Il entrevit soudain un espoir. Une proposition qui persuaderait peut-être Rob et les autres de se ranger du côté du roi…

Il se pencha en avant.

— Sa Majesté vient de nommer un nouveau gouverneur. Un Ecossais, cette fois. J'apporte les documents avec moi. Il insistera pour que Storwick soit traduit en justice.

Rob eut une moue de mépris.

— Les magistrats sont tous pareils, qu'ils soient anglais ou écossais.

— Celui-là est différent, insista John, qui se montrait plus sûr de lui qu'il ne l'était réellement.

Après tout, il ne savait pas grand-chose du nouveau gouverneur.

— Tu dois lui laisser le temps de faire ses preuves ! ajouta-t-il.

— Je dois ? Tu nous as quittés et, maintenant, tu reviens me donner des ordres ?

La voix de Rob était montée de plusieurs tons.

— Je ne vous ai pas quittés, rectifia John d'un ton sec. C'est père qui m'a envoyé au loin. L'as-tu oublié ?

Il avait parlé plus bas, avec l'espoir que Rob l'imiterait, mais il n'en fut rien.

— En tout cas, je ne t'ai pas vu revenir à la maison quand tu as eu vingt et un ans !

— Personne ne m'y a invité !

— Tu n'avais pas besoin d'une invitation pour revenir, Johnnie, rétorqua Rob.

Toute l'arrogance du grand frère vibrait dans sa voix.

— Pour recevoir le même accueil qu'aujourd'hui ? se récria John. Merci bien !

— Et qu'as-tu fait depuis ton arrivée, sinon vouloir dicter leur conduite aux Brunson parce que ton précieux roi en a décidé ainsi ? Tu aurais pu au moins laisser ton père être enterré en paix !

John réprima un soupir. Son plan pour circonvenir Rob battait déjà de l'aile.

— Nous n'avons pas beaucoup de temps, allégua-t-il. Le roi a besoin que nous lui amenions nos hommes dans l'East Lothian avant la mi-octobre.

Une lueur s'alluma dans le regard de Rob. Visiblement, il avait enfin compris l'urgence de la situation.

Il se leva.

— Eh bien, Johnnie, mon père est plus important que ton roi. Lui et toi, vous attendrez ma décision. Je ne la prendrai pas avant que Geordie le Rouge ne repose dans la terre de ses ancêtres.

Sur ce, Rob se leva et, lui tournant le dos, quitta la salle.

En le suivant des yeux, John s'aperçut que tout le monde l'observait en silence.

Y compris Cate Gilnock.

Chapitre 3

Ce n'était pas un temps pour des funérailles. Telle fut la première pensée de John le lendemain matin, tandis qu'ils se rassemblaient à l'extérieur des murs du château. Un gai soleil s'était levé pour voir Geordie le Rouge porté en terre.

C'était à Bessie qu'incombait le rôle de mener la procession jusqu'au cimetière, ainsi que l'aurait fait sa mère si elle avait été vivante.

Déconcerté, John regarda sa sœur assumer avec calme ce nouveau devoir. La dernière fois qu'il l'avait vue, c'était une gamine de huit ans. A présent, elle ressemblait à une femme qui avait déjà expérimenté et accepté tous les chagrins que pouvait infliger la vie.

Rob s'avança près du cercueil, premier des porteurs prêts à le soulever sur leurs épaules. John alla se placer de l'autre côté.

— J'ai déjà cinq hommes, dit Rob d'un ton sec. C'est suffisant.

— Mais moi, je suis son fils, rétorqua John en jetant un regard d'avertissement aux autres.

Aussi étranger qu'il fût à son père, à sa propre famille, c'était tout de même son rôle, son droit.

Son devoir.

Les porteurs firent un pas de côté sans attendre la permission de Rob le Noir. Sur ce point, John avait le droit de son côté, ils le savaient.

Il prit sa place parmi eux et, sur un signe de tête de Rob, ils hissèrent le cercueil sur leurs épaules.

Bessie prit la tête du cortège et Cate lui emboîta le pas, prête à lui tendre un bras secourable si elle défaillait. Avec ses cheveux courts, ses braies et ses bottes, elle ressemblait à un jeune garçon.

Le fardeau pesait lourd sur l'épaule de John, qui l'assujettit des deux mains, avec l'impression que le poids de son père l'entraînait vers la terre. Mais pas question de se plaindre ! Pendant le mile et demi qui séparait le château du terrain funéraire, ils ne s'arrêtèrent qu'une fois pour poser le cercueil et reprendre leur souffle.

Le cimetière des Brunson était perché sur le flanc d'une colline, près d'une église désaffectée. Une tombe avait été creusée près de celle de sa mère. Il ne restait plus qu'à sortir le corps du cercueil et à le descendre avec des cordes. Les derniers rites, le prêtre et les prières, ce n'était pas pour eux. Quelques années plus tôt, l'archevêque de Glasgow avait excommunié les clans de cavaliers en les vouant à la damnation éternelle.

Le prêtre était parti.

Les Brunson, eux, étaient restés.

Voilà pourquoi Geordie le Rouge n'avait que sa famille pour l'accompagner à sa dernière demeure. Rien d'autre que ses proches, et la terre à laquelle il appartenait. Peut-être était-ce mieux ainsi, songea John.

Il jeta un regard vers cette vallée que son père avait tant aimée. Des nuages gris s'étaient amassés au-dessus des montagnes, masquant le soleil, et il sentit l'émotion l'envahir.

Cette terre lui tenait à cœur, à lui aussi. Pourtant, il lui était étranger. Son frère et les autres, qui la parcouraient à cheval chaque jour, auraient pu y retrouver leur route même par une nuit sans lune. Mais pour lui, elle était comme une femme à laquelle il n'avait pas encore fait l'amour. Il en voyait la surface, les douces courbes, mais il ignorait quelles parties de son corps répondraient à ses caresses et n'en avait pas encore découvert les recoins secrets.

Du coin de l'œil, il observa Cate, en se demandant ce que cachait son déguisement. Elle incarnait toutes les difficultés qu'il avait à affronter — une famille qui l'avait renié, un pays qui gardait ses secrets, une façon de vivre en opposition avec tout ce qu'il désirait.

Malgré tout, quelque chose en elle l'attirait, l'incitant à la dépouiller de la cuirasse qui la recouvrait, afin de découvrir ses secrets. A sa façon, Cate lui faisait regretter tout ce qu'il avait perdu.

Les notes de la mélodie ancestrale s'élevèrent alors. Bessie et Rob joignirent leur voix aux autres pour entonner la *Ballade des Brunson*, ce chant qu'ils avaient hérité de leurs aïeux — ancêtres oubliés, dont il ne restait plus aujourd'hui que les paroles d'une chanson.

C'est l'histoire, la très vieille histoire,
Du Viking aux yeux bruns, un homme d'autrefois,
Abandonné sur le champ de bataille par le reste de son clan,
Laissé pour mort, tel fut le premier Brunson
Laissé pour mort, tel fut le premier Brunson.
Laissé pour mort et retrouvé vivant,
Viking aux yeux dorés venu de la mer,
Il vécut pour fonder une dynastie.

D'innombrables vers se succédèrent, énumérant tous les Brunson depuis le premier, et leur histoire. Lorsque le dernier vers eut retenti, Rob s'avança pour psalmodier seul :

C'est Geordie le Rouge que je chante aujourd'hui,
Un noble cavalier des Marches,
Jamais il n'exista homme plus fiable,
Loyal jusqu'à la mort et au-delà,
Loyal jusqu'à la mort et au-delà.

Les dernières notes s'éteignirent. La ballade était achevée. Le père de John était enterré, et son legs revendiqué par son héritier. La loyauté. Mais de quelle loyauté parlait Rob ? La loyauté envers les siens ou envers son roi ?

Peut-être hésitait-il encore à choisir.

Ils regagnèrent le manoir encore plus lentement qu'ils ne l'avaient quitté. Devant John, Rob et Bessie marchaient ensemble, épaule contre épaule, le regard fixé droit devant eux, vers la vie qui les attendait.

Une vie où il n'avait pas sa place.

Cate, à sa droite, avait les yeux secs, mais aucun des Brunson n'avait cette flamme dans le regard — une flamme de vengeance bien plus que de chagrin. John eut soudain l'intuition que Rob ne céderait pas, ne pourrait pas céder, tant que Cate serait là à le harceler, le poussant à tenir la promesse de son père. La clé, c'était elle.

Eh bien, les femmes étaient changeantes, non ? La propre mère du roi n'avait-elle pas pris parti tour à tour pour les Anglais, les Français et les Ecossais, changeant de convictions aussi aisément que de mari ? S'il savait s'y prendre avec elle, Cate ferait de même.

Il ne lui restait plus qu'à trouver le bon moyen !

La veille au soir, la grande salle retentissait de bavardages, de rires et de sanglots. A présent, les invités partis, il ne restait plus que les hommes de Rob et de Cate. Et le silence du deuil.

Incapable de feindre un regret qu'il ne ressentait pas, John s'esquiva du manoir. Dehors, au grand air, il pourrait réfléchir plus tranquillement au défi que représentait Cate Gilnock. Oh ! il ne s'agissait pas de se la concilier, pas plus que de la toucher ! Tout ce qu'il voulait, c'était qu'elle renonce à cette vengeance dont il ne comprenait pas vraiment les motivations. Mais la dépouiller de sa cuirasse risquait fort d'être encore plus difficile que de lui ôter ses vêtements.

Sous les murs du château, des poneys de Galloway paissaient dans la prairie, livrés à eux-mêmes jusqu'aux premiers froids.

Laissez-les se nourrir seuls, disait toujours son père. *Cela les rend plus forts.*

John s'arrêta pour tapoter le large poitrail d'un poney bai qui se laissa faire, avançant le bout du nez en quête d'une petite douceur.

John lui montra ses mains vides.

— Pas aujourd'hui, mon garçon. La prochaine fois.

Pour se faire pardonner, il passa la main sur le dos roussâtre de l'animal, dont la chaleur lui pénétra la paume. Lorsqu'ils étaient enfants, Rob le défiait en lui proposant de monter un poney à cru et de faire le tour du château au galop. John gagnait souvent, parce qu'il était plus souple et savait communiquer avec le cheval plutôt que de le forcer à obéir à sa volonté.

Il sourit. Saurait-il renouveler cet exploit aujourd'hui ?

Galvanisé par ses souvenirs, il murmura quelques mots à l'animal, puis recula pour prendre son élan. Le cheval ne broncha pas lorsqu'il se hissa sur son dos et attendit les instructions de son cavalier. John n'avait pas de rênes pour guider sa monture, mais c'était sans importance. Pressant les jambes contre les flancs de l'animal, il le dirigea vers l'endroit où la Liddle Water coulait dans la vallée. Il fut surpris de se rendre compte que, une fois à cheval, il se souvenait des chemins qu'il croyait avoir oubliés depuis longtemps.

En suivant le cours de la petite rivière, il aperçut Cate qui pataugeait à quelque distance de là, de l'eau jusqu'à la taille. Elle avait un chiffon à la main et regardait derrière elle, comme si elle cherchait quelqu'un.

Au lieu de la héler, John arrêta le poney dans un bosquet où on ne pouvait pas le voir puis, curieux, il observa la scène.

Cate jeta le chiffon sur l'autre berge et retraversa le cours d'eau. Elle pouvait bien feindre d'être un homme, cela ne trompait plus John. Il apprécia du regard toutes les nuances de ses cheveux blond cendré qui n'atteignaient pas ses épaules, des épaules bien trop minces pour être celles d'un garçon. Lorsqu'elle escalada la berge, ses vêtements mouillés se plaquèrent sur son corps, attirant l'attention de John sur ce delta secret où se rejoignaient ses cuisses. Etrange comme cet endroit d'habitude caché sous une jupe devenait excitant quand il était moulé par des braies !

Le buste penché, elle s'arrêta pour examiner la vallée, comme si elle pressentait un danger. Des Storwick pouvaient surgir de n'importe où, c'était un fait, mais il était encore tôt dans la saison et il faisait grand jour, ce qui rendait une attaque improbable.

Habitué à se faire silencieux et invisible, le poney n'attira pas son regard. Cate leur tourna le dos et descendit la rive pour disparaître bientôt sous les arbres.

Intrigué, il poussa sa monture en avant, lentement. Que faisait-elle donc avec ce morceau de…

Avant qu'il n'ait eu le temps de formuler sa question, un énorme limier portant un harnais de cuir jaillit des buissons, bientôt suivi de Cate. Le nez au sol, l'animal renifla la trace qu'elle avait laissée, tournant abruptement pour traverser l'eau à l'endroit où elle était passée un peu plus tôt. Puis il se hissa sur la rive opposée et s'empara du morceau d'étoffe en remuant la queue.

Bien entraîné ! songea John.

— Bravo, mon Belde ! Bon chien…

Doucement, il mit pied à terre et s'approcha, tandis que le chien retraversait la rivière.

Elle perçut le bruit de ses pas par-dessus le clapotis de l'eau avant que John n'ait eu le temps de la rejoindre. Avec un léger cri, elle fit volte-face et tira sa dague.

Pas spécialement contre lui, comprit-il. Simplement, elle

se méfiait de tous les bruits. Il leva les mains, paumes vers le haut, dans un geste d'apaisement.

— Ce n'est que moi !

Mais elle n'abaissa pas sa lame pour autant. Le chien atteignit la berge et se mit à tourner autour de lui en le reniflant.

John le repoussa.

— Que fait-il ?

— Il apprend à vous connaître.

Il fit un pas vers elle. Aussitôt, le chien se plaça entre eux et se mit à gronder, l'échine hérissée.

— Qu'est-ce que vous voulez ? demanda-t-elle d'un ton sec.

Elle était littéralement trempée, après ses allées et venues dans l'eau, et ses habits collaient à son corps, révélant toutes ses formes. Seule sa veste bardée de fer pouvait encore donner le change sur son sexe.

John s'efforça de réprimer son soudain émoi.

— Pas de baiser, promis !

Il lui avait affirmé haut et fort qu'il ne coucherait pas avec elle, mais se rendait-elle compte que son corps tenait un tout autre langage ?

— Rappelez votre chien et rengainez votre dague, voulez-vous ?

Elle remit son arme au fourreau et jeta un coup d'œil au poney qui attendait patiemment derrière lui.

— Vous montez Norse ? Il est rapide ! Plus rapide que le vent…

Sa voix s'était soudain adoucie, comme lorsqu'elle parlait au chien.

— Vous faites travailler les poneys, Cate ?

— Oui. C'est mon travail.

Elle se dirigea vers Norse et lui caressa l'encolure. Belde la suivit et s'assit délibérément entre John et elle, dans une attitude protectrice.

La persuasion physique était inutile avec elle, John en

savait déjà quelque chose. Mais les créatures à quatre pattes semblaient être la faille dans son armure.

— Vous faites preuve de bonté envers les animaux.

Elle lui jeta un regard méprisant.

— Je me suis aperçue qu'ils étaient plus gentils et bien meilleurs que les humains.

— Il ne m'était pas venu à l'esprit que les animaux pouvaient éprouver des sentiments.

— Au moins, ils ne tuent pas leurs semblables, eux !

John faillit lui faire remarquer que c'était pourtant elle qui voulait tuer Willie Storwick.

— On ne voit pas quel sujet de dispute pourrait opposer deux moutons, observa-t-il avec un sourire.

Il voulut se pencher vers elle, mais le chien se leva aussitôt en grondant.

Cate saisit son harnais.

— Assis, Belde !

Le chien la regarda, remua la queue et se rassit à ses pieds. John lui jeta un coup d'œil méfiant. Les oreilles tombantes de l'animal et sa face plissée lui donnaient un air nonchalant. Cependant, à voir son comportement, il était aisé de deviner qu'il sauterait à la gorge de quiconque pour peu que sa maîtresse lui en donne l'ordre.

— Il est très protecteur envers vous !

Cate rencontra son regard.

— Il mourrait pour moi, rétorqua-t-elle sèchement.

— C'est curieux que vous l'ayez. D'habitude, quand on rencontre ces chiens-là, ils sont tenus en laisse par des Anglais.

Et suivis par une horde de cavaliers traquant les voleurs de troupeaux à travers rochers et cours d'eau…

— Pas celui-ci.

— Comment l'avez-vous eu ?

L'expression de Cate s'adoucit un instant, comme si elle s'apprêtait à sourire.

— C'est papa qui l'a recueilli !

John hocha la tête. Pour un voleur de troupeaux, c'était sans doute la seule façon honorable de se procurer quelque chose !

— Belde le pourchassait, expliqua-t-elle, visiblement amusée. Mais il a cassé sa laisse et a perdu son maître. Quand il a trouvé mon père, il était si content qu'il s'est contenté de rester là à remuer la queue, pendant que papa lui grattait la tête.

Décidément, elle éprouvait une vraie tendresse pour cet animal !

— Il ne remue pas la queue pour moi.

— C'est parce qu'il ignore si je suis en sécurité avec vous.

— Dites-le-lui, voulez-vous ?

Il rencontra le regard de Cate. S'il parvenait à conquérir l'affection du chien, peut-être la confiance de la maîtresse suivrait-elle.

— Dites-lui que je ne vous veux pas de mal.

Elle déglutit, puis regarda le chien, mais ne prononça pas une parole.

— Comment vous y prendriez-vous pour le lui faire comprendre ? insista-t-il doucement.

— Eh bien, je lui dirais que vous êtes…

Elle releva les yeux et l'examina, incertaine.

— … un ami, acheva-t-elle.

De toute évidence, elle n'était pas sûre que ce nom lui convienne.

John riva son regard au sien et l'envie lui vint tout à coup de mériter ce titre.

— Je *suis* un ami.

Bien qu'elle parût encore dubitative, Cate s'adressa au chien.

— Ami, dit-elle fermement. Tendez-lui la main, poursuivit-elle à l'intention de John.

Il obéit, et Belde lui renifla les doigts avant de les lécher.

— John. Ami, dit-elle de nouveau.

Puis elle sourit.

— Il a compris. Il ne devrait plus gronder contre vous, désormais.

John espéra qu'il en irait de même pour sa maîtresse !

— Depuis combien de temps le dressez-vous ?

— Trois ans.

Puisque seul ce chien semblait détenir le pouvoir d'adoucir Cate, eh bien, il lui parlerait de Belde !

— Etait-il avec vous, la nuit où on a tué votre père ?

Le visage de son interlocutrice se figea instantanément.

Imbécile ! Parle-lui d'autre chose, vite !

— Et les poneys ? s'enquit-il en hâte. Y a-t-il longtemps que vous vous en occupez ?

Allait-elle répondre ? Dieu merci, elle parut surmonter son accès de tristesse.

— Oui. Je n'avais pas de frères, alors mon père comptait sur moi. Et après son départ…

Retrouvant d'un coup sa morosité et toutes les barrières qu'elle avait érigées autour d'elle, elle s'interrompit un instant avant de reprendre, en redressant les épaules :

— Nous avions les plus beaux chevaux de tout le pays. Robustes et infatigables. Ils étaient connus pour pouvoir parcourir soixante miles sans s'arrêter.

Assez pour quitter l'Ecosse au coucher du soleil, s'enfoncer en Angleterre, et revenir avant l'aube… Sans ces montures, les razzias sur les troupeaux auraient été tout bonnement impossibles.

John sentit vibrer une note de fierté dans sa voix. Mieux valait cela que la peur ou la colère !

— Vous faites du bon travail, j'en suis sûr.

Il espérait un sourire. Au lieu de cela, elle se tourna vers le poney en cillant pour refouler ses larmes. John s'avança derrière elle et la prit par les épaules pour l'obliger à lui faire face.

— Là… Il ne faut pas pleurer pour un compliment, voyons !

Belde se releva aussitôt et se mit à gronder.

— Du calme, chien ! lui intima-t-il. Ami.

Pensant qu'elle allait sourire et fondre, ainsi que le faisaient la plupart des femmes quand on les câlinait, il voulut la serrer dans ses bras.

Mal lui en prit ! Avant qu'il n'ait eu le temps de comprendre ce qui lui arrivait, Cate avait levé le genou pour lui donner un coup entre les jambes.

De toutes ses forces.

Il la lâcha instantanément et se plia en deux en étouffant un juron.

— Bon sang !

Le chien s'était mis à aboyer, babines retroussées sur ses impressionnants crocs. Cate agrippa sa fourrure d'une main tâtonnante.

Il y avait tant d'effroi dans ses yeux que John, oubliant sa propre douleur, ne vit plus que sa détresse à elle. L'expression qui avait remplacé la tristesse sur son visage s'apparentait à de l'horreur. Elle le fixait d'un regard écarquillé, mais il eut l'impression qu'elle ne le voyait pas.

— Cate !

Il se redressa à grand-peine, essayant de se faire entendre par-dessus les aboiements furieux du chien.

— Qu'y a-t-il ?

Elle ne répondit pas. Pendant quelques secondes, elle le dévisagea comme si elle avait vu un fantôme.

Puis elle s'agenouilla près de Belde et noua les bras autour de son cou. Alors, seulement, il vit son visage se détendre. Son regard rencontra le sien et elle redevint Cate.

Les Storwick ont tué son père. Tu t'attendais à la voir se mettre à danser ?

Mais cela faisait deux ans, et la mort violente était chose courante dans ces montagnes. Non, la peur de cette femme allait décidément bien au-delà.

Elle se leva, la main toujours posée sur la fourrure de Belde, dont elle reprit la laisse.

— Il faut que j'y aille, marmonna-t-elle sans s'excuser.

Et elle lui tourna le dos, lui signifiant clairement qu'elle ne voulait pas qu'il la suive. Il le fit malgré tout, en claudiquant sous l'effet de la douleur.

Son frère pouvait bien le mépriser et Cate Gilnock le détester, il n'était pas de ces hommes qui terrorisent les femmes. Même quand elles avaient beaucoup à craindre.

Il la saisit par le bras.

— S'il vous plaît, arrêtez !

Elle obtempéra, tout en se dégageant d'un mouvement sec. Le chien gronda de nouveau ; elle le fit taire.

— Je vous ai déjà dit…

— Ecoutez-moi ! la coupa-t-il. Vous avez le droit de ne pas m'aimer. Vous avez le droit de ne pas vouloir que les Brunson se mettent au service du roi. Et je comprends aussi que vous refusiez les baisers. Mais je suis un Brunson, et vous êtes sous la protection de ma famille. Alors vous n'avez pas besoin de tirer un poignard chaque fois que je suis dans les parages !

— C'est vous qui devriez écouter ! rétorqua-t-elle. Je vous ai averti, mais vous vous comportez comme si vous étiez sourd !

— J'ai parfaitement entendu ce que vous m'avez dit, protesta-t-il.

Encore heureux qu'elle ait usé de son genou et non de sa dague, ainsi qu'elle l'en avait menacé !

— Mais c'est à propos d'un baiser que vous m'aviez mis en garde. Et là, je n'ai fait que vous toucher !

— Alors, je vais être assez claire pour que même vous, vous puissiez comprendre. Aucun homme n'a le droit de me toucher. Jamais !

John se rappela le premier jour, quand elle lui avait refusé sa main ; il avait alors trouvé cela bizarre. Et, quelques minutes plus tôt, il avait vu la peur qui se cachait sous cette attitude — un effroi dont il ne comprenait pas la cause.

— Pour qui me prenez-vous ? Je ne suis pas homme à molester une femme. Jamais !

Elle l'observa de ses grands yeux d'un brun profond, héritage de quelque ancêtre commun.

— Je sais, murmura-t-elle enfin.

Ce chuchotement rappela à John leur baiser. Il fit un pas hésitant vers elle, mais s'arrêta avant que le chien n'ait la tentation de lui mordre le mollet.

— Partez, à présent, marmonna-t-il avec une grimace. Il faut que je ramène le poney là-bas.

Elle obéit, mais il la héla avant qu'elle ne soit hors de portée de voix.

— Et ne laissez plus jamais cet animal me gronder dessus. Vous entendez ?

Elle lui jeta un coup d'œil par-dessus l'épaule, avec ce semblant de sourire narquois au coin des lèvres.

Il n'était pas un homme à craindre, certes, mais ce n'était pas le cas de tous les autres, songea-t-il.

De qui avait-elle peur ? Et pourquoi ?

Chapitre 4

Tout en regagnant le manoir au pas de course, Cate eut un long et rude débat avec elle-même.

Elle n'avait laissé aucun homme l'approcher ainsi depuis…

Depuis que c'était arrivé.

Même si les Brunson étaient de la famille, ils ne la traitaient pas comme son père le faisait autrefois, l'étreignant pour lui souhaiter bonne nuit ou lui ébouriffant les cheveux en manière de jeu. Geordie le Rouge n'était pas un homme démonstratif, même avec ses propres enfants.

Cela lui convenait. Ici, elle était protégée, mais personne ne cherchait à s'immiscer dans son intimité.

Excepté cet homme, qui n'avait rien trouvé de mieux pour la réconforter que de vouloir lui passer le bras autour des épaules !

Elle s'était raidie à ce contact, luttant contre la peur qui menaçait de la submerger, et redoutant de tirer sa dague sans pouvoir se contrôler.

La peur, sa vieille ennemie, était bien venue, mais elle était repartie presque aussi vite qu'elle était arrivée. Et si elle avait blessé John Brunson dans sa fierté… et ses parties intimes, du moins ne l'avait-elle pas laissé sanglant sur le terrain.

Car, pour être honnête, son étreinte n'avait rien eu d'une agression. Ni même du prélude à un baiser. L'espace d'une seconde, elle s'était même sentie au chaud et à l'aise, ainsi serrée contre lui.

En sécurité.

Quand avait-elle ressenti cela pour la dernière fois ?

Cate la Hardie, c'était son surnom. Ils la croyaient brave, audacieuse et sans peur parce qu'elle portait des braies et maniait une épée.

Mais elle n'était pas sans peur ; elle était terrifiée.

C'était seulement quand elle avait en main une épée ou une dague qu'elle pouvait surmonter ses angoisses.

C'était seulement avec des vêtements d'homme pour dissimuler sa féminité qu'elle pouvait se lever chaque matin et affronter le monde.

C'était seulement avec Belde à portée de voix qu'elle pouvait survivre à une journée ordinaire.

S'éloigner du château, pour entraîner le chien par exemple, lui demandait un effort surhumain. Et lorsqu'elle finissait par s'y résoudre, elle restait toujours en éveil, guettant l'ennemi.

Mais cet homme l'avait touchée et, l'espace d'un instant, elle n'avait plus ressenti la moindre peur.

Cette constatation l'effrayait plus que tout le reste !

Belde à son côté, elle entra dans la grande salle. Rob le Noir était assis là, tout seul, visiblement accablé de chagrin et la mine aussi sombre que son nom.

Elle sentit son cœur se serrer de compassion pour lui — pour eux tous. Elle aussi avait perdu un père.

Rob et elle ne bavardaient pas souvent. Ce n'était pas dans leurs habitudes. Les paroles étaient comme le feu — nécessaires et bienfaisantes, ou dangereuses selon l'usage que l'on en faisait.

Mais, aujourd'hui, elle avait besoin des paroles pour tenter de comprendre ce grand étranger svelte au regard bleu qui portait le nom des Brunson. Il ressemblait si peu au reste de la famille qu'on avait du mal à le considérer comme un parent, même si Bessie et lui partageaient quelques traits, tels que la forme des yeux, et cet arc des sourcils qui exprimait la fierté. L'intrépidité.

Bessie lui avait parlé du petit garçon, mais c'était l'homme qu'elle voulait essayer de comprendre ; cet homme qui devenait trop proche d'elle, et pas seulement sur le plan physique.

S'arrêtant près de la table, elle attendit que Rob lève les yeux. Lorsqu'il vit Belde, un sourire étira ses lèvres, pour la première fois de la journée.

— Alors, vous l'avez ramené à l'intérieur, hein ?

Pour toute réponse, elle hocha la tête et s'assit de l'autre côté de la table. Le chien se coucha à côté d'elle, tout près du foyer, visiblement heureux d'avoir réintégré la salle.

Elle laissa le silence s'installer. Rob attendait qu'elle parle.

— Ainsi, John est de retour à la maison, dit-elle enfin.

Ce n'était pas une question. C'eût été trop difficile, trop personnel. Et cela aurait dénoté de l'intérêt de sa part.

Le visage de Rob redevint grave.

— On dirait.

Belde s'étira avec un bâillement qui résonna dans la salle déserte.

Cate fit une nouvelle tentative.

— Il est resté longtemps parti.

— Assez pour changer.

Leurs regards se rencontrèrent, et Cate eut l'impression qu'il savait pourquoi elle le questionnait ainsi.

— Changer ?

— Il n'est plus un Brunson.

Une heure plus tôt, elle aurait volontiers acquiescé. John ne parlait pas comme les Brunson, et n'avait pas les mêmes idées que les habitants des Marches, mais il était aussi obstiné que ses proches. De cela, au moins, elle était certaine.

— Peut-être pas, mais il est du même sang que vous. Rien ne peut remplacer cela.

Rien. Jamais.

Si elle était là, en sécurité, c'était parce que Geordie le Rouge l'avait prise sous son aile ; c'était leur code. C'était ainsi qu'ils vivaient. Pour la famille. Pour la loyauté. Pour la parentèle. Etre rejeté par la famille, c'était devenir un homme brisé et errer seul, comme les hors-la-loi qui hantaient le *no man's land* des terres frontalières.

Même John Brunson ne méritait pas un tel destin.

Rob haussa les épaules.

— De toute façon, il ne restera pas longtemps ici.

— Parce que vous voulez qu'il parte ?

— Parce qu'il n'appartient pas à cet endroit.

Elle soupira. C'était exactement ce qu'avait affirmé John. Le sentiment de sécurité qu'elle avait éprouvé avec lui était une illusion. Il allait retourner à la cour, à laquelle il appartenait, près de ce roi dont il parlait sans cesse, entouré par le genre de femmes qui devaient peupler un tel lieu.

Et elle, elle resterait ici.

Seule.

Le bas-ventre encore douloureux, John regarda Cate et son chien franchir les portes et disparaître dans le château. Après avoir un peu récupéré, il boitilla vers la bâtisse, laissant le poney paître près du portail ouest. Il en était à se dire que la dague lui aurait peut-être infligé moins de souffrance que ce coup de genou.

Jusque-là, il ne lui avait pourtant pas semblé difficile de comprendre les femmes. Absorbé par le service du roi, il n'avait guère eu de temps pour s'interroger à leur sujet. Les femmes étaient des créatures versatiles, accommodantes, toujours prêtes à vous faire plaisir, au lit ou ailleurs.

Du moins, celles de la cour.

Sa sœur n'était pas ainsi, bien entendu. Ni sa mère, autrefois. Peut-être les femmes des Marches étaient-elles différentes des autres. Il questionnerait Bessie au sujet de cette Cate Gilnock. Subtilement, bien entendu. Il ne voulait pas qu'elle se sente obligée de choisir entre ses deux frères.

*
* *

Il trouva sa sœur dans la cuisine, occupée à pétrir une boule de pâte d'un mouvement lent et régulier, tout en clignant des yeux pour refouler ses larmes.

Sans se soucier de ses mains collantes, il lui donna l'accolade que Cate avait refusée, et elle posa le front sur son épaule.

— Tu vas bien, Bessie ?

Elle secoua la tête sans la relever.

— Je savais que nous le perdrions un jour. Chaque fois qu'il sortait pour un raid, je me préparais. Mais pas… pas ainsi.

Certains hommes priaient pour mourir paisiblement dans leur lit ; les Brunson n'étaient pas de ceux-là.

Ne sachant que faire ou que dire, il lui tapota le dos jusqu'à ce qu'elle se redresse et se force à sourire. Alors seulement il la lâcha et elle reprit son pétrissage, boxant la pâte qui n'en pouvait mais.

Il se mit à arpenter la cuisine en cherchant comment aborder le sujet qui le préoccupait. Enfin, il fit mine de s'intéresser à une gigantesque carcasse de bœuf suspendue dans un coin, tout en jetant un coup d'œil oblique à sa sœur.

— Elle a un énorme chien, cette Cate, fit-il d'un ton désinvolte.

— Oui. Belde ne la quitte pas. Ils sont aussi proches l'un de l'autre que certains frères.

Pas tous, songea John avec une pointe d'amertume.

— Ainsi, elle a perdu sa famille ?

— Oui.

Occupée à façonner une miche, Bessie ne releva pas les yeux.

— A-t-elle toujours été si…

Il hésita. Quel mot exprimerait sa pensée ?

— … si vindicative ? dit-il enfin.

Oui, c'était le terme qui convenait, même si cela ne cadrait pas avec la peur qu'il avait lue dans ses yeux.

— Même avant ? insista-t-il.

Avant quoi ? se demanda-t-il. Avant la mort de son père ? Ou quelque chose d'autre ?

Bessie mit longtemps à répondre.

— As-tu déjà connu un habitant des Marches qui ne soit pas vindicatif ?

Non, admit-il à part lui.

Alors pourquoi s'était-il imaginé qu'il pourrait la faire renoncer à sa vengeance et se tourner vers le jeune roi Jacques ? A présent qu'il était revenu, il se rappelait tout ce que les années passées à la cour lui avaient fait oublier.

Œil pour œil, dent pour dent…

C'était le seul verset de la Bible que son père ait jamais su par cœur !

Bessie parut lire dans ses pensées.

— Tu sais, il a toujours espéré que tu reviendrais à la maison.

Luttant contre la poignante nostalgie que ces mots éveillaient en lui, il secoua la tête. Seule Bessie pouvait penser une chose pareille. Comme beaucoup de femmes, elle inventait une histoire à partir de paroles qui n'avaient jamais été prononcées.

Il était trop tard pour faire la paix avec son père. Rob était désormais le chef de famille, ainsi qu'il y était destiné depuis sa naissance. Il n'y avait pas de place pour lui ici. Qu'y aurait-il fait ? Partager avec son frère les maigres ressources de ces terres ? Peut-être était-ce pour cela que son père l'avait envoyé au loin.

— Rob et toi, vous êtes brouillés, n'est-ce pas ?

Il sursauta. Bessie était incroyable ! Tranquille et observatrice, elle avait toujours eu le don de déchiffrer les pensées des gens, de deviner les non-dits, surtout quand on tenait à les cacher.

En l'occurrence, cependant, il n'était peut-être pas si

difficile de deviner. Rob n'avait pas cherché à dissimuler le mépris qu'il éprouvait pour lui.

— Nous sommes différents…

— Il est seul, maintenant, Johnnie.

Cette réflexion le surprit. Il avait toujours pensé que son frère connaissait sa place et l'assumait. Rob et son père avaient toujours été très proches, même quand Rob n'était encore qu'un gamin.

Geordie le Rouge consacrait des heures et des heures à son aîné, lui apprenant à monter, à se battre, à suivre les pistes quand il n'y avait pas de clair de lune, lui montrant les meilleurs endroits pour cacher le bétail.

Aucun des deux ne parlait beaucoup. Un hochement de tête, un grommellement ou un haussement d'épaules leur suffisaient pour communiquer, ce qui était une bonne chose, car tous deux étaient particulièrement taciturnes.

Et dans la bataille, John n'en doutait pas, ils auraient combattu ensemble avec une parfaite cohésion, l'un achevant les actions de l'autre sans même qu'ils aient besoin de se concerter.

Mais, maintenant, comme venait de le lui faire remarquer Bessie, Rob restait tout seul. Cela ne l'avait pas incité pour autant à se ranger de son côté, mais expliquait peut-être pourquoi il paraissait hésiter entre sa requête au nom du roi et les incitations belliqueuses de Cate.

Une pensée soudaine le frappa.

— Est-ce que Rob songe à se marier ?

Un soupir lui répondit.

— Se marier avec qui ?

— Avec Cate Gilnock.

Décidément, il semblait que tous les sujets de conversation aboutissent à elle ! Il se remit à arpenter nerveusement la cuisine et se cogna la tête à un pot suspendu, auquel il assena une tape. Si Rob soupirait pour Cate Gilnock, sa loyauté envers elle, au-delà de la parenté, devenait compréhensible.

— Ils semblent bien assortis, ajouta-t-il.

Un léger sourire retroussa les lèvres de Bessie, comme si elle savourait une plaisanterie qu'il ne pouvait comprendre.

— Trop bien, si tu veux mon avis ! Il n'y a pas la moindre flamme, là-dedans. Du moins pas celle qui devrait brûler entre un homme et une femme.

John ignora le soulagement qu'il éprouva à ces mots. Une autre pensée lui vint tout à coup.

— Et toi ? As-tu quelqu'un en vue ? Tu sembles en savoir un rayon sur les rapports entre hommes et femmes !

Sa petite sœur, qui était une femme, à présent… Il était plus que temps pour elle de trouver un mari.

Elle acheva de façonner une autre miche, qu'elle rangea près de la première, puis elle se retourna pour lui faire face.

— J'en sais long précisément parce que je n'ai personne.

John se rappela tous ceux qui lui avaient serré la main la veille. Joe Sans-Doigts, Jock l'Etrange, et tous les autres. Non, aucun d'eux n'était assez bien pour sa Bessie. Pour la première fois, il songea à l'avenir de sa sœur. Qu'allait-il advenir d'elle ? En tant que frère plus âgé, il avait autrefois protégé une timide et frêle petite créature. Mais la fillette de naguère n'avait plus rien à voir avec la femme qui se tenait devant lui. Une femme forte que n'importe quel homme se réjouirait d'avoir à ses côtés. Il n'avait jamais vu cette force-là chez aucune femme à Stirling.

Une énergie qui lui rappelait irrésistiblement Cate Gilnock.

Il chassa cette pensée intempestive de son esprit.

— Tu pourrais venir à la cour avec moi.

— Vraiment ?

Elle pinça sa jupe de laine grossière, comme si elle allait plonger dans une révérence.

— Attifée ainsi ? Ce serait charmant, pour rencontrer le roi !

— Nous pourrions te trouver… euh… quelque chose d'autre.

Que connaissait-il des vêtements des femmes ? Il savait à la rigueur les leur ôter !

Bessie laissa retomber sa jupe et retourna à son pain.

— Tu as bon cœur, Johnnie Brunson, mais tu te fais des illusions.

Elle avait raison. Elle ne serait pas mieux accueillie à la cour qu'il ne l'avait été lui-même à Brunson Tower. A Stirling, toutes ces femmes parfumées et bouclées n'éprouveraient que dédain pour elle. Même celle qui portait dans son ventre le bâtard du roi se gausserait de Bessie Brunson.

— Tu as bon cœur et ton frère aussi, reprit-elle, revenant au sujet qu'il avait espéré éviter. Si seulement tu lui laissais une chance de le montrer…

— Ce serait plus qu'il ne m'a accordé, rétorqua-t-il.

Il semblait qu'il n'y ait aucun terrain d'entente possible entre Rob et lui. Pourtant, il allait devoir en trouver un. Un avec Cate, puis un avec Rob, sans quoi il pourrait bien ne jamais revoir Stirling.

— Pourquoi ne restes-tu pas avec nous ? lui demanda Bessie. Reviens à la maison, Johnnie !

— Ma place est auprès du roi.

Sa vie n'était pas ici. Il en était ainsi depuis des années.

— Tu sais, Rob espère secrètement que tu vas rester !

Il la regarda, puis secoua la tête. Chimères que tout cela !

— Non, il ne le souhaite pas.

Il se remit à marcher, en contournant les pots cette fois. Il n'était pas venu pour rester, pas plus qu'il n'était allé chercher sa sœur aux cuisines pour discuter avec elle de Rob Brunson le Noir.

— Cate prétend qu'elle veut venger son père. N'y a-t-il pas autre chose derrière cette soif de représailles ?

— Les Storwick ne sont pas nos amis, répliqua Bessie, en vraie fille des Marches.

— Autre chose pour Cate, je veux dire. Un affront personnel à venger.

Absorbée par sa tâche, Bessie ne releva pas les yeux.

— Pourquoi me demandes-tu cela ?

A cause de cette peur qui l'habite.

Une peur qu'elle semblait avoir cachée à tous les autres. Etait-ce à lui d'en parler ?

— Elle a un regard… hanté.

— Ah bon ? Je croyais que tu la trouvais assoiffée de sang !

— Oui, aussi.

Même si c'était contradictoire en apparence…

— C'est pour cela que je me demandais si elle ne cachait pas quelque chose…

— S'il te plaît, dit Bessie, ne me pose pas ces questions.

Elle ressemblait à leur mère, en cet instant. Ces sourcils arqués, cet air réprobateur…

— S'il y a des choses que tu veux savoir, c'est à Cate que tu dois les demander.

John soupira. Questionner Cate ? Plutôt affronter son taciturne de frère que de risquer un nouveau coup de genou !

En gravissant l'escalier, il entendit un brouhaha de voix excitées dans la grande salle.

— Maintenant ! Un raid en son honneur. Il aurait aimé ça, s'exclama l'un des hommes, qu'il ne parvint pas à identifier.

Il pressa le pas. Ils voulaient donc recommencer si vite leurs expéditions ? Il perçut la voix de son frère mais ne put saisir ce qu'il disait. Rob allait-il accepter ?

— Nous sommes assez nombreux, dit quelqu'un. Nous pouvons y aller tout de suite.

Cette fois, il entendit Rob distinctement :

— La lune est à demi pleine, et les nuits encore courtes.

— Mais nos chevaux sont rapides, objecta Cate. Nous pouvons atteindre leur château et revenir avant l'aube. Et si Willie le Balafré est là-bas…

En entrant dans la grande salle, John découvrit son frère

entouré de tout un groupe. Oubliant momentanément son chagrin, Rob avait plaqué sur son visage le masque du chef.

— Geordie le Rouge vient à peine d'être mis en terre ! s'exclama John. Vous ne pourriez pas lui accorder un moment de paix ?

Rob, Cate et une demi-douzaine d'hommes se tournèrent pour le regarder. Même le chien pencha la tête d'un air interrogateur.

Cate esquissa une moue railleuse.

— Ce n'est pas la paix que voulait votre père !

Rob avait retrouvé son visage sévère, et John attendit la rebuffade cinglante qui n'allait pas manquer de jaillir. Après tout, il plaidait pour le respect des morts, concept qu'il avait lui-même superbement ignoré la veille, alors que Rob n'avait pas varié sur ce point.

— Johnnie a raison, répondit enfin Rob contre toute attente. Rentrez chez vous. Le temps des chevauchées nocturnes reviendra bien assez tôt.

Cela valut à John un regard noir de la part de Cate, mais les autres n'insistèrent pas. Un par un, ils prirent congé, tendant la main aux deux frères. Cette fois, cependant, leur poignée de main fut moins chaleureuse pour John.

Voyant l'expression de Cate, les hommes de la jeune femme s'abstinrent de tout salut.

Aucune importance. Ce qui comptait, c'était que Rob venait de leur opposer un refus. Qui sait ? Peut-être était-il prêt à entendre la voix de la raison et non celle de la vengeance.

— Je voudrais te parler, Rob, dit-il lorsque tous eurent quitté la salle.

Son frère lui désigna la table d'un mouvement du menton. Cate, qui n'avait pas suivi ses compagnons, voulut s'asseoir avec eux, mais John la congédia d'un ton comminatoire :

— Seul à seul.

Elle regarda Rob, qui hocha la tête pour lui signifier de les laisser. Furieuse, elle pinça les lèvres. La femme qui avait tremblé dans ses bras moins d'une heure plus tôt avait disparu, laissant place à la farouche guerrière.

Laquelle des deux était la vraie Cate ?

— Alors ? On marche de nouveau droit, Johnnie Blunkit ? lui chuchota-t-elle en passant devant lui pour se diriger vers la porte.

John sentit ses joues s'empourprer de colère.

Johnnie Blunkit. Le bébé aux yeux bleus ! Un surnom qu'il avait essayé d'oublier depuis qu'il avait quitté la maison et dont il ne voulait pas se souvenir maintenant. Surtout devant son frère.

Bien qu'ils n'aient que trois ans de différence d'âge, Rob, l'aîné, avait toujours été le préféré de leur père. Grand, mince, taciturne, doté de la chevelure raide et noire de sa mère et des yeux marron des Brunson, il maniait fort bien l'épée, mais pas les mots.

Les paroles, c'était bon pour le petit Johnnie aux yeux bleus, le coucou dans le nid des Brunson !

Très tôt, il avait appris à se servir des mots. Enfant, il ne tarissait pas d'histoires et de plaisanteries et savait aussi accomplir des tours pour les faire rire. C'était la seule façon qu'il connût de se concilier leurs bonnes grâces.

Et parfois, quand Rob le Noir usait un peu trop vite de son épée ou de ses poings, John le futé était celui qui rétablissait la paix entre les belligérants.

Sans doute était-ce pour cela qu'ils l'avaient envoyé au loin… en guise de cadeau pour amuser le jeune roi Jacques.

Il avait alors compris que toutes ses reparties et ses tours facétieux ne lui gagneraient jamais l'approbation de son père. Et, à son arrivée à la cour, il avait trouvé un petit roi de six ans qui avait désespérément besoin d'un grand frère.

Il avait aussi découvert que si une langue déliée ne manquait pas d'utilité, elle vous mettait parfois dans des embarras dont seule une bonne épée pouvait ensuite vous tirer. C'était ainsi qu'il était devenu peu à peu aussi bon bretteur que son frère.

Du moins essaya-t-il de s'en persuader en rejoignant Rob à la table, même si affronter son frère avec des mots n'était guère plus facile que de le défier avec une épée.

Un combattant mal entraîné ou maladroit pouvait blesser quelqu'un sans le vouloir avec sa lame, et il en allait de même avec les mots.

Il s'assit en face de Rob qui l'interrogea du regard, attendant qu'il parle.

Qui sait ? songea John. Peut-être un nouvel argument parviendrait-il à l'ébranler. Peut-être pourrait-il le convaincre de choisir le service du roi… Rob en serait peut-être soulagé, en fin de compte. Et même reconnaissant.

— Rob, as-tu pensé à ce qui arrivera si tu règles son compte à Willie Storwick ?

Cette fois, il ne s'agissait plus de voler du bétail pour remplacer celui qu'on vous avait pris. Cela, tout le monde le faisait dans les Marches. Un meurtre comme celui-là aurait des conséquences pour les générations à venir ; il resterait à jamais vivant dans les mémoires, dans les chansons. Les habitants des Marches avaient une expression pour désigner cela : « querelle de sang ».

— Willie le Balafré aurait dû y penser avant de tuer Zander Gilnock !

— Cate Gilnock peut encore changer d'avis, répondit John en s'adossant à son siège, les bras croisés. Les femmes en changent souvent. Alors tu serais libre d'envoyer des hommes au roi au lieu de les lancer aux trousses de ce Willie.

— C'est donc cela, ton plan ?

John cilla. N'essayez jamais de tromper votre frère, il vous percera à jour !

— Que veux-tu dire ?

— Tu as l'intention de la séduire pour qu'elle entre dans tes vues, hein ?

John refoula l'image de Cate nue sous lui.

— Une fille comme ça ? Non ! protesta-t-il, bien qu'il y eût pensé. Mais les femmes sont versatiles, tu sais.

Du moins celles qu'il avait connues…

— Elle peut renoncer d'elle-même, ajouta-t-il.

— Cate ?

Rob faillit éclater de rire.

— Il faut vraiment que tu ne la connaisses pas pour croire ça !

— Je connais quand même un peu les femmes, tu sais.

— Ah bon ? fit Rob en se penchant vers lui. En tout cas, tu ne connais pas grand-chose des habitants des Marches.

John réprima un soupir. Cate et ce pays… C'était deux mystères pour lui. En revanche, ce qui n'avait rien de mystérieux, c'était la mission qu'il devait remplir.

— J'en sais assez pour exécuter les ordres du roi. C'est tout ce qui compte.

Rob l'observa, perplexe.

— Le roi doit t'avoir fait de sacrées promesses pour te transformer ainsi en laquais !

Non, le roi ne lui avait fait aucune promesse, mais il lui avait tout de même fait miroiter un riche mariage et une position dans la maisonnée royale. Trésorier, peut-être.

— Il n'y a aucun déshonneur à servir le souverain, protesta-t-il.

— Eh bien, j'espère que tu te divertiras à ta guise avec les hochets qu'il t'offrira. Tout ce que ton roi pourrait nous donner, nous sommes capables de nous le procurer nous-mêmes.

— De la nourriture, des vêtements de laine, des murs solides et un toit ? Oui, vous pouvez vous procurer tout ça. Mais pas le temps pour en profiter. Seule la paix royale peut vous offrir cela.

Rob cilla et une lueur s'alluma dans son regard, comme

s'il envisageait pour la première fois une existence différente. John retint son souffle. Son frère comprenait-il enfin ?

Puis Rob leva les yeux vers l'étage où leur père avait dormi.

— Seul Dieu peut donner cela, Johnnie.

Il secoua la tête.

— Dieu seul.

— Et Dieu nous a envoyé le roi pour accomplir Sa volonté sur la terre.

Se penchant en avant, il saisit son aîné par le bras.

— Aide-le, Robbie ! Aide-le !

Mais le Rob qu'il connaissait reparut soudain devant lui.

— Je te laisse le soin d'aider le petit roi, Johnnie. Mais ne va surtout pas t'imaginer que porter son insigne te donne la moindre supériorité sur nous.

— Je n'ai jamais pensé une chose pareille.

— Vraiment ?

Songeur, John garda le silence pendant quelques instants. Pourquoi était-il revenu ici, sinon pour arborer l'insigne du roi et transmettre ses ordres, dans l'espoir de gagner enfin le respect de son père — ou du moins son attention ?

Au lieu de cela, il était redevenu Johnnie Blunkit. Ou même pire : un homme d'ailleurs, aussi étranger à la famille qu'un Storwick.

Sa seule supériorité, c'était que cet « ailleurs », il le connaissait, lui. Il avait découvert une vie au-delà de ces montagnes.

— Je connais les projets du roi, dit-il enfin. L'Ecosse pourra faire face à l'Angleterre en égale.

— Tu t'imagines qu'il va défier son oncle Henri ? Celui qui n'a cessé d'exciter contre nous les familles vivant de l'autre côté de la frontière ?

C'était exact. L'oncle du roi, le souverain anglais Henri, huitième du nom, se servait des raiders anglais pour occuper les Ecossais.

— Henri fait cela parce qu'il n'éprouve aucun respect pour nous, voilà tout.

Rob se pencha en avant.

— Non, c'est parce qu'il nous respecte, au contraire. Il respecte nos épées. Et je tiens à ce que ça continue !

John serra les poings de frustration.

— Voilà deux ans que Zander Gilnock est mort. Pourquoi est-il si important de le venger maintenant, bonté divine ?

— Parce que c'est moi le chef du clan, désormais.

La fierté, l'entêtement. Tout ce que John connaissait déjà de son frère était contenu dans ces mots.

Il éleva la voix.

— Ce n'est pas une réponse ! J'ai besoin de savoir pourquoi.

— Si tu n'avais pas abandonné ta famille pendant dix ans, tu le saurais.

— Dis plutôt que je le saurais si ma famille ne m'avait pas abandonné ! rétorqua-t-il.

Rob cilla sans mot dire.

— Deux ans, et père n'a pas essayé de pourchasser l'homme. T'es-tu demandé pourquoi ? insista John. Il ne t'est pas venu à l'esprit que peut-être il essayait d'éviter une querelle de sang ?

— Et au lieu de cela, tu veux nous obliger à répondre à l'appel du roi ? La dernière fois que nous l'avons fait, dix mille Ecossais ont laissé leur vie sur le champ de bataille de Flodden, avec le stupide roi lui-même. C'est une erreur que nous ne commettrons plus.

Rob posa les mains sur la table et se leva. Visiblement, il en avait assez de cette conversation.

— Ton roi attendra les Brunson. Nous allons lancer une expédition contre Willie Storwick dans la quinzaine.

John se maudit intérieurement. Au lieu d'empêcher Rob de prendre cette décision, il l'avait précipitée.

— Et ensuite, vous rejoindrez le roi ? s'enquit-il.

Peut-être tout n'était-il pas perdu, après tout. S'ils retrouvaient l'homme assez vite, ils auraient encore le temps de rejoindre le roi début octobre dans l'East Lothian. Même s'il allait devoir apaiser la colère de Jacques, quand il apprendrait qu'ils avaient tiré vengeance d'un Anglais…

— Je n'ai pas encore décidé, répondit Rob.

Ses lèvres s'incurvèrent, mais c'était davantage un rictus qu'un sourire.

Tout de même, ce n'était pas une défaite. Rob n'avait pas dit expressément non.

— Accompagne-nous, Johnnie. Du moins, si tu n'es pas un couard !

John se leva à son tour en secouant la tête. Oh ! ce n'était pas la mort qu'il craignait !

— Je ne vous rejoindrai pas dans la vengeance. Pas quand j'ai promis au roi d'arrêter les violences.

Cette fois, le sévère Rob sourit bel et bien.

— Ah ! Et il faut tenir ses promesses, n'est-ce pas, Johnnie ?

John sourit lui aussi, ce qui les rapprocha un instant.

— Peut-être que j'ai une goutte de sang Brunson dans les veines, après tout.

— Et que se passera-t-il si tu ne peux pas tenir ta parole ?

John fronça les sourcils. A vrai dire, il n'avait pas encore envisagé cette déplaisante éventualité.

— Si je suis prudent et chanceux, je tâcherai de ne plus jamais me retrouver en présence du roi !

— Et si tu ne l'es pas ?

John aimait bien le roi, qui le lui rendait, mais il ne se leurrait pas. Ce n'étaient ni l'amitié ni la reconnaissance qui gouvernaient les rois, pas même celui-ci. Jacques mettrait en pièces sans hésiter tous ceux qui se dresseraient sur son chemin.

Ennemis ou amis.

— Tu veux le savoir ? Eh bien, ma joyeuse existence pourrait bien s'en trouver sérieusement écourtée.

Tel était l'enjeu. Rob ne pouvait plus l'ignorer, à présent. Mais cela avait-il la moindre importance pour lui ?

— Vraiment ? Alors je te souhaite bonne chance, Johnnie. Profite de ta vie tant que tu le peux encore !

Chapitre 5

Le cauchemar était revenu, porté par le parfum de la bruyère en fleur.

Cate s'assit, luttant contre la peur et prête à s'enfuir, un hurlement au bord des lèvres. Elle ouvrit les yeux juste à temps pour ne pas crier et trouva Belde poussant le nez contre son flanc, comme s'il essayait de la réveiller. A côté d'elle, Bessie dormait d'un sommeil de plomb.

Elle exhala un soupir de soulagement et se glissa hors du lit. De toute façon, elle ne pourrait plus refermer l'œil de la nuit.

Enveloppée dans un plaid, elle descendit silencieusement l'escalier. Même la nuit, quand presque toute la maisonnée dormait, il y avait peu d'endroits céans où l'on puisse être seul. Au sommet de la tour, une sentinelle veillait ; une autre devait faire les cent pas sur le chemin de ronde, et la grande salle était sans doute pleine d'hommes en train de ronfler.

Toutefois, elle avait assez souvent erré dans le château en pleine nuit pour savoir où trouver une sorte de perchoir — dans la courbe de l'escalier, où une meurtrière perçait le mur, donnant vue sur l'extérieur. Là, elle pouvait s'asseoir et regarder les montagnes, avec la certitude que personne ne viendrait la déranger.

Elle y était presque arrivée lorsqu'elle entendit quelqu'un monter à sa rencontre. N'ayant pas besoin de lumière pour trouver son chemin, elle n'avait pas pris de chandelle, et le pas ne lui était pas familier.

Rassurée par la présence de Belde derrière elle, elle porta la main à la dague qui ne quittait jamais sa hanche. Le chien ne grondait pas. Etait-ce une personne qu'il connaissait ?

Cate ralentit, puis s'arrêta.

L'inconnu fit de même.

Elle avança de nouveau.

Lui aussi.

Son cœur battait la chamade et le sang bourdonnait si fort dans ses oreilles qu'il couvrait presque le son. Quelqu'un était-il embusqué, prêt à se ruer sur elle ?

Non. Elle ne laisserait pas cela arriver.

Plus jamais.

Tirant la dague du fourreau, elle se précipita, la lame pointée vers l'avant, prête à transpercer l'intrus. Mais, au moment où elle arrivait à sa hauteur, une main lui enserra le poignet dans une étreinte d'acier.

— Cate ! Que diable faites-vous là ?

L'effroi du cauchemar était encore si présent en elle qu'il lui fallut deux ou trois secondes avant de reconnaître John Brunson. Et, soudain, au contact de ce corps masculin, elle éprouva ce qu'elle avait cru ne jamais ressentir pour un homme.

Du désir.

Le chien se glissa entre eux pour renifler John en remuant la queue.

— Traître ! marmonna-t-elle.

John la lâcha promptement et elle recula, le dos contre le mur et la dague toujours serrée dans son poing.

— Je ne savais pas que c'était vous, dit-il. Si je vous ai touchée, c'était pour sauver ma peau. Alors ne perdez pas votre temps à me poignarder, voulez-vous ?

Le ton était taquin, léger. Cate écoutait, si tremblante

et désorientée qu'elle ne saisit pas tout de suite le sens des mots. Ses doigts se crispèrent sur le poignard.

Il se pencha vers elle.

— Vous allez bien ?

Ne sachant si elle devait répondre oui ou non, elle secoua la tête.

— Vous avez entendu quelque chose ? insista-t-il d'une voix plus forte. Un intrus ?

Elle posa une main sur son bras, essayant de le calmer avant qu'il ne réveille tout le château.

— Non, non… C'est juste que vous m'avez surprise.

— Alors que faisiez-vous dans l'escalier à cette heure ?

— J'ai fait un mauvais rêve, répondit-elle en soupirant. Et je ne pouvais plus dormir.

Elle l'entendait respirer près d'elle dans le noir, et c'était si étrangement intime… Là, dans ce tournant d'escalier, ils étaient seuls, loin de tous. Pour la première fois depuis son réveil, Cate respira librement.

— Et vous ? Ce sont vos rêves qui vous ont réveillé ? s'enquit-elle en passant à côté de lui pour descendre les quelques marches qui la séparaient de la meurtrière.

— Pas des rêves. Des soucis.

La lune, contre laquelle Rob les avait mis en garde, jetait une faible lueur par la meurtrière. Cate s'assit sur son perchoir favori, tandis que Belde s'installait sur la marche au-dessus d'elle. John se posa deux degrés plus bas, sans demander la permission. Sa proximité dans la quasi-obscurité semblait plus intime que s'il l'avait touchée.

Méfiante, elle s'efforça de garder ses distances.

— Nous n'enverrons pas d'hommes au roi, dit-elle d'un ton résolu. Du moins pas avant d'avoir tué Willie le Balafré.

— Et quand vous l'aurez tué, les Storwick tueront un Brunson, après quoi les Brunson riposteront. Et cela continuera longtemps après notre disparition à tous, comme pour ce Viking de Hogback Hill. C'est ça que vous voulez ?

Elle remua sur son siège dur et détourna les yeux. Cette fois, John avait touché juste. Malgré ses grands mots sur la famille, elle n'avait songé à la mort de Willie qu'en fonction de ce que cela signifiait pour elle.

Comme elle restait silencieuse, il insista.

— La mort de Willie suffira-t-elle ?

Elle le regarda de nouveau en face.

— Oui.

Il le fallait. Il fallait que cela suffise pour faire d'elle une personne différente. Mais, à présent, c'était à elle de sonder cet homme. Assez de ses questions !

— Et vous ? Comment pouvez-vous faire passer le roi avant votre famille ?

Un silence s'installa entre eux. Elle sentit qu'il hésitait, cherchant les mots adéquats.

— Le roi m'a choisi, répondit-il enfin. Pas ma famille. Alors il est normal que je le fasse passer avant.

Dures paroles s'il en était, mais celles que son frère lui avait lancées ne l'étaient pas moins.

— Et si nous refusons d'obtempérer aux ordres de votre roi, qu'arrivera-t-il ?

— Je ne pourrai jamais retourner à la cour.

Elle haussa les épaules. La belle affaire ! S'il ne pouvait pas retourner à la cour, eh bien, il resterait dans les Marches, auxquelles il appartenait. Ce n'était pas une telle épreuve !

— Est-ce tellement mieux qu'ici ?

Elle connaissait cette vallée et ses montagnes. Le reste — Stirling, Edinbourg, Linlithgow — lui était aussi étranger que Londres.

John demeura silencieux un instant.

— Pour moi, oui. Là-bas, j'ai une place. Ou du moins je l'aurai.

— Et vous voulez trahir votre famille pour ça ?

— Trahir ?

Le mot résonna comme un cri entre les murs de pierre.

— C'est bien à vous d'employer ce mot ! reprit-il. Est-ce que les Brunson n'ont pas violé toutes les lois et trahi tous les accords humains et divins ?

— Que vouliez-vous que nous fassions ? Laisser les Storwick voler nos moutons, nos vaches, nos…

Elle s'interrompit, tremblante. Non, elle ne pouvait pas dire le reste.

— … nos vies sans lever le petit doigt ? conclut-elle à la place.

— Moi, j'aurais respecté le roi. Et la loi.

— Le roi n'a pas puni Willie Storwick, objecta-t-elle.

La loi royale ne l'avait pas sauvée. Seul le bras puissant de sa famille pouvait le faire.

— Est-ce vraiment ainsi que vous voulez vivre, Cate ?

La lumière était trop faible pour qu'elle distingue bien son expression, mais le ton intensément interrogateur de sa voix ne lui échappa pas.

— Toujours dans l'angoisse, dans la peur ?

Elle ouvrit la bouche, mais aucun mot n'en sortit. Comment avait-il pu lire en elle à ce point ? Personne d'autre n'y était parvenu. La peur ne la quitterait plus jamais, dans la guerre ou dans la paix. Elle l'accompagnerait partout où elle irait, même dans les salles du palais, au milieu des soldats du roi. Et elle sentirait sa gorge se serrer chaque fois qu'un inconnu s'approcherait d'elle.

— Que je le veuille ou non, la peur est notre lot.

Même si en cet instant, assise près de lui dans le noir, elle se sentait étrangement en sécurité.

Pendant deux longues années, elle avait cru qu'elle ne pourrait plus jamais répondre au désir d'un homme. Elle avait cru ces sensations perdues à jamais depuis ces terribles heures sombres, deux ans plus tôt. Et voilà que cet homme était arrivé et qu'elle vibrait… Vivante de nouveau.

Elle se leva brusquement.

— Je vais retourner au lit.

Où elle resterait étendue jusqu'à l'aube, les yeux grands ouverts dans le noir…

— Votre cauchemar s'est estompé ?

— Suffisamment.

Elle n'avait pas répondu « oui » car, en vérité, ces mauvais rêves-là ne s'estomperaient jamais. Ils la poursuivaient depuis deux ans et la poursuivraient sans doute jusqu'à sa mort.

Ou celle de Willie Storwick.

John la regarda disparaître dans l'escalier. La question de Cate tournait encore dans son esprit.

Et si nous refusons d'obtempérer aux ordres de votre roi, qu'arrivera-t-il ?

La question de Cate, celle de Rob aussi, l'obligeant à affronter l'éventualité d'un échec.

Comme il avait été arrogant de croire qu'il pourrait la faire changer d'avis, simplement parce qu'elle était une femme ! Ici, dans les Marches, ce n'étaient pas seulement les hommes qu'il ne comprenait pas. Cate l'avait écouté avec curiosité, mais sans paraître un seul instant penser qu'elle pouvait avoir tort. Plus entêtée que n'importe quel homme de sa connaissance ! Et, en dépit de son humeur sombre et chagrine, elle était un membre de la famille. Plus qu'il ne l'avait jamais été lui-même.

Que ressentirait-il s'il avait une famille forte et une épouse fiable à son côté ? Le timbre rauque et sensuel de Cate résonnait dans ses oreilles, suscitant en lui les images d'un lit qu'il ne partagerait jamais avec elle.

A la cour, il ne manquait pas de partenaires. Mais si les femmes le recherchaient, c'était dans l'espoir que leur prochain amant serait peut-être le roi lui-même. Si, au bout de quelques mois, la liaison avec lui ne les menait pas à la couche royale, elles passaient à un autre homme.

Et lui à une autre femme.

Est-ce tellement mieux qu'ici ?

La vallée de son enfance s'étendait devant lui, encadrée par les sombres montagnes frangées de clair de lune. Cate avait été réveillée par ses cauchemars, lui par ses soucis.

« Soucis ». Un mot bien faible pour désigner les pensées qu'il tournait et retournait dans sa tête. En ce lieu qui aurait dû être son foyer, il était un exilé affrontant un frère qui ne voulait pas plier et une femme intraitable.

Le roi s'attendait à le voir arriver dans quelques semaines avec tout un régiment de guerriers Brunson.

Au lieu de cela, il semblait bien que les hommes en question seraient occupés à parcourir les montagnes à la poursuite de Willie Storwick.

Dans quelques semaines, ce serait la saison des raids. Vaches et moutons reviendraient des montagnes pour se réfugier dans l'enceinte du château. L'herbe sécherait, le sol deviendrait dur. Alors, à la lueur de la lune, les cavaliers pourraient écumer les montagnes aussi aisément que s'ils se trouvaient en terrain plat. Les hommes expérimentés comme l'avait été son père n'avaient même pas besoin de lune pour cela.

Oui, son père connaissait parfaitement ces vastes étendues désertes. Ses poneys étaient familiarisés avec chaque piste, chaque ruisselet ; ils savaient où se trouvaient les arbres, les ravins dangereux, les endroits où croissait la bruyère. Son père et son frère pouvaient chevaucher les yeux fermés dans ces montagnes, en se fiant à leurs souvenirs et à leurs poneys pour les emmener hors de la vallée et les ramener à la maison.

Même lui, aujourd'hui, avait reconnu les ondulations de la terre sous les sabots de sa monture.

C'était un rude pays, mais c'était *leur* pays.

Pas celui du roi. Le leur.

Mal à l'aise, il se secoua. Il n'aurait pas dû s'identifier

ainsi à Cate. Pourtant, cette nuit, quelque chose l'appelait, telle une voix apportée par le vent.

Aussi silencieux que le lever de la lune, aussi sûr que les étoiles...

C'était comme si, pendant tout le temps qu'il avait passé au loin, le pays l'avait attendu, pareil à une amante fidèle, à présent impatiente de le séduire de nouveau.

Il se leva, luttant contre la tentation. Ce pays ne voulait pas plus de lui que Cate Gilnock. Il n'était pas revenu à la maison ; il était venu pour transmettre les ordres royaux. C'était tout.

Il se détourna de la meurtrière. Enfant, quand les choses devenaient trop difficiles, il s'enfuyait dans les montagnes, le seul endroit où il avait l'impression d'être lui aussi le descendant du fameux ancêtre Viking. Ces précieuses heures d'évasion compensaient la dureté de son père.

Peut-être, sur le poney bai, pourrait-il retrouver le chemin qui conduisait là-haut. Il ne put s'empêcher de penser à Cate en cet instant. Pensait-elle à lui ?

Chapitre 6

— Comment cela, Johnnie est parti ? demanda Cate, surprise.

Un gai soleil inondait la cour, contrastant avec l'air préoccupé de Bessie. Elle prit une chemise et la disposa sur le fil à linge pour la mettre à sécher. Une ride plissait son front habituellement serein.

— Personne ne l'a revu depuis hier.

Cate fronça les sourcils. Et si quelque chose lui était arrivé ? Cette pensée l'inquiéta bien plus qu'elle ne s'y attendait.

— Moi, je l'ai vu, marmonna-t-elle.

— Quand donc ?

Elle détourna les yeux.

— Je ne sais pas exactement. Il était tard. Je ne pouvais pas dormir et nous nous sommes… euh… croisés dans l'escalier.

Où était-il allé, après leur conversation dans le noir, après qu'il l'eut quittée sans l'avoir même effleurée ?

— Cela fait déjà une demi-journée, dit Bessie, inquiète.

Feignant une désinvolture qu'elle était loin de ressentir, Cate haussa les épaules. Elle savait bien, elle, qu'il suffisait de quelques heures pour qu'une vie bascule. Et même d'une demi-heure à peine…

— Pourquoi est-ce à moi que vous vous adressez ? Demandez à Rob le Noir de le retrouver !

— Rob est dans la montagne ; il aide à ramener les troupeaux. Et vous avez beau être aussi piquante qu'un chardon, vous êtes une personne sensée. Plus que mes deux têtus de frères !

Cate cilla. Bessie parlait peu, mais elle n'avait pas les yeux dans sa poche. Qu'avait-elle deviné exactement ?

— Mais surtout, conclut Bessie, c'est vous qui possédez un limier.

D'un geste machinal, Cate caressa la tête de Belde. Oui, elle l'avait entraîné à suivre une piste promptement et en silence. Le moment venu, Willie le Balafré ne pourrait pas lui échapper. Mais ses doigts tremblaient, tandis qu'elle grattait l'animal derrière les oreilles. Si elle s'aventurait trop loin toute seule, n'importe quoi pouvait lui arriver.

Comme à John, peut-être.

Elle se reprit aussitôt. Non, elle n'allait pas laisser la peur l'envahir ! Belde serait là. Avec lui, elle n'avait rien à craindre.

— Trouvez-moi quelque chose que John ait porté, dit-elle, sans se laisser le temps de changer d'avis.

Bessie alla jusqu'au panier à linge posé près de la lessiveuse et en sortit une tunique de coton.

— J'allais la laver pour lui.

Cate la prit, en espérant que son odeur n'avait pas été altérée par celle des autres vêtements. Lorsqu'elle eut entre les mains cette tunique qui avait touché la peau de John, elle eut la tentation de la serrer contre elle en priant pour qu'il soit sain et sauf.

— Emmenez l'un de vos hommes avec vous, suggéra Bessie.

Cate secoua la tête.

— John sera déjà bien assez agacé d'apprendre que deux femmes se sont fait tant de souci pour lui. Il sera furieux si j'amène des hommes en plus.

Elle ignorait comment elle le savait, mais John détesterait cela, elle en était certaine.

— Tandis que si je le retrouve assez vite, personne n'en saura rien, pas même Rob, ajouta-t-elle.

Bessie grimaça.

— Je n'aime pas que vous sortiez seule. Soyez prudente, au moins.

— Si je ne le trouve pas rapidement, je reviendrai chercher de l'aide, promit Cate en relevant la tête d'un air bravache.

Ses doigts tremblaient encore, maladroits, tandis qu'elle sellait le poney et passait son harnais à Belde. Comprenant ce qui allait suivre, le chien se mit à bondir d'excitation. Lorsqu'il fut enfin prêt, elle s'agenouilla près de lui et lui fit renifler la tunique. Heureusement qu'elle lui avait désigné John sous le nom d'« ami ». Ainsi, Belde retrouverait sa trace plus aisément.

— Cherche ! Cherche John !

Le chien tira sur sa laisse, brûlant d'impatience. La gorge nouée, Cate enfourcha son poney. Belde allait courir à côté d'elle en silence, ainsi qu'elle le lui avait appris.

Pour que la proie ne les entende pas approcher.

Après une chevauchée solitaire dans la nuit, John et Norse avaient retrouvé le cercle des anciennes pierres sculptées au sommet de Hogback Hill. Personne ne savait d'où provenaient ces blocs, ni depuis combien de temps ils se dressaient là. Certains prétendaient qu'il s'agissait de très anciennes tombes. D'autres affirmaient que l'endroit était hanté par les esprits primitifs.

En tout cas, c'était le bruit qu'on avait répandu du côté anglais de la frontière. Cela suffisait pour effrayer la plupart des gens et les tenir éloignés de ce lieu…

John pénétra dans le cercle — qui n'en était plus vraiment un, d'ailleurs — et s'arrêta. Au fil des siècles, beaucoup de pierres avaient disparu, mais celles dont il se souvenait étaient toujours là. Larges à la base et effilées vers le haut, elles étaient juste assez grandes pour qu'il s'y appuie en contemplant la vallée au-dessous de lui.

Bien des fois, naguère, il s'était assis à cet endroit, le regard tourné vers l'est, en se demandant ce qu'il pouvait bien y avoir au-delà de leur vallée.

A présent, il le savait.

Il se posa sur son siège favori, dans l'espoir d'éprouver de nouveau le sentiment de paix dont il se souvenait si bien. Enfant, il aimait à penser que ces pierres avaient été disposées là par le premier Brunson. Il s'imaginait parlant à cet homme, comme s'il était le père que Geordie n'avait jamais su être.

Pendant ces conversations imaginaires, il avait l'impression d'être un Brunson lui aussi — ce qui n'était pas du tout le cas aujourd'hui.

Certain qu'on ne remarquerait pas son absence, ou qu'on ne s'en soucierait pas si on s'en apercevait, il avait quitté le château sans prévenir personne.

Assis au milieu des mégalithes, il attendit que les premières lueurs de l'aube illuminent les montagnes, tout en réfléchissant à son destin. Son avenir, qui lui semblait tout tracé lors de son retour dans la vallée, n'était plus qu'un insaisissable brouillard.

Que devait-il faire, maintenant ?

Ses paupières se firent lourdes. La seule réponse qu'il perçut, ce fut une rauque voix de femme qui lui chuchotait des secrets dans le noir.

Cate avait entraîné Belde, oui, mais le chien n'avait jamais mis ce savoir en pratique, du moins pour des choses importantes. Pourtant, renifler une fois la tunique de John lui avait suffi. Il s'élança sur la piste, tirant tellement sur sa laisse qu'il faillit déboîter l'épaule de sa maîtresse.

— Doucement ! lui intima-t-elle.

Mais Belde faisait ce qu'elle lui avait demandé, ce pour quoi on l'avait élevé. Il ne s'arrêta pas, les entraînant, le poney et elle, vers le nord, tout droit dans les montagnes. La direction opposée à la frontière, Dieu merci.

Anxieuse, Cate se représentait John dans toutes les situations possibles. Perdu. Tombé. Blessé… Peut-être même mort.

Puis elle comprit où Belde la conduisait. Vers Hogback Hill. Là où elle avait perdu son père.

Et où tout était arrivé.

Un bon endroit pour la pâture des troupeaux, mais un endroit dangereux. Il l'était déjà bien avant cette nuit-là.

Prends garde au ravin, tu pourrais tomber. Ne t'approche pas des pierres. Il y a des esprits, là-bas.

Il était trop tard pour s'arrêter. Belde la tirait sans hésiter vers les pierres gravées d'étranges symboles.

Elle ne voulait pas retourner en ce lieu qu'elle voyait bien assez souvent dans ses cauchemars, mais elle ne pouvait plus faire demi-tour.

Comme elle approchait du cercle, elle vit soudain une silhouette surgir de derrière l'un des mégalithes, une épée à la main.

Avec une exclamation de frayeur, elle tira sur les rênes pour stopper son cheval. Lui arrachant la laisse des mains, Belde se rua vers l'homme autour duquel il se mit à bondir en agitant la queue, tout à sa joie d'avoir trouvé celui qu'il cherchait.

John !

Le soulagement déferla en Cate, la laissant toute tremblante. Etait-elle soulagée que l'homme à l'épée ne soit pas un ennemi ou heureuse de voir que John était sain et sauf ? Elle préféra ne pas approfondir cette question.

— Bon chien, fit-elle en mettant pied à terre.

John écarta Belde d'un geste joueur, tout en remettant son arme au fourreau. Puis il tourna les yeux vers Cate.

— Que faites-vous là ?

Si le sourire était destiné au chien, le ton irrité était pour elle. Eh bien, elle était aussi énervée que lui ! Pendant tout le chemin, elle avait redouté qu'il ne lui soit arrivé quelque chose. Et voilà qu'il se tenait devant elle, bien vivant et en parfaite santé !

— C'est à vous qu'il faut poser la question ! Vous avez disparu, et votre sœur se faisait un sang d'encre. A-t-on idée de partir ainsi sans prévenir personne ?

— Je venais souvent ici, quand j'étais gamin.

— Pour quoi faire ?

— Pour réfléchir.

Cate mit pied à terre et jeta un coup d'œil vers les pierres.

— Toute la journée ?

Il détourna les yeux, embarrassé. Une légère rougeur colora ses pommettes.

— Je suis venu ici hier soir, après notre conversation, et je me suis endormi.

Cate sentit la colère monter en elle. Ah ! C'était donc cela ? Elle s'était obligée à revenir sur cette horrible colline, tout simplement parce qu'il avait fait un somme ?

— Soyez heureux que je n'aie pas amené mes hommes avec moi pour vous voir dormir ! lança-t-elle sèchement.

Elle saisit le chien par son harnais et le tira en arrière.

— Assez, Belde !

— Eh bien, vous m'avez trouvé. Vous pouvez vous en retourner, à présent.

— Pas question ! Bessie va nous tuer tous les deux, si je rentre sans vous.

John exhala un soupir.

— Décidément, ma sœur est aussi têtue que le reste de la tribu !

Cate sourit malgré elle. Ceux qui ne connaissaient pas bien Bessie pouvaient prendre son calme pour de la douceur, mais John et elle savaient à quoi s'en tenir.

— La prochaine fois, dites-lui où vous allez avant de disparaître !

Toujours à l'extérieur du cercle, elle hésitait à avancer,

étonnée de voir John traiter ces pierres comme des rochers ordinaires.

Il lui tendit la main.

— Venez donc !

Elle regarda les mégalithes sans bouger.

Il y a des esprits, là-bas.

Il faisait grand jour, et les seuls esprits qu'il y eût ici, semblait-il, étaient ceux qui la hantaient.

— Est-ce qu'on est en sécurité, ici ?

Il sourit.

— Bien entendu. Il n'y a pas d'endroit plus sûr dans toutes les Marches.

Elle posa sa main dans la sienne, encore réticente à franchir la ligne imaginaire.

— Mon père assurait que des esprits de l'ancien temps hantaient ces lieux. Il m'avait conseillé de ne jamais venir traîner ici.

John osait à peine bouger, tant il craignait de lui rappeler qu'elle avait placé sa main dans la sienne, et que ses doigts tout froids étaient entrelacés aux siens…

— Le mien aussi, fit-il avec un nouveau sourire, espérant la distraire. Mais la plupart de ses avertissements se sont révélés sans fondement.

Il sentit trembler la main de Cate dans la sienne.

— Je ne saurais en dire autant, murmura-t-elle.

Malgré tout, elle traversa la ligne symbolique et le laissa la guider jusqu'à la pierre plate sur laquelle elle s'assit près de lui, non sans promener un regard méfiant autour d'elle.

— Vous lui ressemblez, murmura-t-il.

— A qui donc ? demanda-t-elle, curieuse.

— Au fondateur de notre famille. Le Viking aux yeux bruns, et aux siens.

— Il était tout seul. Il n'avait pas de famille.

Heureux homme ! John fouilla dans sa mémoire. Il avait entendu raconter cette histoire bien des fois avant de partir pour la cour, et plus jamais ensuite.

— Alors, quelle est l'histoire ?

Cate haussa les sourcils.

— Elle est tout entière dans la chanson. Vous ne la connaissez donc pas ?

Son étonnement équivalait à un reproche.

— Cela fait tant d'années ! Racontez-la-moi de nouveau.

— Eh bien, le premier Brunson est arrivé avec ses compagnons. Il a traversé la mer du Nord en direction des îles nordiques, puis les Hautes Terres jusqu'à la mer occidentale.

C'était un conte qu'elle connaissait manifestement par cœur, mais semblait redire avec plaisir. Pas la moindre note d'ennui ne vibrait dans sa voix.

John ne l'interrompit pas.

— Mais lorsqu'ils eurent atteint la mer, ils se heurtèrent aux autres.

Le regard tourné vers l'ouest, elle resta silencieuse un instant, comme si elle voyait se dérouler son histoire.

— Ils ont repoussé le premier Brunson et ses hommes dans cette vallée, les ont acculés contre cette montagne et les ont exterminés.

Elle racontait d'une voix basse et profonde, avec une conviction telle qu'il pouvait aisément imaginer la scène qu'elle relatait.

Il eut l'impression qu'un nuage voilait le soleil ; il frissonna.

— Tous ?

— On dit qu'un seul a réussi à s'échapper, peut-être deux. Mais le premier Brunson a été dépouillé de son épée, de son cheval, et laissé pour mort.

John hocha la tête. Les mots lui revenaient, à présent.

Abandonné sur le champ de bataille par le reste de son clan,

Laissé pour mort, tel fut le premier Brunson…

Un homme aussi perdu, aussi renié et aussi seul sur terre que Johnnie Blunkit.

Toute sa vie, c'était lui qui avait semblé ne rien tenir de son ancêtre, pas même ses yeux. Même quand il se réfugiait parmi les tombes de ses lointains aïeux, il n'était pas sûr d'appartenir à ce lieu. Mais entendre que le premier Brunson avait été abandonné par sa tribu, eh bien, voilà qui le rapprochait de lui !

— Il a survécu, acheva Cate, et il a fait de cet endroit son foyer. Depuis, les Brunson sont restés là.

Elle tourna les yeux vers lui.

— Et ils y resteront toujours.

Assis près de cette femme, John contemplait la vallée avec une émotion qu'il n'avait jamais éprouvée jusque-là. Un sentiment d'appartenance, de permanence. L'impression d'être là chez lui.

La maison, ce n'était pas seulement un château. C'était ces collines gris-bleu qui le retenaient captif, cette terre vert et or qui semblait le reconnaître et l'accueillir. La maison, c'était la vie auprès d'une femme qui porterait ses enfants, des enfants qui chevaucheraient à leur tour sur ces terres longtemps après sa propre disparition.

Il se secoua, repoussant cet appel. Il avait assez vécu à la cour pour savoir que la terre pouvait vous être donnée et reprise comme une pièce d'or. On pouvait vous l'offrir en guise de récompense ou vous la retirer pour vous punir.

Et c'était la même chose pour les femmes. Plaisir momentané ou alliance politique, mais jamais rien de durable.

Pourtant, cette femme à côté de lui regardait le paysage comme si elle se sentait aussi inamovible que les montagnes. En dépit des peurs qui l'habitaient, il n'imaginait pas une seconde qu'elle accepterait d'être donnée ou reprise pour servir les objectifs de qui que ce soit.

Son regard errait au loin, vers le sud, par-delà ces collines qu'il leur faudrait franchir pour débusquer les Storwick.

— Si un cavalier approchait, d'ici on pourrait le voir…, murmura-t-elle.

Soudain, John crut comprendre ce qui s'était passé. Les Storwick avaient dû les surprendre et les attaquer pendant que son père et elle étaient endormis dans leur hutte. Et elle vivait dans la crainte qu'ils ne reviennent.

Se pouvait-il que son épée et ses vêtements masculins ne soient rien d'autre qu'une armure, une protection ?

Il l'entendit poursuivre, d'une voix si basse qu'elle en était à peine audible :

— Je ne suis pas revenue sur cette colline depuis…

Elle n'acheva pas, mais il devina sans peine les mots suivants.

Depuis cette nuit-là.

Pourtant, elle était venue le chercher ici. Toute seule.

Il termina sa phrase pour elle :

— Depuis Willie Storwick.

A ce nom, l'expression rêveuse de Cate s'effaça et ses traits se crispèrent.

— C'est exact. Pas depuis cela.

Il y avait quelque chose dans son regard. Quelque chose qui amena John à se demander si…

Il repoussa aussitôt cette pensée. Il ne voulait pas chercher à comprendre les peurs de Cate Gilnock. Au lieu de contempler la vallée en pensant à elle comme il n'avait jamais pensé à aucune autre femme, il aurait dû réfléchir à la façon dont il allait pouvoir persuader Rob d'envoyer des hommes dans l'est, auprès du roi.

Peut-être y avait-il un moyen de satisfaire à la fois Cate et le roi… Un moyen qui n'obligerait pas les Brunson à sillonner les montagnes pendant des semaines, à la poursuite d'un insaisissable fugitif.

— Et si j'arrive à obtenir que Storwick soit puni promptement ?

Il se tourna vers elle, résistant à l'envie de lui reprendre la main.

Pendant un long moment, elle le regarda comme s'il n'avait rien dit.

— Comment cela ? demanda-t-elle enfin.

— Il pourrait être mis en accusation par le gouverneur des Marches.

Elle haussa les épaules.

— Vous croyez peut-être que nous n'avons pas essayé ?

C'était aussi ce que lui avait dit Rob.

— Le roi vient de nommer un nouveau gouverneur, argua-t-il. Un Ecossais, Thomas Carwell.

John avait le décret avec lui, et tout pouvoir pour le faire appliquer.

— Et la loi stipule que les Anglais doivent livrer un criminel dans les quinze jours qui suivent la requête du gouverneur, poursuivit-il. Storwick sera jugé et condamné d'ici à un mois.

Ce qui laisserait aux hommes le temps de rejoindre le roi. De justesse.

Cate secoua la tête.

— Et après ? Ils lui demanderont une réparation financière et le relâcheront. Je ne veux pas l'argent du sang. Ce que je veux, c'est sa tête, ajouta-t-elle entre ses dents.

Il y avait autre chose, un non-dit, mais John sentit que ce n'était pas le moment de la questionner.

— Je m'assurerai qu'il soit condamné.

— Comment cela ?

— J'expliquerai à Carwell.

Le roi ne pouvait objecter à ce qu'on punisse un meurtre ainsi qu'il convenait.

— Je lui ferai comprendre qu'il ne peut y avoir d'autre sentence que la mort.

Elle arqua les sourcils, toujours pas convaincue.

— Et si vous n'y parvenez pas ? Que se passera-t-il ?

— Si vous arrivez à convaincre mon frère d'assigner Storwick devant les juges et qu'on n'obtienne pas justice, alors je me mettrai moi-même à la recherche de Willie le Balafré.

Qu'elle n'obtienne pas justice restait une possibilité, mais il était peu probable qu'il ait à en arriver là. Quoi qu'il en soit, dans un cas comme dans l'autre, peut-être cette fille pourrait-elle ensuite enfin baisser sa garde et se remettre à vivre.

Pendant un long moment, elle l'observa sans rien dire. Au lieu du consentement qu'il espérait, il n'entendit que le sifflement du vent.

— Pourquoi feriez-vous cela ? demanda-t-elle enfin d'un ton sceptique.

Il soupira. Allons, il allait devoir lui expliquer clairement les termes du marché.

— Pour que vous m'aidiez à convaincre Rob d'envoyer nos hommes au roi.

Ce n'était pas là toute la vérité, mais il ne voulait pas aborder le reste.

Une ombre voilà le regard de Cate. De la déception ?

— Vous me donnez votre parole que vous aurez d'abord sa tête ?

John pesa de nouveau le pour et le contre. Si tout se passait selon son plan, les Brunson auraient une semaine pour atteindre le château de Tantallon, où attendait le roi. Ce n'était pas beaucoup, mais cela devrait aller.

— Oui.

— Et que vaut votre parole ?

Le scepticisme de Cate l'offensa.

— Vous voulez un serment ? Eh bien, je le jure.

— Sur quoi ? Jurez sur quelque chose !

Elle n'avait rien exigé de tel, la dernière fois qu'il lui avait fait une promesse ! Evidemment, il ne s'agissait pas alors de pourchasser Willie Storwick…

— Sur le sang du Seigneur, si cela peut vous rassurer…

Elle secoua la tête.

— L'Eglise interdit ce genre de serment. Jurez sur quelque chose d'autre.

John regarda autour de lui. Il sentit le vent sur sa peau, promena son regard sur les montagnes, et comprit soudain qu'il se tenait dans le lieu le plus authentique qu'il ait jamais connu de sa vie. Il tendit la main pour toucher la pierre, bien dure et réelle sous sa paume.

— Je le jure sur ces pierres.

Cate parut dubitative. Etait-ce de lui qu'elle doutait ou d'elle-même ? Il n'aurait su le dire.

Il se pencha en avant, tenté par ses lèvres, et elle aussi s'inclina lentement vers lui. Il tendit la main vers elle et elle en fit autant, comme si quelque force liée à ce lieu les poussait l'un vers l'autre.

Alors il se rapprocha d'elle, les lèvres à un souffle des siennes, et osa lui effleurer la joue. Un centimètre encore, et il goûterait à leur saveur. Il ferma les yeux

Des doigts impérieux se posèrent sur sa bouche, l'empêchant d'aller plus loin. Il rouvrit les yeux et vit ceux de Cate, si grands, si sombres. Elle se redressa, le dos bien droit, de nouveau elle-même.

Il chercha son regard. Allait-elle refuser le marché, à présent ?

La poitrine de Cate se soulevait et retombait au rythme de sa respiration, tandis qu'ils demeuraient assis là en silence. Le vent gémissait autour des pierres, et John crut entendre le chuchotement d'une chanson.

Enfin, Cate hocha la tête.

— D'accord. J'accepte.

Chapitre 7

John s'arrangea pour qu'ils aillent voir Rob ensemble immédiatement, avant que Cate ne soit tentée de changer d'avis.

Ils le trouvèrent dans la chambre du maître, occupé à contempler le lit comme s'il n'arrivait pas à se faire à l'idée que c'était désormais le sien de plein droit.

— Il faut que nous parlions.

Rob croisa les bras.

— J'écoute.

— Les Marches ont désormais un nouveau gouverneur. Ou du moins ce sera le cas dès que j'aurai apporté l'ordre du roi au château de Carwell. Cate est d'accord pour qu'on livre Willie Storwick à la justice selon la loi des Marches au lieu d'envoyer des Brunson à sa recherche.

— Ah bon ?

La voix de Rob était teintée de doute. Il regarda Cate pour avoir confirmation. John retint son souffle.

— Oui, déclara-t-elle.

John jeta à son frère un regard assuré, comme s'il ne doutait pas de sa réponse.

— Le juge anglais va être sommé de livrer l'homme pour la Journée de la Trêve.

Rob secoua la tête.

— La Journée de la Trêve n'est qu'une fadaise !

Il s'exprimait de ce ton dont il usait déjà quand ils étaient enfants, avec cet air condescendant qui semblait dire : *Tu apprendras quand tu auras grandi, Johnnie !*

Cette expression-là, John était parvenu à l'oublier pendant tout le temps qu'il avait passé au loin. Les gens qui entouraient le roi ne l'aimaient peut-être pas, mais au moins ne le sous-estimaient-ils pas.

Il s'efforça de réprimer sa colère.

— Pas cette fois. Je vais délivrer le message au gouverneur en même temps que les décrets royaux. Justice sera faite.

Rob les observa tous deux en silence.

— Très bien, dit-il enfin. Le plus clair dans tout ça, c'est que tu es bien un Brunson… par l'entêtement.

John sourit avant d'avoir eu le temps de s'en empêcher, mais ce sourire s'évanouit lorsqu'il entendit la suite.

— Seulement, tout ça, ce sont des balivernes !

Combien de fois Rob lui avait-il assené cette phrase quand ils étaient gamins ?

— John a juré, intervint Cate. Si Willie Storwick n'est pas pendu pour meurtre, il le pourchassera lui-même.

— Alors tu vas participer à cette expédition avec nous, en fin de compte ? s'enquit Rob.

— Il l'a juré ! assura Cate en se tournant vers John.

Rob ne cacha pas sa surprise.

— Une autre promesse à tenir, Johnnie ?

— Oui, confirma John.

Ce simple mot lui fit soudain comprendre à quoi il s'était engagé. Il avait juré d'épouser la cause de quelqu'un d'autre, une cause qui pouvait se révéler incompatible avec la sienne. Chaque nouvelle promesse ajoutait une pierre à un mur qui ne cessait de s'élever devant lui.

— Mais il faut que tu m'en fasses une, toi aussi, poursuivit-il. Après le procès, tu devras envoyer nos hommes auprès du roi.

Rob le dévisagea en silence.

— Tu es sûr que c'est ce que tu veux ?

— Certain, fit John avec assurance.

Comment pourrait-il en être autrement ?

— Dans ce cas… Je le jure, déclara enfin Rob.

Trois mots aussi forts qu'une poignée de main.

Conscient du poids de cet engagement, John hocha la tête. La promesse d'un frère pouvait-elle vous protéger des incertitudes du monde ?

Les paroles suivantes parurent apporter une réponse négative à cette interrogation.

— Mais ne viens pas pleurer, quand les lois, les juges et les rois auront trahi ta confiance !

A sa grande surprise, John sentit la main de Cate se glisser dans la sienne.

— La famille, elle, ne vous trahira pas, John. Jamais !

Il soupira. La famille ? Mais elle l'avait déjà trahi par le passé ! Tout ce qu'il lui restait à espérer, c'était que les choses seraient différentes, cette fois.

C'était trop facile, songeait Cate le lendemain, tout en s'affairant à préparer son cheval et son épée. Trop facile de s'imaginer en train de poser la tête sur son épaule et de le laisser l'entourer de ses bras. Trop facile d'accepter son aide pour porter ses fardeaux…

L'une après l'autre, elle lui avait arraché des promesses, et il y conformait sa conduite au point qu'elle s'était mise à croire que ces promesses pourraient peut-être devenir réalité.

Elle ne devait pas s'abandonner à ces chimères. Quand la sombre peur fondrait de nouveau sur elle, c'était toute seule qu'il lui faudrait la surmonter. Oui, il fallait qu'il en soit ainsi.

Si elle laissait John la toucher, si elle s'abandonnait à lui comme une femme s'abandonnait à un homme, la peur n'habiterait plus ses rêves, mais elle reparaîtrait ailleurs. Qu'elle le veuille ou non, son corps opposerait une résistance.

Sa peur était si profondément enracinée en elle qu'elle ne pourrait plus jamais laisser un homme la prendre.

Quel que soit cet homme.

Les autres ignoraient cela, mais ils en savaient assez pour la laisser en paix. Ils connaissaient son besoin éperdu de solitude.

Mais Johnnie Brunson, lui, posait sur elle un regard neuf.

Ces deux dernières années, elle avait sans cesse vu le passé, ou du moins ce qu'ils en savaient, se refléter dans les yeux de tous les hommes et de toutes les femmes qui la côtoyaient. Chacun de leurs regards était là pour lui rappeler ce vécu.

Va-t-elle bien ? Nous devons être patients avec elle, tenir compte de ce qu'elle a traversé…

Ces mots n'étaient jamais prononcés, bien sûr. Cependant personne, à l'exception de Bessie, ne s'approchait jamais d'elle à moins d'un mètre. Ils lui accordaient l'espace, le temps et la solitude dont elle avait besoin.

Ils la laissaient tranquille.

Johnnie, lui, n'avait pas connu cette époque, ni ce qui avait suivi. Il n'avait pas été témoin de son chagrin, de son hébétude. Il ne l'avait pas vue errant tel un fantôme pendant des jours et des jours.

Non, il avait seulement vu ce qu'il voulait voir. Cate la Hardie. Cate la Courageuse. Cate qui ne craignait aucun homme. C'était là la Cate qu'il connaissait. Pas la fille endolorie et perdue, et certainement pas la fillette débordante de joie de vivre qui avait autrefois joué à cache-cache lors d'un mariage, en rêvant à ses propres noces.

D'une certaine façon, il était plus facile d'affronter un regard qui ne voyait en elle que ce qu'elle était devenue, qui la voyait comme elle voulait être vue.

Elle devait s'assurer qu'il ne verrait jamais rien d'autre en elle.

*
* *

John s'apprêtait à enfourcher Norse, le lendemain matin, quand Cate apparut soudain, montée sur son propre poney, Belde à son côté.

Il cilla, surpris.

— Il n'est pas question que vous veniez !

— Vous n'irez pas sans moi.

Allons bon ! Personne n'était donc capable de contrôler cette femme ?

— Bien sûr que si ! riposta-t-il.

Il se mit en selle et se dirigea vers le portail, où deux hommes en armes l'attendaient pour le conduire au château de Carwell. Durant la semaine passée, il avait compris qu'il valait mieux ne pas parcourir le pays sans escorte.

— Au revoir ! lança-t-il.

— Ces hommes sont des Gilnock, cria-t-elle. Ils sont prêts à vous guider. Mais si je ne viens pas, ils resteront ici.

John soupira. Tout ce qu'il savait du château qu'il cherchait, c'était qu'il se trouvait au bord de la mer. Et Rob ne pouvait pas, ou ne voulait pas, priver Brunson Tower d'un seul de ses gardes.

Exaspéré, il se tourna sur sa selle.

— Pourquoi faudrait-il que vous veniez ?

Vous ne me faites donc pas confiance ? ajouta-t-il à part lui. Il s'abstint toutefois de formuler cette question-là à voix haute, peut-être parce qu'il préférait ignorer la réponse.

Une expression amère altéra les traits de Cate.

— C'est ma vengeance que vous allez réclamer. Ce nouveau gouverneur entendra les faits de ma bouche. Il comprendra alors que je suis sérieuse.

— Une fille habillée en homme ! Vous croyez qu'il prendra cela *sérieusement* ?

Elle s'empourpra de colère.

— Aussi sérieusement que vous lui direz de le faire !

John secoua la tête.

« Je ne me suis jamais autant éloignée du château », lui

avait-elle dit la veille. Pourtant, ils allaient chevaucher plus loin, bien plus loin que Hogback Hill.

Jusqu'où allait le courage de cette fille ?

Et jusqu'où irait sa force à lui ?

— Nous resterons absents deux nuits, objecta-t-il. Peut-être même trois.

Il la dévisagea, guettant une lueur d'hésitation dans ses yeux.

Trois nuits à dormir auprès d'elle. En entreprenant ce voyage, il avait cru s'évader, pas emmener la tentation avec lui !

Cate déglutit puis se redressa sur sa selle.

— Ce ne sera pas la première fois que je dormirai à l'extérieur.

Assez courageuse, ma foi !

Agacé, John soupira de nouveau. Il ne voulait pas qu'elle vienne avec eux. Ni qu'elle interfère dans ses conversations avec Carwell.

Et encore moins dans son sommeil.

— Très bien, céda-t-il enfin. Venez, s'il le faut.

Il faillit ne plus regretter cette concession lorsqu'il vit le sourire de Cate. Elle lui emboîta le pas, Belde bondissant à côté du poney.

— Nous n'avons personne à traquer, cette fois, lança John par-dessus son épaule. Le chien reste ici !

Elle ouvrit la bouche pour protester, mais il secoua la tête, inflexible. L'obligation de laisser l'animal inciterait peut-être sa maîtresse à rester à la maison, elle aussi.

— Ne gaspillez pas votre salive, ajouta-t-il. C'est ainsi, tenez-vous-le pour dit.

Cate pâlit et une lueur de panique passa dans ses yeux. Elle finit néanmoins par hocher la tête. Avec un soupir, John lui accorda quelques instants, le temps qu'elle retourne confier le chien aux bons soins de Bessie. Elle rejoignit ensuite la petite troupe au portail.

— Tâchez de tenir le rythme, lui ordonna-t-il, tandis qu'ils se mettaient en route. Et, pour l'amour du ciel, taisez-vous !

A la grande surprise de John, elle réussit ce double exploit pendant toute la longue journée de voyage.

Ils se dirigeaient vers le nord par des pistes sinueuses, grimpant sur les étendues désolées de Tarass Moss. Les poneys avançaient prudemment pour éviter les plus grosses souches, et John se réjouit que ses compagnons et leurs montures connaissent aussi bien le chemin qui traversait ces terres sauvages, balayées par le vent. Une région inhospitalière, certes, mais qui avait le mérite de leur faire éviter les zones litigieuses.

Aucune raison de chercher les ennuis ! Les ennuis étaient déjà là, songea-t-il en regardant Cate chevaucher devant lui.

Des nuages gris et bas flottaient dans le ciel, s'éparpillant vers les montagnes. Par endroits, l'air épais se transformait en brouillard aussi humide que la pluie.

Au fur et à mesure qu'ils montaient, la forêt laissait place à des taillis qui ralentissaient la marche des poneys. Les voyageurs ne s'arrêtèrent pas pour autant. Leur seule nourriture fut du pain d'avoine, qu'ils mangèrent d'une main, tandis qu'ils tenaient les rênes de l'autre. Contrairement aux voleurs de troupeaux, ils chevauchèrent toute la journée, réservant la nuit au sommeil.

Ils atteignirent l'extrémité de la chaîne montagneuse au crépuscule, et firent halte près d'un ruisseau après le coucher du soleil. L'été touchait à sa fin, mais ils n'allumèrent pas de feu. Les deux Gilnock qui les accompagnaient s'installèrent à quelque distance, mais John étala sa couverture à un mètre de celle de Cate.

Elle fronça les sourcils.

— Nous n'avons pas besoin d'être si près !

— S'il arrive quelque chose au milieu de la nuit, vous

serez bien contente que je sois à proximité pour vous protéger, objecta-t-il d'un ton sec.

Il détesta l'effroi qu'il lut aussitôt sur son visage.

— A deux mètres, vous serez bien assez près !

Il soupira. Dormir à côté d'elle risquait de s'avérer une épreuve plus difficile que son entretien avec Carwell.

— Nous devrions arriver là-bas demain soir, déclara-t-il en installant son couchage un peu plus loin.

A Carwell Castle, au moins, elle dormirait avec d'autres femmes. Loin de lui, à défaut d'être loin de ses pensées...

Il lui tourna le dos et ferma les yeux, tout en sachant qu'il allait avoir du mal à trouver le sommeil.

— Les Carwell peuvent armer plus d'hommes que n'importe quelle famille de River Esk, dit soudain Cate, brisant le silence.

Il garda les yeux clos.

— Combien ?

— Presque autant que nous.

Cette remarque fit réfléchir John. Les Brunson étaient connus pour pouvoir mettre près de trois mille cavaliers en selle en cas de menace. Même le roi ne pouvait en dire autant.

— Nous ne sommes pas ici pour tenter un raid. Nous sommes venus apporter la proclamation du roi, qui nomme Thomas Carwell gouverneur des Marches.

— Cela veut peut-être dire quelque chose à Stirling, mais beaucoup moins à Liddesdale. Et, pour moi, cela ne signifie pas grand-chose. Pour ne pas dire rien.

Il se retourna brusquement et s'assit.

— Son père a été gouverneur avant lui. Il sait ce qui doit être fait.

Le tuteur détesté du roi avait destitué le père de Carwell de son poste, lui enlevant non seulement son pouvoir, mais aussi sa fortune. Cette nomination, c'était l'un des premiers actes de Jacques pour rétablir la justice.

— Si Carwell équipe des hommes, ce sera pour soutenir le roi, reprit-il.

Il commit l'erreur de baisser les yeux vers Cate, allongée sur le sol et déjà prête à dormir. Cette vision lui mit en tête des choses auxquelles il ne devait pas penser…

— Pourquoi n'est-ce pas vous qu'il a nommé gouverneur ?

— Parce que je ne le souhaitais pas, répliqua-t-il.

Certes, il n'aurait pas voulu se retrouver cloué dans ce pays qu'il avait quitté depuis si longtemps, mais la vérité, c'était que le roi ne le lui avait même pas proposé. Pour la première fois, il se demanda pourquoi.

— Cela aurait été une bonne chose pour nous. Cela aurait fait des Brunson la famille la plus puissante des Marches.

— Dormez donc ! rétorqua-t-il, en se recouchant lui-même.

Une fois étendu, alors qu'il cherchait des yeux les étoiles cachées par les nuages, il sentit une vérité déplaisante s'insinuer en lui. Il avait aimé le roi comme un frère, l'avait protégé et éduqué, attentif à son bien-être comme au sien propre ; une façon pour lui de recréer une famille pour remplacer celle qu'il avait quittée.

Or, le roi ne lui avait pas rendu la pareille.

Quand il avait quitté la cour, Jacques était en réunion avec les évêques et les lords du Conseil. Il n'avait plus besoin d'un grand frère.

Il l'avait renvoyé dans ce pays de hors-la-loi, attendant de lui la totale loyauté qu'il ne lui avait jamais montrée lui-même en retour. Et toute cette loyauté dont il avait fait preuve jusqu'ici serait instantanément oubliée si les Brunson ne se mettaient pas en route pour rejoindre le monarque avant les premiers froids.

Le bruit d'un sanglot le réveilla en sursaut, et il se tourna aussitôt vers Cate, prêt à s'enquérir de ce qui n'allait pas.

Elle avait les yeux fermés.

« J'ai fait un cauchemar », lui avait-elle dit dans la tour. Apparemment, ce n'était pas le premier. Toujours endormie, elle se tournait et se retournait sur sa couverture en marmonnant des paroles qu'il n'arrivait pas à distinguer. Soudain, elle envoya un coup dans le vide qui atteignit le bras de John et manqua son œil de très peu.

— Cate ! Réveillez-vous !

La respiration haletante, elle se dressa sur son séant sans cesser de se débattre avec frénésie. Il essaya de la calmer sans la toucher, en lui murmurant des mots de réconfort à l'oreille — assez près pour sentir son odeur, pour se rappeler la saveur de ses lèvres…

Il avait promis de ne pas porter la main sur elle mais, la voyant toujours dans les affres du cauchemar, il lui saisit les poignets pour l'empêcher de le frapper ou de se faire mal elle-même.

— Non ! cria-t-elle d'une voix vibrante d'angoisse.

Dans le noir, loin de son havre habituel, elle devait le prendre pour un agresseur.

— Non !

En un instant, ses hommes surgirent à côté d'elle, l'épée au clair et prêts à en découdre avec John.

— Elle dort encore ! expliqua-t-il en la lâchant. Cate ! C'est John. Vous êtes en sécurité.

A ces mots, elle se laissa retomber sur sa couche, luttant pour respirer. Les sons qui s'échappaient de sa gorge ressemblaient à des sanglots.

Puis elle se raidit, silencieuse.

— Qu'est-ce que… qu'est-ce que j'ai dit ?

Que craignait-elle donc d'avoir révélé ?

— Rien. Vos hommes sont là. Moi aussi.

Elle leva les yeux vers ses compagnons et se redressa aussitôt, très droite. Cate la Hardie.

— Vous pouvez retourner dormir. Ce… ce n'était qu'un rêve.

Elle les congédia d'un geste, et les deux Gilnock retournèrent à leur poste, non sans jeter à John un regard méfiant.

L'aube commençait à poindre. Du côté de l'est, une pâle lumière perçait à travers les nuages gris.

Cate tâtonna autour d'elle, cherchant la présence rassurante de son chien.

— Où est Belde ?

— Nous l'avons laissé au château. Vous avez oublié ?

Pour toute réponse, elle soupira, puis se leva et s'éloigna de quelques pas, comme si elle se rendait compte que John avait été près d'elle pendant tout ce temps — beaucoup trop près, en vérité.

Il se leva pour la suivre.

— Encore un cauchemar ?

— Un rêve, chuchota-t-elle en se détournant.

— Désolé…

— Pourquoi ? Vous ne pouvez rien contre mes rêves !

— Pas seulement pour cela. Je vous ai touchée, mais seulement pour que vous ne vous blessiez pas vous-même.

Il sourit, bien qu'elle lui tournât le dos.

— En m'assommant au passage !

Un haussement d'épaules, un grommellement… Il n'était pas très sûr de ce qu'il avait entendu.

— Qu'est-ce qui ne va pas, Cate ?

— Rien, répondit-elle sèchement.

La Cate habituelle avait reparu, avec son armure protectrice.

— Tout va bien. Nous accomplissons un voyage insensé pour remettre mon sort entre les mains d'un homme que nous ne connaissons ni l'un ni l'autre. Qu'est-ce qui pourrait aller mal, je vous le demande ?

— C'est vous qui avez insisté pour venir. La prochaine fois, vous resterez à la maison !

Il aurait voulu la saisir par le coude pour l'obliger à se retourner. Il aurait voulu la prendre dans ses bras et l'embrasser, caresser ses cheveux en lui murmurant…

Elle fit soudain volte-face et esquissa un pas vers lui, comme si elle avait lu dans ses pensées et les partageait. Au lieu de la douceur de ses lèvres, il eut droit à des paroles acerbes.

— La prochaine fois ? Ainsi, vous ne faites pas confiance à ce Carwell, vous non plus ?

— Si, j'ai confiance !

Il n'avait pas le choix, de toute façon.

— Recouchez-vous à présent, ajouta-t-il, et tâchez de vous rendormir !

Il rapprocha sa propre couverture.

— Je serai là, à côté de vous.

Il s'allongea et lui tourna délibérément le dos, en prêtant l'oreille pour savoir si elle obtempérait, mais ne perçut rien d'autre que le silence.

Au bout d'un moment, il se redressa. Elle était toujours debout, bien réveillée. Les bras croisés, elle scrutait les montagnes comme si elle s'attendait à voir une bande de Storwick fondre sur eux d'un instant à l'autre.

— Vos hommes sont tout près. Si quelqu'un vient, ils l'entendront aussitôt, n'ayez crainte.

— C'était exactement ainsi, chuchota-t-elle, comme si elle se parlait à elle-même. La nuit où ils sont venus. Humide, nuageuse, et ce parfum de bruyère si fort qu'il en était presque suffocant.

Elle frissonna.

— Je déteste cette odeur !

John cilla. Ce parfum, il l'avait savouré avec nostalgie, car il lui rappelait la maison.

Et, en esprit, il l'avait associé à Cate.

Un nouveau frisson la secoua. Elle semblait soudain si petite, si fragile ! Et ce cauchemar qui la tourmentait sans relâche… Etait-ce la mort de son père ou quelque chose d'autre ? Quelque chose de bien plus terrible encore pour une femme ?

Non, c'était impossible. Une bouffée de colère l'envahit à cette seule pensée.

— Qu'est-il arrivé cette nuit-là, Cate ?

Elle se ferma aussitôt.

— Willie Storwick et ses hommes nous ont attaqués. Ils ont tué mon père et ses compagnons.

John fronça les sourcils. La peur qu'elle portait en elle et qu'elle essayait désespérément de cacher était plus personnelle, il en était sûr. On aurait dit…

— Est-ce bien tout, Cate ?

— Vous trouvez peut-être que ce n'est pas assez ?

— Ce n'est pas assez pour justifier votre effroi.

Elle se raidit, comme s'il l'avait traitée de lâche.

— Oui, c'est tout, affirma-t-elle sans le regarder. Et c'est bien suffisant. C'est seulement dans mon rêve que j'ai peur. Et si j'ai refait ce soir ce cauchemar, c'est parce que j'ai senti l'odeur de la bruyère.

Cette fois, John se tut. Cate la Hardie, la Cate qu'elle montrait au monde, n'avait jamais peur. Et qui était-il pour mettre sa parole en doute, pour savoir si le raid brutal et le meurtre de son père justifiaient ou non sa frayeur ? Peut-être était-ce suffisant, en effet.

— Il ne vous arrivera rien, dit-il après un long silence pour la rassurer.

Elle sourit tristement.

— Vous le jurez ?

Encore une promesse. Une de plus après toutes les autres…

— Je voudrais bien.

A sa grande surprise, il était sincère.

— Mais vous êtes trop honnête pour cela, n'est-ce pas ?

— J'ai promis de ne pas vous toucher. J'ai promis de livrer Willie Storwick à la justice et de le poursuivre moi-même s'il le faut. Tout cela, je vous l'ai promis car ce sont des choses que je peux faire.

— Mais vous ne pouvez pas promettre qu'il ne m'arrivera

rien de mal, parce que le monde est vaste, la vie très longue, et le destin aussi capricieux que le vent d'ouest…

Elle s'agenouilla près de lui et posa la main sur son épaule. Surpris par son geste, il sentit la chaleur de sa paume à travers la laine de sa chemise.

— Ne me faites pas d'autres promesses, Johnnie Brunson. Car mon cœur se briserait si vous ne les teniez pas.

Il voulut poser sa main sur la sienne et s'arrêta juste à temps. C'était si facile de rompre une promesse ; si ardu de la tenir.

Le sourire de Cate lui apprit qu'elle n'était pas étonnée. Qu'en fait de promesses, elle n'avait pas confiance en lui et pensait bien qu'il n'en tiendrait aucune.

Il retira sa main.

— Allons, dormez encore une heure. Je vais rester éveillé pour surveiller les alentours.

Elle se recoucha et, peu après, il entendit enfin le souffle régulier de sa respiration.

Et tandis qu'il restait là, les yeux grands ouverts, à regarder le soleil se lever derrière Tarras Moss, il se fit à lui-même une autre promesse.

La promesse qu'il ferait tout ce qui était en son pouvoir pour la protéger…

Chapitre 8

A la grande satisfaction de John, le nom du roi leur avait ouvert sur-le-champ la porte de Thomas Carwell.

Il était vrai aussi que trois hommes et une femme ne représentaient pas une grande menace pour Carwell Castle. Entouré par des douves et protégé par une imposante tour de garde, aussi grande à elle seule que Brunson Tower, il était plus vaste que tous les châteaux que John connaissait, excepté celui du roi.

La deuxième journée de voyage avait été fort longue, mais le pays était plat et leur progression s'en était trouvée plus aisée que la veille. Carwell les avait accueillis avec hospitalité. Dès qu'on leur eut assigné des chambres pour la nuit, John insista pour avoir un entretien privé avec lui.

— Je ne lui fais pas confiance, chuchota Cate, tandis qu'ils suivaient l'un des hommes de leur hôte dans les couloirs peu à peu envahis par la pénombre.

— Vous ne savez rien de lui, objecta John, bien qu'il ne connût pas vraiment Carwell lui non plus.

Leurs chemins s'étaient croisés à la cour, mais très brièvement. Un peu plus âgé que Rob, Carwell avait les manières onctueuses d'un courtisan ce qui, pour Cate, était sans doute une raison suffisante de se méfier de lui.

Lorsqu'ils pénétrèrent dans le solarium, John vit briller une lueur de suspicion dans les yeux étrécis du maître de maison. Bien que visiblement sur ses gardes, Carwell n'en prit pas moins la main que lui tendait John et tous deux se donnèrent l'accolade.

Etait-elle sincère chez leur hôte ?

— Vous dites que c'est le roi qui vous envoie, commença-t-il après leur avoir offert de l'ale. Puis-je savoir pour quelle raison ?

Méfiant, songea John. Mais c'était bien normal.

— Jacques a écarté son tuteur. A présent, il règne lui-même.

Carwell hocha la tête.

— Oui, nous avons entendu cela.

John cacha son étonnement. A ce qu'il semblait, Carwell avait encore des relations à la cour. Des amis qui le tenaient informé…

— Et il veut établir la paix dans les Marches.

Homme du roi ou pas, Carwell esquissa une moue sceptique.

— Ah oui ? Et comment compte-t-il s'y prendre ? Il croit qu'il lui suffit de donner un ordre depuis son palais ?

— Il compte sur votre aide.

— Et comment pourrais-je faire maintenant ce que je n'ai pas réussi à accomplir auparavant ?

— Il veut que vous fassiez respecter la loi.

John lui tendit le décret royal.

— Et, pour cela, il vous nomme gouverneur des Marches.

Carwell prit le document. Un instant, il écarquilla les yeux, mais une expression indéchiffrable remplaça promptement la surprise. Il brisa le sceau royal et déroula la missive. Un autre parchemin, roulé à l'intérieur, tomba sur la table. Après l'avoir décacheté lui aussi, Carwell se pencha pour lire à la lueur du candélabre posé sur la table.

Derrière la fenêtre, on entendait les vagues se briser sur le rivage obscur, aussi infatigables que le vent balayant les montagnes.

Il se redressa enfin et repoussa le candélabre. La pénombre ne permettait pas de discerner la moindre émotion dans son regard.

— Que dit le second message ? demanda John.

Le roi ne lui avait parlé que de la nomination.

Carwell fit un geste vague de la main.

— Oh ! des félicitations personnelles !

Il exhala un soupir.

— Je regrette que mon père n'ait pas vécu assez longtemps pour voir cette charge revenir de plein droit dans la famille.

— Un Carwell a peut-être déjà été gouverneur, intervint Cate, comme si elle parlait elle aussi au nom du roi. Mais ce que l'on vous rend n'en doit pas moins être gagné.

C'était pour cela qu'elle était venue, songea John. Il devait la laisser faire entendre sa voix.

Leur hôte la regarda en haussant les sourcils.

— Et vous avez l'intention de me dire ce que je dois faire pour cela ?

Le ton était sceptique, nota John, mais pas dédaigneux.

La réponse de Cate fusa promptement.

— Vous devez faire pendre Willie Storwick le Balafré.

— Ah oui ? fit Carwell sans sourire. L'homme a des ennemis depuis Jedburgh jusqu'ici. De quoi l'accusez-vous ?

John la sentit se raidir à côté de lui. Pendant un moment, il crut même qu'elle n'arriverait pas à parler.

— De meurtre, répondit-elle enfin. Il a assassiné mon père.

Alors ils lui racontèrent tout — le raid meurtrier, la fuite de Willie, et le refus du précédent gouverneur de le livrer à la justice.

Lorsqu'ils eurent terminé, Carwell hocha la tête.

— J'enverrai un mot dès demain au gouverneur anglais. Storwick comparaîtra lors de la prochaine Journée de Trêve pour répondre de ses crimes.

Cate se détendit enfin et sourit. Son premier sourire depuis qu'ils avaient quitté la maison.

— Il faut que cela se fasse vite, insista John. Pas plus de quinze jours.

Carwell croisa les bras.

— Je vois que vous êtes prêts à faire le travail du gouverneur sans mon aide, tous les deux !

Johnnie sourit pour adoucir le ton de ses propos.

— Il faut que ce soit réglé avant que nous n'envoyions les hommes des Brunson rejoindre le roi.

Et parce que je l'ai promis à Cate, songea-t-il. Mais cela, il le garda pour lui.

Carwell désigna la lettre du roi d'un mouvement du menton.

— Il me demande aussi les miens. Mes hommes vont vous escorter jusque chez vous, puis ils partiront rejoindre le roi.

— Sans vous ? s'étonna John.

Même un gouverneur était censé répondre aux convocations royales !

— Sa Majesté me demande de rester ici pour y traiter quelques questions d'ordre administratif, répondit Carwell en montrant d'un geste le message personnel du roi.

Oui, Carwell était un homme du roi, en fin de compte. Toutefois, en quittant la pièce avec Cate, John se demanda si leurs intérêts convergeaient vraiment.

De retour à la maison, et après que Belde les eut dûment reniflés pour savoir où ils étaient allés et avec qui, John et Cate se retrouvèrent dans la grande salle pour relater à Rob et à Bessie leur entretien avec Carwell.

— C'est donc réglé, conclut John. Willie Storwick sera châtié.

Et j'aurai tenu ma promesse.

Il tourna les yeux vers Cate, en quête d'une confirmation, mais elle haussa les épaules.

— Il va être convoqué, mais il n'est pas sûr qu'il obtempère.

John déglutit. Cela, en effet, il ne pouvait le lui promettre !

La moue ironique de Rob reflétait les doutes de Cate. Cependant, son ton était étonnamment enjoué lorsqu'il fit observer :

— Il nous reste donc quinze jours avant la Journée de la Trêve.

— Oui. Carwell va convenir d'une date avec le gouverneur anglais, et les familles seront alors prévenues.

— En ce cas, nous partirons à cheval après-demain.

John sentit un désagréable picotement sur sa nuque.

— Partir pour où ?

— Oh ! une petite expédition dans les montagnes ! dit Rob avec un sourire.

S'il fallait cela pour faire sourire Rob le Noir, John préférait encore son humeur maussade.

— Tu avais dit que tu laisserais agir le gouverneur !

— J'ai dit que je le laisserai châtier Willie le Balafré. Notre petit raid n'a rien à voir avec lui, même si cela concerne quelques têtes de bétail détenues par les Storwick.

Le sourire de Rob se transforma en expression sévère et décidée.

— Dans quelques jours, ce sera la nouvelle lune. Le ciel est clair, et nous aurons le vent dans le dos pour le trajet de retour.

John se renfrogna. Il avait parlé à Carwell d'établir la paix dans les Marches, et voilà que les Brunson étaient les premiers à la mettre à mal !

— Tu prétends que nous devons voler ou mourir de faim. Mais le garde-manger n'est pas vide, que je sache.

Il jeta un coup d'œil à Bessie.

— Ce n'est pas vrai ?

Elle soupira.

— L'hiver est long, Johnnie. S'il n'y a pas pénurie aujourd'hui, cela risque d'être le cas demain.

John frappa son poing dans sa main dans un geste de frustration. Un homme qui devait faire ses preuves, tel était Rob à présent — impatient de lancer son premier raid. Sans doute fallait-il qu'il marque ainsi son accession au poste de chef de clan.

— Viens avec nous, Johnnie, le pressa Rob, la voix soudain vibrante. Allons, viens !

John faillit dire oui.

Viens avec nous, Johnnie !

Cela faisait tant d'années qu'il rêvait d'entendre ces mots… Bessie avait-elle raison, en fin de compte ? Peut-être Rob voulait-il qu'il reste ?

Ils le regardaient tous les trois, attendant sa réponse en silence. Il secoua la tête. Le roi voulait davantage que des hommes. Il voulait une entière allégeance à la couronne, pas des disputes de clans.

— Non, je n'irai pas. C'est Willie le Balafré que j'ai promis de punir. Pas les troupeaux de sa famille !

— Ce qui nuit aux Storwick nuit aussi à Willie, argua Rob.

Ce qui nuit aux Brunson te nuit aussi, aurait-il pu ajouter.

Mais aux yeux de Rob, John n'était pas un Brunson. Pas de la façon dont il l'entendait.

Cate, qui était restée silencieuse, se leva brusquement.

— Je dois m'occuper de mon poney avant notre expédition. Il s'est écorché une jambe pendant que nous traversions la montagne.

— Vous n'irez nulle part, protesta John, furieux qu'elle envisage de se remettre en danger.

— Bien sûr que si ! Et ce n'est pas à vous de m'en empêcher.

Il eut un soupir excédé. Leur voyage n'avait-il donc rien appris à cette fille ?

— Vous voulez vous venger contre quiconque porte le nom de Storwick, c'est ça ? Que cela vous rapproche ou non de Willie le Balafré ?

Comme elle se détournait sans répondre, il eut la désagréable impression qu'elle ne croyait pas en sa promesse et avait décidé de se venger elle-même !

— Elle peut venir si elle veut, intervint Rob. C'est à elle de décider.

Mais tu ne l'as pas vue en plein cauchemar ! aurait voulu

lui crier John. *Tu ne sais pas à quel point elle aura peur. Elle ne vous le montrera pas !*

Lui savait, désormais. Cate Gilnock vivait dans la hantise de quelque chose qu'il ne pouvait pas comprendre.

— Si tu ne viens pas avec nous, Johnnie, puis-je te confier la surveillance du château ?

John refusa d'un signe. Ce n'était pas le château qu'il voulait protéger, c'était Cate.

— Si elle y va, alors moi aussi.

Rob, Bessie et Cate le dévisagèrent en silence. Il essaya de déchiffrer l'expression de Cate ; elle plissait le front, visiblement perplexe.

Se réjouissait-elle, ou lui était-ce complètement égal ?

— Ainsi, vous prendriez le risque de mécontenter votre petit roi ? s'enquit-elle enfin.

Agacé, John fronça les sourcils.

— Quand Rob a participé à son premier raid, il était plus jeune que le roi aujourd'hui. Alors, s'il vous plaît, je ne veux plus entendre de railleries sur son âge.

En ce qui le concernait, John n'avait jamais effectué de raid. Pas jusqu'à ce jour. Même en cela, il n'était pas un vrai Brunson.

Peut-être était-il temps qu'il participe à l'un d'eux. Peut-être, s'il comprenait ce genre d'action, lui serait-il plus facile d'y mettre fin une bonne fois pour toutes.

— Je vais venir avec vous voler quelques têtes de bétail, dit-il avec une farouche détermination. Et vous empêcher de faire pire !

Ou plutôt empêcher qu'il n'arrive encore pire à Cate…

Rob hocha lentement la tête.

— Bienvenue, Johnnie. Mais il y a une leçon que tu apprendras peut-être en venant avec nous. Dans un raid, on n'a pas toujours le choix !

Cate descendit l'escalier avec Belde, et John lui emboîta le pas dans l'intention de lui parler et peut-être de lui faire entendre raison. Mais elle ne ralentit pas et traversa la cour sans se retourner.

Résistant à l'envie de l'agripper par l'épaule, il allongea le pas pour se mettre à sa hauteur.

— Je vais les accompagner. Vous n'avez plus besoin de vous joindre à eux.

Elle ne s'arrêta pas et il franchit le portail avec elle.

— Ma vengeance ne vous concerne pas, Johnnie Brunson !

— C'est faux. Elle me concerne, à présent.

Elle secoua la tête, pas convaincue.

— Je vous ai donné ma parole que Willie le Balafré serait livré à la justice, reprit-il. Je ne vous laisserai pas le tuer avant ! Et je ne laisserai pas cet homme vous tuer.

Cette fois, elle s'arrêta et lui fit face.

— Si c'est pour ça que vous venez, vous feriez aussi bien de rester ici !

Bien sûr que c'était pour cela ! Mais le dire n'aurait servi à rien. Autre chose le troublait, tandis qu'il observait Cate. Un petit tremblement du menton. Cette expression outrancière de défi dans ses yeux. Quelque chose lui disait que…

— Vous n'avez jamais participé à un raid, n'est-ce pas ?

Elle se pencha pour caresser le chien, signe évident de nervosité, puis se remit en marche.

— Ni vous !

— Vous ne me faites toujours pas confiance, lança-t-il, mortifié.

Cette fille ne lui témoignait pas une once de la confiance qu'elle accordait à n'importe lequel des autres Brunson !

— Vous ne croyez pas que je tiendrai parole. Vous pensez que vous devez prendre les choses en main vous-même.

Ils avaient atteint le bosquet près du ruisseau, à l'endroit où il l'avait vue entraîner son chien. L'eau coulait avec des gargouillis, répandant une atmosphère de calme trompeur.

— Je sais que vous essayez de m'aider et je vous en remercie, concéda-t-elle enfin.

Sa voix ne débordait pourtant pas de gratitude.

— Mais que Willie Storwick vive ou meure, vous quitterez les Marches. Moi, je devrai vivre ici toute ma vie.

Elle tendit le bras vers les montagnes.

— Pendant que les Storwick seront toujours là, sur l'autre versant… Le sort de Willie ne signifie rien pour vous. Pour moi, il signifie tout.

Ses cheveux blonds, emmêlés par le vent, fouettaient son visage, et ses yeux bruns étaient comme deux puits sombres dans son visage blême. Déconcerté par ce mélange de bravoure et de terreur qui l'habitait, John ne savait toujours pas comment se comporter avec elle. Cependant, la voir ainsi lutter contre ses propres frayeurs lui donnait envie de la protéger pour qu'elle ne connaisse plus jamais la peur.

— Vous avez du courage, dit-il d'une voix adoucie.

Il aurait tant aimé la prendre dans ses bras !

— De vouloir les accompagner dans ce raid, ajouta-t-il avec un sourire, dans l'espoir de lui en arracher un autre en retour.

Elle se contenta de secouer la tête.

— Je ne fais rien de plus que n'importe quel autre habitant des Marches. Cela ne demande pas de courage particulier. Il n'y a pas de quoi se vanter !

— Qu'est-ce que le courage, si ce n'est pas d'affronter l'ennemi ?

Allait-elle lui répondre ? Aurait-il enfin un aperçu de la vraie personne qu'elle était, à travers les interstices de son armure ?

— Le courage ? C'est d'être allongé dans le noir et d'affronter ses cauchemars, dit-elle. Puis de se lever comme si de rien n'était pour affronter la journée.

Ces paroles le frappèrent comme un coup de poing. Oui,

c'était le genre de courage dont elle avait besoin, quand même le sommeil ne lui apportait pas de répit.

— Quels cauchemars, Cate ?

Elle resta silencieuse un instant, comme perdue dans ses pensées, puis son regard rencontra celui de John.

— Les hommes du roi n'ont donc que cela à faire ? Parler de leurs rêves ?

Elle se moquait, de toute évidence. Pour se protéger.

John avait bel et bien rêvé d'elle, mais il n'avait pas l'intention d'en parler.

— Non, répondit-il. Et la vie auprès du roi requiert une autre sorte de courage.

Il pensa qu'elle allait le railler de nouveau. Surpris, il vit son regard s'adoucir.

— Dites-moi !

Il n'avait jamais évoqué cela avec personne. En fait, c'était là des choses qu'il s'était à peine avouées à lui-même. Mais Cate avait le pouvoir de faire jaillir les mots de lui.

— Le roi a grandi entouré par… Non, pas entouré… à la merci d'hommes qui le gardaient en vie pour servir leurs propres objectifs.

Jacques était devenu roi alors qu'il n'était encore qu'un bébé, et un si jeune souverain est une bien fragile créature.

— Même sa mère changeait de parti plus vite encore que de mari. Ecossais, Anglais, Français… D'un jour à l'autre, on ne savait plus où allait sa loyauté. Ça l'a rendu fort, mais méfiant.

John aurait pu en dire autant. La vie lui avait appris à ne pas se fier à la famille.

Ni aux femmes.

— Est-ce qu'il a confiance en vous ?

— Si ce n'était pas le cas, il ne m'aurait pas envoyé ici.

Tout en prononçant ces mots, il comprit soudain pourquoi le roi l'avait chargé de cette mission. C'était un test, bien plus important qu'il ne l'avait pensé d'abord.

Une épreuve destinée à prouver à qui allait sa loyauté.

Le regard de Cate ne vacilla pas, mais il sentait l'incertitude et la perplexité dans le sien.

En quittant le roi, il n'y avait pas la moindre question en lui, ni le plus petit doute sur ce qu'il devait faire.

A présent, les choses n'étaient plus aussi claires. Plusieurs loyautés se mêlaient en lui. Les autres n'avaient pas ce problème ; la famille était tout pour eux. Ici, personne ne remettait jamais ce credo en cause.

Personne… sauf Johnnie Brunson.

Et voilà que Cate, avec son entêtement, l'obligeait à se remettre en question, ce que jamais aucune femme n'avait réussi à faire. Elle lui avait même grommelé de vagues remerciements. Il était certain qu'elle n'en avait jamais accordé autant à un homme.

Malgré cela, elle doutait encore de lui. Eh bien, elle avait sans doute de bonnes raisons, après tout. Peut-être était-elle en train de le mettre l'épreuve, elle aussi. Comme le roi Jacques.

— Je vous ai donné ma parole, Cate. Me croyez-vous capable de la tenir ?

Il retint son souffle, dans l'attente de sa réponse. Le sourire de Cate le surprit.

— Pas assez pour vous laisser faire ce raid tout seul, Johnnie Brunson !

Il se croisa les bras, imitant son attitude butée.

— Alors nous irons ensemble. Parce que je ne vous laisserai certainement pas y participer sans moi.

— Vous êtes une tête de mule, Johnnie Brunson !

— Pas plus que vous, Cate Gilnock.

Cette fois, ils sourirent tous deux. Au moins, ils avaient un trait de caractère en commun !

Cette nuit-là, Cate fut réveillée par un songe encore plus effrayant que les autres.

Elle avait rêvé qu'elle faisait l'amour avec John Brunson, et qu'elle n'avait même pas peur !

Les yeux grands ouverts dans l'obscurité, écoutant la respiration légère de Bessie à côté d'elle, elle essaya de comprendre. Dans son rêve, il y avait eu un instant de paix partagée, puis un doux baiser… et plus.

Elle avait voulu davantage !

Non, ce n'était pas seulement un rêve, mais la prémonition de ce qui arriverait si elle s'abandonnait à lui. Car, dans le songe, les mains de John glissaient sur ses seins, sur sa peau, si caressantes, si réconfortantes, si excitantes… jusqu'à ce qu'elle se sente littéralement emportée, comme habitée soudain par un esprit sauvage, indompté.

Et c'était alors qu'elle s'était réveillée, le cœur battant à tout rompre. Terrorisée de nouveau.

Allongée sur le dos, elle s'obligea à respirer calmement.

Un jour, il lui faudrait bien se marier, supposait-elle, même si elle avait résolument écarté cette pensée de son esprit. Aussi longtemps qu'il n'y aurait pas de maîtresse au château, elle pourrait y vivre, aidant Bessie à diriger la maisonnée et Rob à s'occuper des poneys. Oui, aussi longtemps qu'elle pourrait entraîner les chiens et élever les chevaux, elle aurait de la nourriture et un abri. Une vie.

Une vie qui en vaille un peu la peine.

Après l'agression, elle était restée de longs mois hébétée, ne ressentant plus rien. Les aliments lui semblaient insipides. Le soleil, la lune, la musique n'avaient plus la moindre douceur. Ses vêtements flottaient sur elle, et elle se mouvait dans un monde incolore.

Combien de temps était-elle restée ainsi ? Elle ne le savait pas vraiment. Puis, un jour, elle avait entendu le chant d'un oiseau, senti le vent sur sa peau, redécouvert de minuscules plaisirs. La langue de Belde sur sa main, le lever du soleil après une nuit sans cauchemar, la chaleur du feu en décembre… c'était là les choses auxquelles elle se raccrochait, les infimes pierres de touche de la vie quotidienne. Et elle ne demandait, n'espérait, et ne désirait rien d'autre.

Jusqu'à maintenant.

Elle n'avait pas vraiment été témoin de manifestations de tendresse entre un homme et une femme. Son père était resté veuf très tôt, et elle n'avait jamais surpris de baisers volés ni entendu de sons étouffés en provenance dans la chambre parentale. Elle pouvait donc faire comme si cela n'existait pas, comme si elle ne devait plus jamais avoir à affronter ces choses, tant qu'elle resterait sur ses gardes, le corps sur le qui-vive et l'épée à portée de main.

Or, l'arrivée de John avait changé tout cela.

C'était un homme habitué aux baisers faciles et aux femmes consentantes ; un homme qui ignorait qu'on ne touchait pas Cate Gilnock.

Son apparition avait suscité en elle un désir plus dangereux encore que celui du corps, celui de partager sa vie avec un homme. De travailler près de lui dans un climat de confiance, de dormir à son côté et de porter ses enfants. Des choses qu'elle s'était même interdit d'imaginer, et plus encore de désirer.

Elle aurait aimé lui en vouloir pour cela, mais son rêve lui avait révélé la vérité. Promesses données. Promesses tenues. Et voilà qu'elle rêvait de quelque chose qui ne pourrait jamais se réaliser — être une femme capable d'aimer un homme.

Il fallait qu'elle s'interdise ces rêves, qu'elle les maîtrise comme elle avait maîtrisé sa vie ces deux dernières années. Car, même après la mort de Willie Storwick, elle craignait bien de ne jamais pouvoir presser son corps, pas même ses lèvres, contre le corps d'un homme et d'en ressentir de la joie.

Alors à quoi bon soupirer après un séducteur tel que Johnnie Brunson, capable de subjuguer une femme par sa seule présence ? Sans doute espérait-il une épouse toute disposée à se laisser charmer, une femme prête à fondre dans ses bras et à accueillir ses baisers.

Elle était Cate la Hardie. Plus que jamais. Pas le genre de femme à avoir besoin d'un homme, encore moins à en désirer un.

La promesse que John lui avait faite était en réalité une promesse à son roi. C'était à lui qu'il avait fait allégeance. Bientôt, il retournerait à la cour, où il épouserait quelque jouvencelle dotée de toutes les grâces. Quant à elle, elle resterait seule avec son désir et ses regrets, aussi difficiles à guérir que les blessures dont elle avait déjà souffert.

Non, elle ne devait pas s'abandonner, et elle ferait en sorte que John Brunson ne devienne pas trop proche d'elle. Un jour, il s'en irait, la laissant affronter seule ses cauchemars.

Vous ne me faites pas confiance ?

Si, et c'était bien là le problème ! Elle avait commencé à lui faire confiance.

Chapitre 9

John se mit en selle avec les autres, une heure avant le coucher du soleil.

Ils n'étaient qu'un petit groupe, afin de pouvoir se déplacer rapidement. Seulement cinq hommes, plus Rob, Cate, et lui.

Dans la faible lueur du crépuscule, les seins dissimulés par sa veste doublée de plaques métalliques et les cheveux cachés par un heaume, Cate ne se distinguait pas du groupe d'hommes.

Excepté pour lui.

Le casque qu'il avait emprunté n'étant pas convenablement emboîté sur sa tête, elle tendit le bras pour le lui assujettir.

Ne pas la toucher, se rappela-t-il. Il lui sourit.

— Merci !

Leurs regards se rencontrèrent, et elle entrouvrit les lèvres avant de détourner les yeux, comme si le simple contact de ses doigts sur le métal représentait encore un trop grand risque.

Il aurait voulu prendre sa main, déposer un baiser sur ses doigts en lui assurant qu'il la protégerait. Et surtout la supplier de rester à la maison…

— Restez au milieu du groupe, leur dit Rob.

Cate hocha la tête. Puis elle rassembla ses rênes et appela Belde auprès d'elle, tandis que son cheval se mettait en marche avec les autres en direction du portail.

— Tous les deux ! ordonna Rob.

John regimba.

— Ne t'inquiète pas pour moi. J'ai été entraîné par le maître d'armes du roi !

— Tu vas rester près des autres et faire ce que je te dis, répliqua Rob en baissant la voix pour n'être entendu que de lui. Je ne veux pas que tu traînes en arrière !

— Je ne suis plus Johnnie Blunkit !

— C'est possible, mon petit gars, mais tu n'as jamais participé à un raid.

John lui en voulut de ce rappel. Avant son départ, il était trop jeune pour les raids, ou du moins était-ce ce que prétendait son père, car Rob, au même âge, participait déjà à ces expéditions.

— Peut-être. Il n'empêche que je m'en tirerai parfaitement.

— Fais comme tu veux, alors. Mais si tu te fais tuer, ce ne sera pas ma faute, rétorqua Rob avant d'aller prendre la tête du groupe.

En plus de l'agacement, sa mise en garde avait réveillé autre chose en John : une sourde inquiétude.

Il rapprocha son poney de celui de Cate. Après tout, c'était pour elle qu'il était là ce soir. Il entendait donc bien rester à son côté.

— Nous n'allons là-bas que pour capturer quelques têtes de bétail, déclara Rob en s'adressant à tout le groupe. Pas pour autre chose.

Il jeta un regard significatif à Cate.

— Ni pour personne d'autre. Qu'on se le tienne pour dit !

Elevant la voix, il lança le cri de ralliement des Brunson.

— Aussi silencieux que le clair de lune !

— Aussi sûr que les étoiles ! répondirent aussitôt ses hommes.

— Je ne fais pas ce raid pour du bétail ! grommela Cate entre ses dents.

Elle avait parlé si bas que seul John l'entendit.

— Et vous ne le faites pas non plus pour retrouver Willie, lui rappela-t-il sèchement. Du moins pas ce soir.

— Mais les Storwick doivent bien savoir où il se trouve !

— Cate, je vous ai promis quelque chose et vous aussi. Vous m'avez donné votre parole que vous me laisserez le livrer à la justice.

Elle esquissa une moue, en lui lançant un regard furieux. Voilà une femme qui faisait confiance à sa famille, certes. Cependant, elle paraissait être habituée à ne compter que sur elle-même. Jusqu'ici, rien de ce qu'il avait fait n'y avait changé grand-chose.

Ils traversèrent la vallée avant d'atteindre les montagnes. John se sentait plus maladroit que d'habitude, ce qui semblait confirmer les craintes de son frère. Son cheval ayant été jugé insuffisamment entraîné et son armure trop lourde, il montait Norse, un animal qu'il ne connaissait pas encore très bien, et ne portait que son haubert. Il avait amené sa courte épée et sa dague et, dans la main droite, il serrait une longue lance qui le forçait à tenir les rênes d'une seule main.

Malgré cet étrange équipage, il se sentait plus léger et libre de ses mouvements que lorsqu'il étouffait dans son armure. Et tandis qu'il gravissait les pentes au pas régulier et sûr du poney, il sentit quelque chose s'éveiller soudain en lui. Pas tout à fait un souvenir, mais un étrange plaisir à être là, sur ces pistes de montagne, comme s'il avait fait cela toute sa vie.

Il se cala sur sa selle, en se fiant au poney bai qui avançait dans le noir. Le trajet n'était pas très long, mais semé d'embûches. Un visiteur animé d'intentions amicales aurait chevauché dans la vallée, en suivant la rivière pour gagner le château. Au lieu de cela, il leur fallait prendre par les hauteurs, en décrivant un cercle pour ne pas être vus. Plus bas, il distingua un hameau éclairé par la lueur dansante de ses foyers.

Mais ce soir, leur raid n'était pas dirigé contre un village.

Bien qu'il se tînt aussi près de Cate que son chien, elle regardait droit devant elle, sans jamais tourner les yeux dans sa direction. Les autres ne convoitaient que le bétail. Cate, elle, voulait se venger, et il était bien décidé à l'en empêcher.

Il n'y avait plus de sentier tracé, mais les poneys n'en avaient pas besoin. Ils se trouvaient à présent dans la partie dépourvue d'arbres, montant et descendant selon les ondulations de la montagne. Même si un guetteur les avait aperçus, ils auraient disparu à sa vue à la seconde suivante.

Enfin, ils découvrirent en contrebas de l'un des versants une hutte de berger et la partie du troupeau que les Storwick n'avaient pas encore ramenée des hauts pâturages.

Willie le Balafré n'était pas un gardien de vaches. Il y avait peu de chances de le trouver aux alentours au beau milieu de la nuit. John n'en surveillait pas moins Cate comme du lait sur le feu.

En voyant la hutte, Cate avait crispé les mains sur ses rênes, tirant si fort que le poney, ne comprenant pas ce qu'elle attendait de lui, broncha. Elle relâcha sa prise et promena un regard inquiet autour d'elle, ainsi qu'elle avait fait pendant tout le trajet. Voyons, c'était absurde ! Elle ne pouvait continuer à scruter ainsi l'obscurité. Cela ne faisait qu'entretenir sa peur. Entourée par les hommes, avec Belde à côté de son poney, elle n'était pas seule.

Même si c'était impossible en cette saison, elle avait l'impression de percevoir dans l'air le suave parfum de la bruyère en fleur. Etouffant. Lourd de si terribles souvenirs…

« Vous êtes courageuse », lui avait dit John. Ce n'était pas vrai. Quand Willie le Balafré serait mort, alors seulement elle sentirait sa peur refluer enfin et ses cauchemars la laisseraient en paix. Pas avant.

Lorsque Rob eut donné le signal et que les autres commencèrent à descendre vers le troupeau, l'appréhension déferla de nouveau en elle, mais ce n'était pas seulement pour elle-même.

Cette fois, c'était aussi pour *lui* qu'elle avait peur.

*
* *

D’un simple geste de la main, Rob donna le signal de l’action. Soulagé de voir qu’elle ne tentait pas de les suivre, John demeura sur la crête avec Cate. Du reste, tout alla très vite. Les Brunson dévalèrent la pente, encerclèrent le troupeau et le poussèrent vers la montagne avant qu’un seul Storwick n’ait eu le temps de se manifester.

Alors que ses compagnons s’éloignaient, Cate n’avait pas bougé. Un homme sortit soudain de la hutte, trop tard pour sauver son troupeau. John la sentit se raidir à côté de lui. Prête à s’élancer, elle prit une profonde inspiration et rassembla ses rênes.

— Allons, venez ! leur cria Rob.

John ne le pouvait pas. Il devait agir avant Cate. Sinon, elle allait dévaler la pente et affronter l’homme toute seule.

— Retiens-la ici ! lança-t-il à son frère.

Puis, éperonnant sa monture, il galopa jusqu’à la hutte avant que l’homme n’ait eu le temps de se mettre en selle et lui pointa sa lance sur la poitrine.

— Où est Willie le Balafré ?

Son interlocuteur émit un rire où résonnait malgré tout une note de panique.

— Je n’en sais rien. Il va où il veut, je ne suis pas chargé de sa surveillance !

John sentit confusément la présence de Cate derrière lui. Cette tête de mule l’avait suivi !

— Que dit-il ? s’informa-t-elle, hors d’haleine.

Il entendit le craquement de la selle, celui d’une botte, puis le grondement de Belde.

Bon sang ! Elle n’était tout de même pas en train de mettre pied à terre ?

— Restez en arrière ! cria-t-il en lui jetant un coup d’œil par-dessus l’épaule.

Cette seconde d’inattention suffit. L’homme tira sa dague

et frappa. La lame atteignit le bras gauche de John, que son armure ne protégeait pas, et un flot de sang jaillit aussitôt de la blessure. Cependant, à son grand étonnement, le Storwick ne poursuivit pas le combat. Au lieu de cela, il se mit à courir.

Droit sur Cate.

John fit faire volte-face à son cheval. Dans le noir, il lui était difficile de distinguer ce qui se passait, mais il entendit Cate pousser un cri et crut voir Belde s'affaisser sur le sol.

Pas le temps de mettre pied à terre ni de tirer son épée ou sa dague. D'un geste preste, il jeta sa lance sur l'ennemi. Sans réfléchir, sans hésiter.

Deux secondes plus tard, il avait à ses pieds un adversaire mort, cloué au sol par la pointe de fer.

Il se précipita vers Cate.

— Vous allez bien ?

— Oui. Mais il a blessé Belde, répondit-elle d'une voix tremblante.

Il voulut descendre de cheval mais, saisi de vertige, il vacilla et faillit tomber. Sans doute avait-il perdu trop de sang.

Rob apparut alors, furieux.

— Vous êtes contents de vous ? Allons, venez maintenant !

— Mais Belde..., commença Cate.

— Il faudra bien qu'il suive !

Lentement, elle se hissa en selle, tandis que Belde s'efforçait de se relever. A la file, ils s'engagèrent sur le versant, laissant un mort derrière eux. Et un peu de l'arrogance de John...

Il y a une leçon que tu apprendras peut-être en venant avec nous. Dans un raid, on n'a pas toujours le choix !

Contrairement à leurs plans, la chevauchée du retour leur prit plus de temps qu'à l'aller. Rob envoya les autres devant avec le bétail, afin qu'ils cachent les bêtes dans les gorges de Tarras Moss. Ainsi, si les Storwick s'avisaient de les suivre, seuls John, Cate et lui seraient en danger.

Au lieu de rester dans la montagne, ils suivirent la route plus facile qui longeait la rivière. Mais ni John ni le chien ne pouvaient avancer très vite. Lorsque le ciel s'éclaircit, ils firent halte pour examiner les blessures de l'homme et de l'animal.

John regarda Cate s'occuper de Belde, pendant que Rob inspectait sa blessure à lui. Sans douceur, il nettoya succinctement sa plaie et lui noua un linge autour de l'avant-bras pour arrêter le saignement.

— Cela va se remettre, maugréa-t-il en serrant le nœud un peu trop fort.

John grimaça en regardant son bras, puis leva les yeux vers son aîné.

— Rob, je suis désolé.

Rob haussa les épaules ; sans doute sa façon à lui de dire qu'il pardonnait.

— Je vais retourner en arrière pour voir s'ils nous suivent.

Il jeta un coup d'œil vers Cate, puis ajouta :

— Occupe-toi d'elle !

Péniblement, John se dirigea vers l'endroit où Cate était assise. L'épaule serrée dans un morceau d'étoffe, l'énorme Belde était étendu sur les genoux de sa maîtresse, qui le berçait comme un bébé. Blotti contre elle, le chien poussait de petits jappements de douleur.

— Comment va-t-il ? demanda-t-il en s'asseyant auprès d'elle.

Elle lui lança un regard angoissé.

— Et vous, comment allez-vous ?

— Rob dit que ça va s'arranger.

— Pour Belde aussi. La blessure n'est pas profonde. Laissez-moi regarder la vôtre, à présent.

Elle se tourna vers lui pour défaire le bandage, et il apprécia la délicatesse de ses gestes. Le contact de ses doigts sur son avant-bras nu était agréable, après la rudesse de Rob.

Son contact… Car elle était là, vivante, saine et sauve. Et elle le touchait !

Il posa sa main sur la sienne et elle se raidit, mais ne protesta pas. Toutes les émotions qu'il avait refoulées pendant la nuit déferlaient à présent en lui. Il aurait pu la perdre si aisément !

Portant ses doigts à ses lèvres, il y déposa un baiser. Elle le remercia en lui pressant la main et leva les yeux vers lui.

— Vous m'avez sauvé la vie, Johnnie.

Les mots lui venaient lentement. De toute évidence, elle n'avait pas l'habitude de remercier.

— C'est bien pour cela que je suis venu.

Il sourit pour atténuer l'aveu et, cette fois, elle lui rendit son sourire.

— Pour l'amour du ciel, arrêtez de prendre des coups, Johnnie Brunson !

Elle lui retira ses doigts, mais ne fit pas mine de tirer sa dague ni de le menacer. John lui releva le menton pour lire dans ses yeux et lui caressa la joue avec une douceur dont il ne se savait pas capable. Elle se mit à trembler et il sentit frémir sa main qu'elle avait posée sur son torse. Son regard restait rivé au sien avec autant d'intensité que s'il avait été sa seule planche de salut en ce monde.

Toutefois, ce qu'il lut dans ses prunelles n'était pas la passion, ni le désir d'une femme prête à s'abandonner et à ouvrir ses jambes pour lui.

Non, c'était autre chose. Elle le dévisageait comme s'il était la dernière chose qu'elle devait voir en ce monde, l'ultime objet qui la retînt encore à la vie.

— Est-ce que je peux vous embrasser ?

Jamais encore il n'avait demandé la permission à une femme une fois qu'il la tenait dans ses bras. Avec elle, tout était différent.

Elle ne dit pas un mot ni n'acquiesça de la tête. Simplement, elle ferma et rouvrit les paupières.

John se pencha davantage vers elle. Ce baiser-là ne serait pas un baiser de possession. Il n'allait pas lui demander de se rendre. Sa bouche se posa doucement sur la sienne, l'invitant à le rejoindre.

D'abord, elle ne répondit pas à cet appel, puis elle essaya, comme si ses lèvres apprenaient.

Comme si elle n'avait jamais embrassé personne avant cet instant.

Cette pensée le frappa et il s'écarta légèrement.

— On ne vous a donc jamais embrassée ?

Question absurde. Et pourtant…

— Pas avec mon consentement.

Mille autres questions surgirent en lui, noyées dans la brume du désir.

— Et ce baiser-là, vous le désirez ?

Comme elle ne répondait pas, il faillit la supplier.

S'il vous plaît…

— Oui, fit-elle enfin.

Puis elle ferma les yeux et s'inclina de nouveau vers lui, les lèvres entrouvertes.

Je n'ai pas peur. Il me lâchera si je le lui demande.

Elle faillit prononcer les mots, les mots qu'elle se répétait chaque jour. Elle avait l'impression de vaciller sur une crête, comme si elle se tenait au bord d'un précipice, avec le vent dans son dos et rien pour se retenir, rien pour l'empêcher de tomber.

Si elle sautait dans le vide, que se passerait-il ? Si elle se perdait, retrouverait-elle jamais son chemin ?

Pouvait-elle vraiment être encore une femme ordinaire, capable d'éprouver de l'amour pour un homme ?

Pour cet homme-là ?

L'espace d'un instant, la réponse fut oui.

Oui à ces lèvres chaudes et tendres sur les siennes. Oui à

ces bras fermes qui l'enlaçaient doucement. Oui à cette pluie de baisers sur sa gorge, à ces mains qui lui effleuraient les seins. Oui à un monde où n'existaient plus que leurs deux corps ; oui à une proximité qui lui coupait le souffle, lui volait ses pensées, sa maîtrise d'elle-même.

Elle avait l'impression que si elle le laissait se rapprocher encore un peu d'elle, même s'il ne la touchait jamais plus ensuite, il saurait tout.

Et cela l'effrayait.

Les bras de John la serraient maintenant plus fort, ses baisers se faisaient plus rudes, sa respiration plus rapide…

Non !

Elle s'écarta en le repoussant et il la lâcha aussitôt, plus aisément qu'elle ne s'y attendait.

Pendant quelques instants, ils respirèrent à l'unisson, leurs fronts appuyés l'un contre l'autre, dans une communion presque plus intime qu'un baiser.

Puis elle se redressa, espérant qu'il allait protester, l'empoigner. La reprendre de force dans ses bras.

Au lieu de cela, il continua à reprendre et exhaler son souffle au même rythme que le sien, comme s'ils partageaient ainsi des secrets, des pensées très intimes.

Elle n'osait pas le regarder, mais une constatation s'imposa soudain. Quelque chose avait changé en elle.

Pendant tous ces mois, elle avait vécu pour une chose, la vengeance, et s'était juré de ne plus appartenir à un homme. Jamais.

Or, avec John, rien n'était pareil. Ses caresses étaient si douces, ses baisers si tendres… Quand elle avait touché son bras, elle avait voulu davantage. Elle l'avait désiré comme une femme pouvait désirer un homme.

Puis la peur, la sombre peur avait déferlé de nouveau en elle, et elle avait compris que même l'amant le plus tendre ne pourrait jamais être assez doux avec elle.

Ce qu'elle éprouvait pour lui était peut-être simplement de la gratitude, de la camaraderie. Ou même de l'amitié.

Cela ne pouvait être les sentiments d'une femme capable d'aimer vraiment un homme.

Et il fallait absolument qu'il ignore à jamais pourquoi.

Etait-ce le désir ou sa blessure qui lui donnait ainsi le vertige ? Lorsque ses lèvres avaient rencontré celles de Cate, il avait eu l'impression que leurs corps se fondaient l'un dans l'autre.

Puis elle l'avait repoussé.

Et maintenant, ils restaient assis là, côte à côte, à respirer en silence, chacun d'eux sur le bord d'un abîme inconnu.

Au bout d'un moment, Cate se leva et se dirigea vers l'endroit où était allé se coucher Belde. Elle se mouvait avec raideur, comme si elle ne s'était jamais blottie dans ses bras, comme si elle n'avait jamais eu un seul endroit au monde où poser sa tête et s'abandonner.

Comme s'il était autant son ennemi que Willie le Balafré, et elle aussi changeante que les autres femmes.

Pourtant, pendant ces instants où ils avaient uni leurs souffles, il avait senti affleurer en elle quelque chose d'autre. L'espoir ? Le désir ? Quelque chose de doux comme un parfum de bruyère sous cette veste bardée de métal qui la protégeait, afin que ni épées ni lances ni douleur ne puissent l'atteindre.

Etait-ce seulement son corps qu'elle essayait de préserver, ou était-ce aussi son cœur ?

Cette question le surprit lui-même. Qu'est-ce que cela pouvait bien lui faire, au nom du ciel ? Un baiser, d'accord, mais il n'aurait pas dû se préoccuper ainsi de sentiments et d'avenir. Cette femme n'était pas du genre avec qui on pouvait simplement badiner. Avec elle, il fallait être sérieux et penser au lendemain.

Or, il ne serait pas là le lendemain, ni par la suite. En fin de compte, sa promesse de ne pas la toucher le protégeait tout autant qu'elle. Ce baiser, c'était un risque qu'il n'aurait jamais dû prendre. Cela ne se reproduirait plus.

La voix de Rob le tira soudain de ses réflexions.

— Partons, vite ! Je n'ai vu personne, mais le soleil est déjà levé.

Ils se remirent en selle, et traversèrent la rivière pour regagner la maison. Parvenus à Brunson Tower, ils apprirent que le troupeau était en sécurité, bien caché dans les montagnes.

John laissa Bessie soigner sa blessure, puis il gagna sa chambre et s'écroula sur son lit.

Lorsqu'il se réveilla quelques heures plus tard, il ne savait plus trop quel homme il était. Un tremblement de terre avait secoué sa vie.

Il avait participé à un raid.

Il avait tué un homme.

Il avait embrassé Cate.

Et il n'aurait su dire lequel de ces trois événements était le plus déstabilisant pour lui…

Chapitre 10

John remâchait encore ces pensées en sortant de sa chambre. Le roi ne serait pas content d'apprendre qu'il avait tué un homme pendant un raid, mais une phalange de Brunson combattant à ses côtés atténuerait sans doute son courroux. C'était du moins ce qu'il espérait.

Il s'arrêta, hésitant, avant de franchir le seuil de la chambre du maître — celle de son frère à présent. Même après avoir vu son père mort et enterré, il avait l'impression que son esprit hantait encore ces murs.

Rob n'attendit pas ses explications.

— Je t'avais dit de rester en arrière ! s'exclama-t-il dès qu'il le vit entrer. Tu as failli te faire tuer. Et tu as mis sa vie à elle en danger. Car elle t'a suivi, bien sûr !

Suivi ? Non, ce n'était pas ainsi que cela s'était passé !

— Elle s'apprêtait à y aller toute seule, rectifia John d'un ton sec.

Il n'allait tout de même pas s'excuser d'avoir sauvé la vie de Cate !

Son aîné fronça les sourcils.

— Elle te l'a dit ?

John secoua la tête. Elle n'avait pas eu besoin de le lui dire. Il l'avait bien vue rassembler ses rênes et se pencher en avant sur son cheval, prête à s'élancer.

— De toute façon, je le savais avant même que nous ne partions.

— Qu'est-ce que tu savais ?

— Qu'elle le cherchait ! s'écria John, qui perdait patience, à présent. Pendant que vous étiez tous prêts à risquer votre vie pour quelques vaches, elle, elle ne voulait qu'une chose : mettre la main sur Willie Storwick. C'est pour cette seule raison qu'elle nous a accompagnés. Elle n'aurait pas dû venir du tout !

— Eh bien, va lui dire ça !

Ils échangèrent un regard exaspéré et secouèrent la tête au même moment, le menton levé dans une attitude identique.

John éclata de rire.

— C'est toi, le chef de clan. C'est à toi de le lui dire. Moi, je ne peux pas la changer.

Cate Gilnock était plus déterminée qu'aucune autre femme de sa connaissance.

— Pas plus que je ne peux changer le sens du vent, ajouta-t-il.

Il se rappela soudain les paroles que lui avait lancées Cate le premier jour. Les habitants des Marches se considéraient comme au-dessus du souverain, qu'il soit anglais ou écossais. La famille passait en premier et le roi venait ensuite, loin derrière. Il n'avait pas voulu le croire, à ce moment-là. Même maintenant, il avait du mal.

Pourtant, il avait mené un raid à leur côté et tué un homme, comme n'importe quel Brunson.

— Je ne ferai plus de raids, annonça-t-il.

— Tu ne peux pas nous changer non plus, Johnnie. Alors arrête d'essayer. Contente-toi de savoir que je te fournirai des hommes le moment venu.

— Le roi veut davantage que des hommes. Il veut que toute l'Ecosse lui fasse allégeance, y compris les Marches.

— Tu ne réussiras pas, Johnnie.

L'espace d'un instant, il crut percevoir une note de regret dans la voix de Rob. Mais maintenant, au moins, il savait pourquoi. Faire allégeance au roi impliquait de changer complètement de mode de vie, et aucun d'eux n'était prêt à cela.

Les choses lui avaient semblé si faciles, avant son départ d'Edinbourg ! Aussi aisées que de délivrer le message leur enjoignant de se ranger sous la bannière du roi. L'éventualité d'un échec ne lui était même pas venue à l'esprit.

Et voilà qu'il devait affronter la défaite.

— Alors, que vas-tu dire au petit Jamie ?

— Rien. Si j'échoue, je ne retournerai pas là-bas.

Pas s'il voulait sauver sa tête !

Il prit le ton de la plaisanterie, comme s'il ne s'agissait pas pour lui d'une question de vie ou de mort.

— Je sens que tu vas être obligé d'accueillir ici un autre têtu de Brunson !

Mais Rob secoua la tête.

— Non, Johnnie. Si tu n'es pas capable de vivre selon notre code, tu n'es plus un Brunson. Je ne veux pas de toi ici.

John tourna les talons et descendit l'escalier. C'était aussi simple que cela. *Tu n'es plus un Brunson*. Des mots que son père aurait pu prononcer ; des mots qui résumaient ce qu'il avait toujours ressenti.

La famille venait de le renier une seconde fois.

Il haussa les épaules. Allons, ce n'était pas si dramatique, après tout. Rob ne voulait pas de lui mais, de toute façon, il n'avait pas la moindre envie de rester.

— Hé ! venez par ici ! le héla Cate depuis le hall. J'ai quelque chose pour vous.

Elle tenait à la main une vieille veste bardée de plaques de métal.

— Tournez-vous, ordonna-t-elle d'un air décidé. Il faut que je prenne vos mesures.

— Pour quoi faire ?

— Un gilet convenable.

Il réprima un sourire.

— C'est inutile. Mon armure me protégera mieux que ce bout d'étoffe.

— Votre armure ? Elle est trop lourde pour le poney, et elle résonne comme une cloche annonçant votre approche. Si vous devez faire d'autres expéditions avec nous, je ne veux pas que vous soyez blessé de nouveau. Ni que vous nous retardiez.

— Je ne ferai plus de raid, répliqua-t-il.

Il ne tenta même pas d'adoucir l'amertume dans sa voix.

— Ni vous non plus, du reste !

Elle haussa les épaules.

— Il faudra bien que vous vous déplaciez bientôt pour la Journée de la Trêve. La dernière fois que nous avons chevauché ensemble, vous avez été blessé. Et vous avez tué un homme.

Elle n'ajouta pas « pour moi », mais les mots flottèrent entre eux.

— Vous m'avez fait une promesse, Johnnie Brunson. Et j'espère bien que vous allez rester vivant assez longtemps pour la tenir ! Je n'ai pas le temps de confectionner une autre veste, mais je peux au moins retailler celle-ci.

Elle lui tendit le vêtement.

— Allons, enfilez ça !

Il céda pour lui complaire, amusé. En fait de cuirasse, la chose ressemblait à une simple veste en laine boutonnée jusqu'au cou. Peut-être le protégerait-elle du froid en hiver mais, en dehors de cela, elle ne valait pas une épée ou une dague.

Cependant, lorsqu'il l'eut endossée, il s'aperçut que Cate avait raison. Le gilet lui laissait les bras libres tout en protégeant son dos, sa poitrine et son ventre. Et il pouvait se mouvoir bien plus aisément que dans sa lourde armure.

Cate arrangea le vêtement sur lui, sans le regarder un seul instant. Pas le moindre sourire ne joua sur ses lèvres, qui restaient à prudente distance des siennes. Pourtant, elle était si près qu'il pouvait sentir son souffle sur son cou, tandis qu'elle examinait la façon dont le vêtement s'ajustait à son dos.

Il l'entendit soupirer.

— Il va falloir que j'ajoute une bande ici, fit-elle en lui soulevant le bras. Et aussi de l'autre côté.

Elle recula.

— Vous pouvez l'enlever, à présent.

Il obtempéra, soulagé, et lui rendit le gilet. Si seulement il pouvait se débarrasser aussi aisément de tout ce qu'il avait vécu depuis son retour ! Il n'était pas un homme des Marches. S'habiller comme eux, c'était se déguiser. Comme Cate dans ses vêtements d'homme.

Elle resta un instant silencieuse, puis s'éclaircit la voix sans lever les yeux du gilet posé sur son bras.

— J'aurais dû vous remercier, dit-elle enfin. Vous m'avez sauvé la vie.

— C'est pour cela que j'étais venu.

Que pouvait-il dire d'autre ?

Les yeux toujours baissés, elle hocha la tête.

Qui était cette femme timide qui se tenait devant lui ? Près de la rivière, elle l'avait touché, embrassé. Etait-ce par gratitude, parce qu'il lui avait sauvé la vie, ou l'excitation du raid lui avait-elle enflammé les sens ?

Peu importait, au fond. Et, bien qu'elle l'ait remercié et n'ait pas tiré sa dague, il lui devait des excuses. Il lui avait demandé s'il pouvait l'embrasser et elle avait répondu oui, mais il avait fait une promesse et il aurait dû être assez fort pour la tenir.

— Il faut que je vous dise… Je suis désolé de…

Il s'arrêta net. Désolé de l'avoir embrassée ? Certainement pas !

Il essaya de nouveau, cherchant ses mots.

— Je vous avais donné ma parole de ne pas vous toucher. Et je ne l'ai pas tenue. Je suis désolé pour cela.

Les joues de Cate virèrent au rose vif, un émoi qu'il n'arrivait pas à concilier avec l'image de Cate la Hardie.

— Ce n'était pas votre faute. Je n'aurais jamais dû…

Elle détourna les yeux sans terminer sa phrase. John esquissa un sourire.

— Ce n'était pas aussi terrible que vous l'aviez craint, n'est-ce pas ?

De cela, au moins, il était certain. L'espace de quelques battements de cœur, elle avait vraiment été sienne.

Cate secoua lentement la tête et chercha son regard.

— Je ne m'attendais pas à…

Elle le dévisagea avec la même attention qu'elle avait mise tout à l'heure à ajuster la veste sur lui.

— Vous n'êtes pas un homme comme les autres, Johnnie Brunson.

Il eut l'impression de recevoir un coup en plein ventre. Même Rob ne remettait pas sa virilité en question !

— Que voulez-vous dire ? s'enquit-il en essayant de maîtriser sa voix.

— Eh bien, seulement cela. Vous restez si calme ! La plupart des hommes prendraient la mouche, en se vantant de leur courage. Ou ils resteraient maussades et silencieux. Pas vous ! Vous parlez, vous souriez, et vous restez tranquillement là à demander d'un air impassible : « Que voulez-vous dire ? »

— C'est l'image que vous vous faites d'un homme ? Un individu qui grogne, part en chasse, et tue comme une bête sauvage ?

C'était bien ce qu'il avait fait, pourtant ! Il avait tué un homme sans hésiter, uniquement pour protéger cette femme. Et, serment ou pas, il ne pouvait s'empêcher de l'imaginer dans ses bras de nouveau !

— Un homme, c'est quelqu'un qui venge sa famille au prix de sa propre vie, dit-elle.

On y était. Voilà qu'elle essayait de lui faire endosser ce devoir ! Mais c'était déjà chose faite, de toute façon. Il lui avait juré de la venger, même s'il ne comprenait pas encore ce qui se dissimulait sous cette haine.

— Vous ne vivez donc que pour cela ? Pour avoir la peau du meurtrier de votre père ?

Elle cilla et une expression étrange passa sur son visage. Cela disparut en un clin d'œil mais, l'espace d'un instant, il crut qu'elle allait se mettre à pleurer comme une femme ordinaire.

— Si je ne le venge pas, qui le fera ?

Gêné, John songea à son père. Si Geordie le Rouge avait vengé Cate en temps voulu, cette tâche ne retomberait pas à présent sur ses fils.

— Et ensuite ? Vous avez construit toute votre vie autour de cette vengeance. Que se passera-t-il quand cet homme ne sera plus là ?

La question la laissa perplexe, comme si elle n'avait jamais envisagé la question.

— Je ne sais pas, murmura-t-elle enfin.

Il lui saisit les mains sans réfléchir — ces mains qui avaient tenu une épée et lui avaient bandé le bras avec dextérité. A présent, au creux des siennes, elles lui semblaient toutes petites et délicates.

— Vous devriez vous marier, suggéra-t-il, inquiet pour elle.

Que deviendrait-elle quand le but de sa vie aurait été atteint ? Il avait la vague impression que cela ne la rendrait pas aussi heureuse qu'elle le pensait.

— Vous devriez trouver quelqu'un pour vous protéger et vous aimer.

Quelqu'un d'autre que Johnnie Brunson.

Cette pensée éveilla sa colère. Ou, du moins, donna-t-il ce nom à ce qu'il éprouvait en cet instant. De la colère, parce qu'elle s'était sciemment mise en danger, et aussi parce que, à cause de son entêtement, il avait dû tuer un homme.

— Ah ! fit-elle avec une petite moue. Maintenant, vous parlez comme les autres hommes.

Elle ne lui retira toutefois pas ses mains et, lorsque leurs regards se rencontrèrent, il eut l'impression qu'elle soupesait l'idée. Puis il perdit le fil de son propre raisonnement. Ces petites mains froides dans les siennes lui donnaient le désir de les réchauffer. De *la* réchauffer. Avec ses lèvres. Dans son lit.

Probablement vit-elle le désir assombrir ses yeux, car elle se dégagea et fit mine d'ôter un fil sur la veste.

— Il n'y aura pas de mariage pour moi.

— Pourquoi ?

— Parce que je n'en veux pas.

John eut le sentiment qu'elle essayait de se convaincre elle-même.

— A cause de ce qui est arrivé ?

Sa question lui valut un regard acéré.

— Que savez-vous de ce qui est arrivé ? s'enquit-elle sèchement.

— Je sais que d'autres femmes ont perdu leur père et qu'elles ne se sont pas mises à tirer l'épée et à se déguiser en hommes pour autant !

Et s'il y avait eu autre chose ? Autre chose de plus grave encore ? Il lui avait déjà posé la question, et elle avait nié.

— Et d'autres hommes ont été élevés au loin sans pour autant abandonner leur famille !

Il cilla. Décidément, elle avait la langue aussi acérée que son épée !

— Et Rob ? Acceptera-t-il de vous offrir le toit et le couvert jusqu'à la fin de vos jours ?

La question était cruelle, et il la regretta dès qu'elle eut franchi ses lèvres.

Cate releva fièrement la tête.

— Je gagne la nourriture que je mange, vous savez !

Son menton pointé, et cette armure autour de son cœur… Il comprit soudain que toute la vie de cette femme était une bataille, et cette constatation lui fit plus mal que les mots acerbes qu'elle lui avait lancés.

— Oh ! Cate ! La vie n'a pas besoin d'être toujours aussi rude.

Ces paroles s'adressaient à lui autant qu'à elle.

— Vous avez dit que le roi ne vous reprendrait pas à la cour si vous n'accomplissiez pas sa volonté. La vie là-bas ne me semble guère plus douce que dans les Marches !

— Elle ne l'est pas, en effet. Mais un homme et une femme peuvent se ménager des instants de douceur.

Les meilleures liaisons offraient autant d'intermèdes enjoués que de moments de passion. Il se rappela ces petits rires étouffés derrière une porte, ces sourires d'un bout à l'autre de la table…

— Ils peuvent rire et être heureux ensemble, même quand tout est difficile autour d'eux.

Cate examina le gilet de guerrier posé sur son bras, comme si elle pouvait y découvrir une réponse.

Puis elle releva les yeux, plongeant son regard dans le sien.

— Si c'est vrai, je vous souhaite de connaître un jour une telle vie, Johnnie.

— Mais je voudrais que vous soyez heureuse, vous aussi ! Personne ne vous a jamais souhaité cela ? s'étonna-t-il devant son air stupéfait.

Elle secoua la tête et il sentit son cœur se serrer pour elle. Rob et Bessie lui offraient un toit et de la nourriture, mais le bonheur ? Sans doute ne l'espéraient-ils même pas pour eux-mêmes.

Les mots jaillirent de sa bouche sans qu'il sache vraiment si c'était le bonheur de Cate ou le sien qu'il avait en vue.

— Laissez-moi vous montrer ! Un homme et une femme ont bien des façons d'être heureux ensemble.

— Comme ces instants que nous avons passés près de la rivière ?

Il acquiesça et retint son souffle avec espoir. Elle esquissa une moue.

— C'est donc dans un corps de femme que vous espérez trouver le bonheur ?

Une note de déception tintait dans sa voix.

— Non. Je voulais dire…

Que voulait-il dire exactement ? Il avait vécu bien des heures d'évasion insouciante dans les bras de trop nombreuses maîtresses…

— Vous êtes différente des autres femmes.

Cate secoua la tête.

— Et vous, Johnnie Brunson, vous êtes bien comme les autres hommes, en fin de compte !

Elle tourna les talons avant qu'il n'ait eu le temps d'admettre, même en son for intérieur, que ce qu'il attendait d'elle, ce n'était pas seulement son corps…

Dans la grande salle, Cate rapprocha la table de la fenêtre et étala deux bandes d'étoffe, qu'elle coupa en respectant les mesures prises avec ses doigts. Puis elle prit un morceau d'acier provenant d'une épée cassée et cousit le tissu autour, jusqu'à ce que le métal disparaisse entre deux épaisseurs de laine.

Avec soin, point par point, elle dissimula ainsi les pièces de métal dans l'étoffe rembourrée. Un morceau après l'autre. De petits restes, des déchets, des bouts de haubert brisé. Jamais rien d'entier, seulement des débris ramassés çà et là et précieusement conservés.

C'était ainsi qu'elle avait survécu — en se construisant une armure morceau par morceau, jour après jour, mot après mot. Une armure pour dissimuler sa peur.

Un homme et une femme peuvent se ménager des instants de douceur…

Etait-ce encore vrai pour elle ?

Pouvait-elle encore être une femme comme les autres ?

Et ensuite ? Que se passera-t-il quand cet homme ne sera plus là ?

Quand Storwick serait mort, eh bien… tout serait différent. Mais lorsqu'elle essayait de se représenter comment, elle n'arrivait pas à imaginer une vie autre que celle qu'elle menait maintenant. Ni à concevoir le bonheur dans l'union charnelle.

Quand elle avait embrassé John, le désir avait flambé en elle, quelque chose qu'elle avait pensé ne plus jamais éprouver.

Et si elle parvenait à ressentir cela sans peur ? Peut-être était-il temps d'essayer ?

Elle eut beau la repousser aussitôt, cette pensée s'insinua de nouveau en elle, tandis que ses doigts s'activaient, triant en silence les morceaux de métal qu'elle cousait ensuite dans le gilet de John.

Les autres, elle les avait accoutumés à ses façons distantes, si bien qu'aucun d'eux n'osait plus s'approcher d'elle. Mais pas John. Même s'il avait affirmé qu'elle n'était pas comme les autres, il la voyait tout de même comme une femme qu'on pouvait toucher, embrasser…

Et davantage.

De son côté, elle lui avait lancé qu'il était bien comme les autres hommes. Or, ce n'était pas vrai. En fait, elle ne savait pas vraiment quel genre d'homme il était. Têtu comme un Brunson, mais si doux avec elle. Tendre, mais avec des yeux insistants, des mains caressantes, des lèvres qui exigeaient…

Quand il l'avait embrassée près de la rivière, pendant un bref instant, avant que la peur ne revienne, il n'y avait plus eu qu'elle, lui, et la joie d'être.

La vie était-elle vraiment ainsi pour d'autres femmes ?

Si elle se laissait aller… Si elle le laissait l'embrasser de nouveau, peut-être saurait-elle enfin si elle était un peu guérie. Ou si elle pouvait l'être un jour.

De toute façon, elle resterait Cate la Hardie. Car, quel

que soit le résultat de l'expérience, John retournerait à la cour et à ses femmes. En cas d'échec, il ne serait plus là pour le lui rappeler… ni pour pousser plus loin le succès, si succès il y avait.

Une perspective loin d'être aussi réconfortante qu'elle l'avait espéré.

Ce soir-là, Cate le trouva sur les remparts, où il avait pris le premier tour de garde. Nimbée de brouillard, la lune grandissait de nouveau, répandant sa lumière nacrée. La nuit était fraîche et humide, signe annonciateur de l'hiver.

Elle resserra son plaid autour d'elle.

— C'est une bonne nuit pour apprécier ce siège ! plaisanta-t-elle.

John se leva de la banquette du gardien, adossée au conduit de la cheminée afin qu'on puisse s'y réchauffer le dos.

— Même le château de Stirling ne peut se vanter d'un tel luxe ! répondit-il sur le même ton.

La lueur vacillante de la lanterne éclaira un instant son sourire. Elle qui n'avait pas eu droit à beaucoup de sourires dans sa vie chérissait particulièrement celui de John.

— Est-ce que votre blessure guérit ?

Il agita le bras en guise de réponse.

— C'est en bonne voie.

Ne sachant trop comment poursuivre, elle jeta un regard par-dessus les créneaux. Le brouillard enveloppait les montagnes, dissimulant d'éventuels cavaliers. Mais il était aussi un cocon qui les isolait tous deux du reste du monde.

Il y a bien des façons d'être heureux…

Pouvait-elle encore les apprendre ?

— Aujourd'hui, vous vous êtes excusé, reprit-elle. Pour avoir…

Elle observa une pause. Dieu, que c'était difficile de

parler de ces choses quand John était à côté d'elle, si solide, si rayonnant de chaleur !

— Pour m'avoir embrassée, acheva-t-elle enfin.

— Oui, fit-il d'un ton méfiant, comme s'il s'attendait à ce qu'elle exige réparation.

Elle chercha son regard dans l'obscurité.

— Vous m'aviez donné votre parole. Eh bien, je vous délivre de votre promesse.

— Vous voulez dire que je peux vous toucher ?

— Oui.

Voyant qu'elle lui tendait la main. John hésita, puis la prit dans la sienne.

Satisfaite, elle hocha la tête.

— Et vous pouvez aussi… m'embrasser.

Elle essaya de décontracter ses muscles noués, au cas où il déciderait de le faire tout de suite, mais il se contenta d'incliner lentement la tête.

— Je vois. Et qu'est-ce qui a changé, depuis ce matin, pour que je puisse vous embrasser sans courir le risque de perdre ma virilité ?

Ou il se moquait d'elle ou il se méfiait. Après tout, elle lui avait fourni des raisons de faire les deux.

Elle pressa la main qui tenait la sienne. Si chaude…

— Vous avez dit qu'un homme et une femme pouvaient être heureux ensemble.

— Je l'ai dit, confirma-t-il d'une voix profonde. Les moments d'amour qu'un homme et une femme partagent au lit peuvent rendre tout le reste de la vie digne d'être vécu.

Cette idée même était totalement étrangère à Cate.

— Je ne veux pas cela…, assura-t-elle.

Pas encore, rectifia en elle une petite voix.

— … Mais un autre baiser, oui, peut-être…

— Et vous voudriez cela tout de suite ?

Il se moquait bel et bien. Pourtant, il n'esquissa pas un geste, attendant la permission.

Cate hésita. Etait-elle prête ? Et si… Allons, assez d'hésitations !

— Oui, dit-elle. Maintenant.

Doucement, il lui passa un bras autour de la taille et, du bout des doigts, repoussa ses cheveux en arrière.

— Ces choses-là ne doivent pas être précipitées, murmura-t-il.

Son toucher était aussi léger qu'un souffle, comme s'il avait senti qu'il ne devait pas la brusquer. La lenteur de ses gestes favorisait les sensations, leur laissait le temps de naître et de s'épanouir.

Au lieu de prendre ses lèvres, il pressa les siennes sur son front, puis les laissa glisser sur sa tempe et autour de son oreille, d'un mouvement lent, doux, et incessant. A l'intérieur d'elle, quelque chose s'émut et bougea, comme la glace se rompt sur la rivière, laissant couler l'eau emprisonnée dessous.

Ses mains aussi se mouvaient, lui caressant le dos, puis les bras. Elle sentit sa peau picoter sous la chaleur de ses paumes.

Elle écarta alors les lèvres pour accueillir les siennes, mais il continua à promener sa bouche sur ses joues et tout au long de sa gorge, lui arrachant un frisson de volupté. Puis il remonta lentement, traçant son chemin de caresses de l'autre côté de son cou, de son visage. Prise d'une brusque impatience, elle lui saisit le menton pour forcer sa bouche à rencontrer la sienne. Cette fois encore, il esquiva et passa sous ses lèvres, suivant le contour de sa pommette pour finir sur son front, là où il avait commencé.

Ensuite, il la laissa aller.

Elle eut l'impression qu'il lui manquait déjà.

— Il vaut mieux que nous commencions doucement, chuchota-t-il.

— Mais je… je voulais un baiser. Comme celui de l'autre jour.

— Vous ne le vouliez pas… avant.

C'était vrai, elle s'était écartée de lui près de la rivière mais, ensuite, elle avait entraperçu ce bonheur dont il lui avait parlé. C'était cela qu'elle voulait retrouver.

— Je ne résisterai pas, promit-elle. Pas cette fois.

Décidée à surmonter sa peur, elle serra les poings.

— Mettez vos mains derrière votre dos, lui dit-il.

Elle obéit lentement et se sentit aussitôt vulnérable. Puis elle vit que John faisait de même.

— Maintenant, je vais vous embrasser.

Il se pencha vers elle et s'empara de ses lèvres sans la prendre dans ses bras. Ainsi, il lui suffirait de se reculer si elle voulait mettre un terme au baiser.

Or, elle ne le voulait pas !

La bouche de John caressait la sienne, douce et chaude. Il la savoura ensuite avec sa langue, et elle ressentit ce contact dans des parties de son corps pourtant bien éloignées de ses lèvres. Elle aurait voulu être plus près de lui, sentir la force de ces bras qu'on lui refusait, sentir tout le corps de John se presser contre le sien.

N'y tenant plus, elle dénoua ses mains et lui encercla la taille pour l'attirer vers elle, espérant que les bras suivraient. Il n'en fut rien. Tous deux respiraient plus vite, à présent ; la langue de John explorait sa bouche, et elle aurait voulu que ses mains…

Il se redressa brusquement, rompant ainsi son étreinte.

— Nous continuerons… une autre fois, fit-il d'une voix haletante.

Frustrée, elle faillit lui marteler le torse de ses poings, mais se retint à temps et laissa retomber ses mains. Puis elle l'enveloppa d'un long regard, absorbant chaque trait de son visage. Le sourire malicieux, les yeux d'un gris-bleu d'ardoise…

Avait-il lu en elle ? Aucun jugement n'altéra son regard. Il lui caressa les cheveux avec la même tendresse qu'au début. Son baiser avait été ardent, mais pas brutal. Et plaisant. Plus que plaisant, même. Si merveilleux qu'elle en avait oublié…

Oui, d'une façon ou d'une autre, il avait su lui faire oublier. Et il avait su aussi quand s'arrêter pour qu'elle ne se souvienne pas de nouveau.

Elle s'éclaircit la voix.

— Je commence à comprendre comment on peut rendre un corps… heureux. Merci.

Chapitre 11

Elle n'eut pas de cauchemars cette nuit-là. Et sa première pensée, au réveil, fut que le soleil de cette fin septembre était vraiment radieux.

— J'aime bien cet air que vous fredonnez, observa Bessie en se levant.

— Oh ! Je fredonnais ?

Cate ne s'était même pas rendu compte qu'elle chantonnait. Etait-ce là ce que Johnnie avait accompli pour elle ?

Elle prit son peigne et le passa dans ses cheveux. Ils avaient poussé de quelques centimètres au-dessous de ses oreilles, et elle allait devoir les recouper. Puis elle jeta un coup d'œil aux épaisses boucles auburn qui cascadaient dans le dos de Bessie et interrompit son geste.

— Bessie, vous me trouvez jolie ?

Bessie lissa ses jupes en exhalant un soupir.

— Ce n'est pas à moi qu'il faut demander cela !

Cate se détourna et reposa son peigne, dissimulant la rougeur qui lui était montée au visage. Jolie ou pas, quelle importance cela pouvait-il avoir, puisqu'elle ne voulait pas qu'on la remarque ?

— C'était une question stupide, s'excusa-t-elle.

— En tout cas, il vous regarde comme si vous étiez ravissante.

« Il… » Même Bessie pouvait lire en elle des pensées qu'elle ne s'avouait pas à elle-même !

Pendant deux ans, elle avait vraiment cru qu'elle ne pourrait jamais redevenir une femme normale et, maintenant, John lui avait redonné l'espoir.

Pour le moment, elle ne savait que faire de cette petite étincelle de bonheur. Cela ne cadrait pas avec le mélange de colère et de peur qui l'habitait. Cette flamme-là ne brûlait pas comme la rage destructrice qui avait si longtemps flambé en elle. Non, c'était plutôt la douce lumière d'un feu diffusant sa chaleur par une froide nuit d'hiver, offrant un refuge contre les duretés de la vie.

Offrant ce bonheur dont lui avait parlé Johnnie…

Pendant ces quelques instants passés dans ses bras, il n'y avait plus rien eu qu'elle et lui. Et leur baiser. La douleur, la vengeance, tout ce qui l'avait habitée pendant deux ans était passé au second plan. La souffrance passée, les difficultés à venir avaient soudain disparu.

Mais pour combien de temps ?

Oui, John lui avait offert une petite parcelle de plaisir, aussi réconfortante qu'une journée ensoleillée ou un bon repas quand on est affamé. Mais le plaisir ne durait pas. Elle avait appris cela quand elle s'accrochait à de brefs instants de répit pour ne pas sombrer dans le désespoir. Bien que fugaces, ces intermèdes l'avaient tout de même aidée à remonter la pente.

En serait-il de même pour ces moments avec John ?

Elle essaya de le chasser de son esprit, tandis qu'elle suivait Bessie au rez-de-chaussée. Cependant, comme elle avait promis à John le fameux gilet, elle se remit au travail pour confectionner ce vêtement destiné à le protéger.

Avec Belde couché à ses pieds, elle cousit toute la journée dans la grande salle où le feu brûlait dans l'âtre, au milieu des allées et venues de la maisonnée.

Elle n'eut pas besoin de regarder pour savoir à quel instant John entra dans la salle. Elle lui jeta un coup d'œil furtif en essayant de ne pas tourner la tête afin qu'il ne voie pas qu'elle l'épiait, mais leurs regards se croisèrent et elle se détourna, gênée d'être surprise à l'observer.

La peur qu'il lui inspirait s'était en partie évanouie, mais, aujourd'hui, une crainte nouvelle lui serrait le cœur.

Johnnie Brunson était un homme qui en savait trop sur les femmes. Depuis deux ans, elle se cramponnait à l'armure qu'elle s'était forgée pour se protéger du reste du monde. Et voilà qu'il détruisait ce bouclier morceau par morceau, en éveillant le désir en elle, en lui faisant croire qu'elle pouvait trouver le bonheur avec un homme.

Avec lui.

Et maintenant, au lieu de se montrer courageuse et brave, elle l'observait entre ses cils dans l'espoir de lire le désir dans ses yeux, se comportant en femme ordinaire, avide de connaître enfin ce bonheur dont il lui avait parlé avec une éloquence tentatrice.

Irritée contre elle-même, elle lui tourna le dos et baissa les yeux vers le gilet. Son gilet. C'était la faute de John, aussi ! Pourquoi était-il venu lui rappeler ce qu'elle ne pourrait jamais avoir, ce qui ne pourrait jamais être ? Avant son arrivée, au moins, elle ne désirait rien. Elle n'avait qu'un seul but dans la vie, la vengeance.

Il avait fallu qu'il vienne tout bouleverser !

Elle s'était demandé si elle pourrait de nouveau prendre plaisir à un baiser. A présent, elle avait la réponse. Oui, elle pouvait. Quand John ne la serrait pas dans ses bras. Car alors…

Elle avait l'impression que son corps résisterait toujours aux hommes, désormais, même si son esprit et son cœur s'abandonnaient.

Rien ni personne ne pouvait changer cela. Pas même Johnnie Brunson.

*
* *

Voilà plusieurs jours maintenant qu'il observait Cate, cette femme étrange qui avait le pouvoir de le rendre fou.

Le jour où ils s'étaient rencontrés, elle l'avait menacé en lui jurant qu'aucun homme ne la toucherait jamais. Et, pour ce qu'il en avait vu, elle avait tenu parole. Elle avait le tempérament d'un guerrier et la retenue d'une nonne.

Puis, peu à peu, ils avaient conclu une trêve. Elle n'avait pas partagé ses secrets avec lui, mais il en était venu à éprouver de la tendresse pour elle. A souhaiter son bonheur…

Et, pour finir, elle était venue lui demander un peu de ce plaisir qu'il lui avait promis — ce plaisir qu'elle n'avait accepté d'aucun autre homme —, lui donnant soudain l'impression qu'il avait sa place ici.

Cette seule pensée l'effrayait, car elle cachait un leurre. Il n'y avait rien pour lui, ici ! Rien, sinon remplir la mission que lui avait confiée le roi, puis s'en aller.

Or, ce devoir était momentanément passé à l'arrière-plan. Il ne pouvait penser à rien d'autre qu'à Cate.

Pourquoi fallait-il qu'un simple baiser l'affecte à ce point ? Il avait embrassé des quantités de femmes, et cela avait été plaisant, ainsi qu'il l'avait dit à Cate. De fugitifs moments de bonheur.

Pourquoi avait-il l'impression que c'était plus que cela, avec elle ?

Parce qu'il y avait quelque chose d'autre, dont il ne comprenait pas la nature. Quelque chose qui se dissimulait sous sa dévotion à sa famille et sa quête éperdue de vengeance. Quelque chose qui l'empêchait de s'approcher trop près d'elle ou de la serrer dans ses bras.

Il avait promis de ne pas la toucher et avait grosso modo tenu parole, jusqu'à ce qu'elle vienne à lui et lui demande d'oublier son serment.

Mais à présent que le pacte était rompu, il brûlait de l'embrasser de nouveau.

Il brûlait de faire bien plus encore, et voilà qu'elle restait assise là jour après jour, à refaire un gilet dont il ne voulait pas et n'avait pas besoin. A travailler des heures et des heures pour lui, comme si elle se souciait de sa sécurité, mais sans le gratifier d'autre chose qu'un furtif coup d'œil chaque fois qu'il trouvait une excuse pour s'aventurer dans la grande salle.

Il était un homme qui se targuait de connaître les femmes, mais celle-ci mettait à mal tout ce qu'il croyait savoir !

Lorsqu'il pénétra dans la salle le lendemain, elle se leva et son regard rencontra enfin le sien.

— Voilà !

Elle lui plaqua le gilet contre la poitrine, comme pour s'assurer qu'elle avait pris des mesures correctes. Le vêtement était si lourd qu'elle dut s'y prendre à deux mains.

— Essayez-le !

Il prit la veste et l'enfila, surpris de constater qu'elle était souple en dépit de son poids et lui moulait bien le torse. Bien plus confortable qu'une armure !

Cate sourit et hocha la tête avec satisfaction, ôtant çà et là des fils qu'il ne voyait pas, tirant sur l'étoffe et la pinçant pour voir si elle s'ajustait bien.

— J'ai cousu de nouvelles pièces sur le côté, expliqua-t-elle.

Le tissu flambant neuf descendait du dessous des bras à la taille, jurant avec le reste du vêtement usé et taché, qui avait visiblement vécu.

Elle noua les lacets, lui effleurant la poitrine, tandis qu'il s'efforçait de garder les bras le long du corps.

— A qui appartenait-il ? s'enquit-il dans un effort de diversion.

Le précédent propriétaire devait avoir un long buste, même s'il avait le torse moins large que lui.

Cate noua le dernier lien en silence, puis lui tapota la poitrine avant de lever les yeux vers lui.

— C'était le gilet de Geordie le Rouge.

John eut tout à coup l'impression que la veste lui brûlait le dos.

— Je ne peux pas porter ça.

— Pourquoi pas ?

Il tâtonna sur les liens, essayant de les défaire.

— Ce n'est pas à moi.

Elle lui ôta les lacets des mains et les attacha de nouveau, avec de solides nœuds cette fois.

— Geordie le Rouge n'en a plus besoin. Vous, si !

— Rob ne serait pas d'accord.

Tu n'es plus un Brunson !

— Elle était suspendue dans l'armurerie. Cela veut dire qu'elle était à la disposition du premier qui en aurait l'utilité. Et il se trouve que c'est vous !

Tout se mêlait en lui — le raid, le sentiment de familiarité qu'il avait éprouvé en chevauchant près de son frère, l'homme qu'il avait tué. Et puis Cate. Ou plutôt non. D'abord, il y avait Cate. C'était pour elle qu'il avait participé à cette expédition, pour elle qu'il avait occis cet homme.

— Je n'ai pas gagné le droit de porter cela.

Il n'était pas un Brunson, Rob s'était montré clair sur ce point. Porter la veste de son père n'y changerait rien.

Elle secoua la tête.

— Vous n'avez pas à le gagner, affirma-t-elle en resserrant le dernier nœud. Vous le possédez de naissance.

— Non. Pas moi. Pas cela.

Il tourna les talons sans un mot de remerciement, la laissant seule dans la salle.

Mais il n'avait pas ôté le gilet.

Son cauchemar revint cette nuit-là, alors que le raid avait eu lieu plusieurs jours auparavant et qu'elle était en sécurité derrière les murs du château.

Elle se réveilla en sursaut mais fut vite rassurée par le son régulier de la respiration de Bessie, qui dormait près d'elle.

Dieu merci, elle n'avait crié que dans son rêve !

Cette fois, elle ne se leva pas pour aller marcher mais se tourna sur le côté et tendit la main vers Belde, réconfortée par le contact de sa fourrure. Elle lui caressa le dos, secoua ses oreilles, et le laissa nicher sa truffe fraîche dans sa paume.

Cela faisait déjà deux ans, et elle aurait pu se croire guérie mais, dans ces rêves-là, Cate la Hardie disparaissait. Il ne restait alors que l'ignoble peur.

— Vous allez lui dire ?

La voix de Bessie résonna de l'autre côté du lit, calme et ferme. Elle ne dormait donc pas !

Prise de court, Cate sentit ses joues s'embraser et son cœur cogner contre ses côtes.

— Lui dire quoi ?

Elle n'avait pas eu besoin de demander qui était « lui ».

— Il sait déjà que j'ai des cauchemars.

— Mais sait-il pourquoi ?

Cate resta silencieuse, les yeux écarquillés dans le noir et la main sur la bouche. Ainsi, le secret qu'elle avait gardé si jalousement n'avait jamais été un secret, en fin de compte !

— Comment… Comment avez-vous su ? s'enquit-elle enfin.

Aucune d'elles n'avait bougé. Elles restaient là, dos à dos dans l'obscurité.

Elle sentit Bessie hausser les épaules.

— Est-ce que j'ai… dans mon sommeil ?

Bessie secoua la tête sur l'oreiller.

— Non. Mais je suis une femme, alors j'ai deviné.

— Quelqu'un d'autre sait ?

Cate déglutit. La panique l'envahissait, à présent.

— Les hommes ?

Etait-il possible qu'ils aient toujours su ? Que chacun de leurs regards ait été imprégné de cette pensée ? Cette seule idée lui était insupportable.

Bessie se retourna sur le dos.

— Je n'ai rien dit à personne. Et jamais ils ne soupçonneraient cela. Pas de la part d'un homme des Marches…

Cate eut soudain la vision d'Annie la Brune, silencieuse à côté de son mari. La mère de Bessie ne lui avait jamais adressé un mot en privé pendant l'année qu'elles avaient passée ici ensemble avant sa mort. Mais lorsqu'elle s'était tenue devant Geordie le Rouge, attendant sa décision, c'était Annie la Brune qui avait tourné les yeux vers son époux et incliné la tête, juste avant qu'il ne prononce le mot « oui ».

Annie avait-elle deviné elle aussi ? En avait-elle parlé à son mari ?

Submergée de nouvelles craintes, Cate se redressa et s'assit dans le lit.

— Votre père savait-il quand il m'a donné sa parole ? Et Rob, quand il a renouvelé la promesse de Geordie ?

Bessie secoua de nouveau la tête.

— Willie Storwick a tué votre père. Ils n'avaient pas besoin d'en savoir davantage ; c'était déjà bien suffisant.

— Alors il faudra que ce soit suffisant pour Johnnie aussi.

D'accord, il l'avait embrassée et avait tué pour elle. Mais ce secret-là, elle ne le partagerait avec aucun homme. Car elle n'était pas prête à admettre devant Bessie ce qu'elle ne voulait pas reconnaître elle-même, à savoir que le serment de Johnnie était bien différent et signifiait bien plus que tout ce que Geordie et Rob avaient jamais pu lui promettre.

Chapitre 12

Deux semaines plus tard, John endossa son gilet pour se rendre à la Journée de la Trêve.

Cate et lui s'étaient à peine adressé la parole depuis le jour où elle avait achevé la veste.

Elle ne lui avait plus demandé de baisers, et il ne lui en avait pas offert d'autres. Ce jour-là, il avait lu trop d'attente dans son regard, comme si elle lui demandait d'être l'homme qu'il n'était pas.

Un Brunson.

Quelqu'un qui appartenait à ce pays, à cette terre, et qui pourrait même y rester.

Pourtant, c'était en tant que Brunson qu'il chevauchait aujourd'hui. Rob avait convoqué presque tous ses hommes, au cas où les choses tourneraient mal mais, en réalité, c'était bien plus qu'une expédition de guerre. Cate n'était pas la seule femme parmi eux. Bessie avait insisté pour les accompagner, arguant qu'ils avaient besoin de sel et d'une nouvelle marmite. Car la Journée de la Trêve était aussi un jour de marché. Malgré cela, redoutant une embuscade, ils parcoururent chaque mile entre le château et Kershopefoote sur le qui-vive.

— La réunion aurait dû avoir lieu en territoire écossais, grommela Rob. Au moins, nous aurions été en sécurité.

Cette année, la fête se déroulait du côté anglais de la rivière qui servait de frontière.

— Les Storwick n'auraient jamais consenti à amener Willie le Balafré en Ecosse, objecta John. C'était la seule façon.

Il répétait là les assurances de Carwell. Cependant, il connaissait assez les Marches pour se sentir mal à l'aise. Un frisson lui parcourut le dos. A moins que ce ne soit la fraîcheur de cet octobre humide…

Des feuilles brunes et or jonchaient le sol, mais d'autres, encore vertes, demeuraient accrochées aux branches et remuaient dans le vent, bouchant en partie la vue de la rivière.

Les arbres s'espacèrent comme ils approchaient du gué. Rob leva tout à coup la main et tous firent halte. Là, de l'autre côté de l'eau, un groupe de cavaliers en armes attendait.

Aussitôt, John se rapprocha de Cate, Rob de Bessie, et les autres hommes se resserrèrent autour d'eux. Belde gronda, l'échine hérissée.

— Je n'aurais pas dû vous laisser venir, marmonna John, comme si la décision n'avait dépendu que de lui.

Du coin de l'œil, il vit Cate serrer ses rênes à s'en blanchir les articulations. De toute évidence, elle retenait son souffle.

Les cavaliers en face d'eux semblaient prêts au combat mais, en les observant, John comprit que les Storwick devaient avoir besoin eux aussi de renouveler leur provision de sel, car leurs chevaux faisaient rempart autour d'une jeune femme brune, la protégeant comme les Brunson protégeaient Bessie et Cate.

Il croisa le regard de la femme à la chevelure sombre et lut l'appréhension dans ses yeux. Puis il rencontra celui de l'homme plus âgé qui se tenait auprès d'elle ; son père, sans doute. L'espace d'un instant, ils ne furent plus que deux hommes aussi inquiets l'un que l'autre pour les femmes qui les accompagnaient.

L'expression de celui qui se tenait à gauche de la fille ne reflétait cependant pas la même empathie. Plus âgé que John d'une dizaine d'années environ, il avait le visage marqué par une balafre qui sinuait de sa pommette à son cou.

Sans savoir pourquoi, John sentit un spasme lui tordre l'estomac à cette vue.

— Qui est-ce ? demanda-t-il à Rob.

— La fille ?

John jeta un coup d'œil surpris à son frère. C'était la première fois qu'il voyait Rob remarquer une femme.

— Non, l'homme à la cicatrice.

— Lui ? C'est l'homme que nous recherchons, Johnnie. Willie Storwick le Balafré !

John tressaillit. Le silence figé de Cate s'expliquait, à présent !

— Il ne vous fera pas de mal, dit-il en se penchant vers elle.

Cela, il allait y veiller lui-même.

Cate ne répondit pas. Mais lorsqu'elle tourna la tête pour le regarder, il vit qu'elle était de nouveau en proie à la peur. Les yeux élargis et les mains crispées sur les rênes, elle était si terrifiée qu'elle n'aurait pas pu fuir, même si elle l'avait voulu.

Maintenant, il comprenait pourquoi. C'était de Willie le Balafré qu'elle avait peur. Et voilà qu'elle devait l'affronter en chair et en os !

Il aurait voulu lui prendre la main et la rassurer d'une légère pression, mais ce n'était pas l'endroit pour cela. De plus, il n'était même pas sûr qu'elle ne confondrait pas son contact avec celui de l'homme qu'elle abhorrait.

Rob se dressa sur ses étriers.

— Reculez et rengainez vos armes ! cria-t-il aux Storwick. Nous voulons traverser.

Ils auraient pu passer le gué sans cela, mais ils se seraient alors trouvés en position de faiblesse. Bien campés en terrain sec, les Storwick auraient pu les refouler dans la rivière.

— Vous ne nous faites donc pas confiance ?

C'était le plus âgé des Storwick qui avait parlé. Toutefois, le sourire torve de Willie le Balafré tenait un tout autre langage.

— Je vous ferai confiance si vous me donnez votre parole,

rétorqua Rob. Vous avez des femmes avec vous, vous ne voulez pas les mettre en danger, je suppose ?

John vit le chef des Storwick se tourner vers les femmes à son côté, car la fille brune n'était pas seule. Une dame plus âgée se tenait près d'elle, sans doute sa mère. Toutes deux relevèrent le menton, comme pour défier le clan adverse qui attendait sur l'autre berge.

— Vous ne menacez pas mes femmes, j'espère ? se récria Storwick.

Rob se raidit et faillit brandir sa lance sous l'insulte. Un homme des Marches laissait peut-être des veuves derrière lui, mais il ne faisait jamais de mal intentionnellement à une femme.

— Pas si vous ne menacez pas les miennes ! riposta-t-il.

A côté de lui, Bessie était impassible et ne laissait pas transparaître la moindre crainte. Mais Cate se mordait la lèvre, et respirait difficilement. La peur qui se cachait sous ses airs de bravade, la peur qui hantait ses rêves, se dressait à présent devant elle, bien réelle, à la pleine lumière du jour.

— Nous sommes ici pour la Journée de la Trêve, répliqua le chef des Storwick. Nous ne menaçons personne.

— Alors pourquoi ne déposez-vous pas vos armes sur l'herbe, là-bas ? suggéra Rob en désignant d'un geste la clairière située un peu à l'écart du gué. Cela évitera à l'un de vos hommes de blesser l'un des miens d'un coup de lance. Par simple maladresse, bien sûr..., ajouta-t-il avec ironie. Un accident est vite arrivé.

Mais le chef ennemi savait lui aussi évaluer les distances.

— D'accord... si vos hommes laissent leurs armes sur la rive avant de traverser. Ainsi, nous ne risquerons pas de nous blesser mutuellement... par maladresse !

La proposition n'était pas recevable ; elle ne valait même pas une réponse ! Les deux familles attendirent en silence, de chaque côté du cours d'eau.

— De toute façon, il faudra que nous déposions nos armes dès que nous serons en ville, argua John.

— Pas question de les laisser du côté écossais de la frontière ! lui répondit son frère d'un ton sec.

Le soleil montait lentement dans le ciel et une petite brise se leva. Personne ne bougeait.

John jeta un regard en aval.

— Il n'y a pas d'autre passage ?

Rob secoua la tête.

— Ça ne servirait à rien. Ils nous suivraient le long de la rive.

— Ils sont moins nombreux que nous.

— Cela ne fera pas de différence s'ils sont sur la terre ferme pendant que nos chevaux pataugeront pour se hisser sur la berge. Que fait ton gouverneur, bon sang ? Il devrait être là depuis longtemps !

« Ton » gouverneur ! Comme si c'était la faute de John !

— Où est votre gouverneur ? cria Rob aux Storwick.

Le rituel voulait que les gouverneurs anglais et écossais arrivent sur les lieux le soir qui précédait la Journée de la Trêve. Le jour venu, les hommes du gouverneur anglais se rendaient du côté écossais pour requérir solennellement la trêve auprès des Ecossais, qui leur retournaient ensuite la politesse. Les gouverneurs échangeaient alors une accolade pour officialiser l'accord.

— Ne sait-il donc pas comment on doit faire les choses ?

— Je pourrais en dire autant du vôtre ! riposta Storwick.

Le roi avait choisi Carwell, mais était-ce le bon choix ?

Soudain, on entendit un bruit de galopade.

John se retourna et vit la bannière vert et or de Carwell flotter au-dessus d'un groupe de cavaliers arrivant du nord. Il exhala un soupir de soulagement.

Le nouveau gouverneur se dirigea vers John, qui le présenta à Rob.

— Nous avons dû arranger tout cela dans la précipitation,

s'excusa Carwell. Le gouverneur anglais a dû être retardé comme moi.

Rob se renfrogna, tandis que Carwell s'avançait à cheval jusqu'au bord du cours d'eau.

— Hommes de Storwick ! Je suis Thomas Carwell, nouvellement nommé gouverneur des Marches, comme l'était mon père avant moi. Par la grâce de Sa Majesté le roi Jacques !

Un silence accueillit le nom du souverain, des deux côtés de la rivière.

Carwell sortit son épée du fourreau et la tendit à l'un de ses hommes.

— Restez ici ! ordonna-t-il à son capitaine. Et s'ils m'attaquent, tuez-les tous.

Laissant son escorte derrière lui, il dirigea son cheval vers le gué.

— Il est fou d'y aller désarmé, dit Rob.

John eut un petit sourire.

— Il a gardé sa dague.

Parvenu à mi-chemin, Carwell arrêta son cheval et reprit la parole.

— Votre gouverneur et moi avons décrété que ce jour serait celui de la trêve, conformément à la loi des Marches. A présent, déposez vos armes et laissez-moi traverser avec mes hommes. Nous confisquerons vos lances et vos épées, ainsi que celles des Brunson lorsqu'ils passeront la rivière à leur tour. Elles vous seront rendues à la fin de la journée.

Le chef des Storwick hésita et dit quelque chose à son voisin — l'un de ses fils ?

John nota qu'il ne s'était pas adressé à Willie le Balafré.

— Tenez-vous prêts ! ordonna Rob à ses hommes, qui posèrent la main sur leurs armes d'un geste préventif. Carwell n'a pas assez d'hommes pour les affronter tous, s'ils donnent l'assaut.

Le chef des Storwick tendit son épée à son lieutenant, puis

s'avança à cheval dans la rivière jusqu'à ce qu'il se trouve face à face avec Carwell.

— Nous sommes d'accord, déclara-t-il d'une voix assez forte pour être entendue de tous.

John adressa à son frère un sourire triomphant.

Les hommes de Carwell traversèrent la rivière à cheval et rassemblèrent les armes des Storwick. Ensuite, Rob fit traverser les siens et, un par un, ils tendirent leurs épées et leurs lances.

Cate était la dernière. Carwell attendit qu'elle lui donne sa dague.

— Je ne veux pas, fit-elle en serrant la poignée de son arme de toutes ses forces.

— Permettez-lui de la garder, intervint John. Je me porte garant pour elle.

Carwell secoua la tête.

— Je ne peux pas commencer à faire des exceptions !

John en était bien conscient, mais il n'en argumenta pas moins.

— C'est une arme trop petite pour être utilisée dans une bataille.

— Mais assez grande pour ôter une vie, objecta Carwell.

Il se tourna vers Bessie avec un sourire, dans l'espoir qu'une femme se laisserait plus aisément convaincre.

— Aidez-moi, voulez-vous ?

Bessie fronça les sourcils.

— Je veux bien vous aider, mais je vous tiendrai pour responsable s'il arrive quoi que ce soit, déclara-t-elle avec une expression implacable dans son regard brun.

Carwell hocha la tête.

— Je garantis votre sécurité et celle de tous les Brunson ici présents.

Bessie se pencha alors vers Cate.

— Allons, donnez-lui votre dague. Encore quelques heures, et ce sera fini.

La main sur le bras de Cate, elle fit signe à John, qui ouvrit les doigts glacés de la jeune femme, la forçant à lâcher la dague qu'il tendit à Carwell, non sans méfiance.

— S'il arrive quoi que ce soit, le Brunson à qui vous devrez en répondre sera moi ! le prévint-il.

Il avait convaincu Cate de faire confiance au gouverneur. C'était à son tour d'en faire autant, mais le pouvait-il ?

Les Brunson firent prendre à leurs chevaux la direction du village. Rob chevauchait à côté de son frère. Privé de ses armes, il semblait mal à l'aise et nerveux, et John eut la nette impression que son frère ne savait rien faire d'autre que galoper dans la montagne et lancer des raids.

Que ferait un tel homme en temps de paix ?

La paix, John ne la ressentit toutefois pas lorsqu'il jaugea d'un coup d'œil le petit village, que ne protégeaient ni murailles ni château fort. Un lieu parfait pour un jour de trêve, car il n'y avait rien là qui puisse être mis à sac.

Mais aucun moyen de défense non plus…

Trois éventaires joliment décorés se dressaient dans la rue principale, mais les cavaliers pénétrèrent dans la bourgade en silence, comme s'ils doutaient des intentions pacifiques de leurs adversaires et attendaient une preuve concrète avant d'y croire.

Les deux clans emplirent la place et s'immobilisèrent face à face, chacun attendant que l'autre mette pied à terre le premier.

John entendit Rob grommeler à son côté.

— Je n'aime pas ça. D'habitude, la rencontre a lieu sur le territoire écossais. Ce sont les gouverneurs anglais qui viennent chez nous.

Tout à coup, la fille Storwick fit avancer son cheval sans attendre la permission du chef. S'éloignant de la protection de sa famille, elle le fit trotter vers l'éventaire du vendeur de casseroles, mit pied à terre et commença à examiner les marchandises.

— Imprudente ! marmonna Cate.

Rob suivait la jeune femme du regard avec une attention étrange.

Dans le silence, on entendit Bessie s'éclaircir la voix.

— Nous avons besoin de sel, nous aussi.

Son ton n'avait rien de comminatoire et elle ne défiait pas les siens comme la fille Storwick venait de le faire. Cependant, sa remarque faite d'une voix calme n'était pas une requête. C'était une tranquille déclaration d'intention.

Rob soupira et fit signe à l'un de ses hommes d'accompagner Bessie.

— Reste constamment en vue et ouvre bien les yeux, dit-il à sa sœur.

Bessie se laissa glisser à bas de sa monture, et d'une œillade, invita Cate à la rejoindre. Cette dernière secoua la tête.

— Nous restons avec elle, déclara John.

La vue des femmes qui faisaient tranquillement leur marché finit par détendre tout le monde. Les hommes mirent pied à terre. Quelques paroles banales, et même un rire, résonnèrent sur la place.

Cate descendit de cheval à son tour, mais en gardant une main sur Belde, qui se pressait contre elle. John lui adressa un petit sourire qu'il voulut rassurant.

— Reste ici et veille sur Cate, dit-il à Rob. Je vais parler à Carwell.

— Pour ce que ça t'apportera !

De toute évidence, Rob s'attendait à le voir échouer. Peut-être même le souhaitait-il.

Eh bien, il réussirait ! Il réussirait parce qu'il le fallait ; un échec était impensable. Non seulement il avait un devoir à l'égard du roi, mais il en avait un aussi envers Cate.

Et il ne devait pas la trahir.

*
* *

Le monde s'était arrêté à l'instant où Cate avait aperçu l'homme de l'autre côté de la rivière. Deux ans s'étaient écoulés depuis cette sombre et terrible nuit, mais elle l'avait reconnu tout de suite.

John avait suivi son regard et paru comprendre, ce qui l'avait étrangement réconfortée. Mais, ensuite, il l'avait trahie en prenant le parti des autres et en lui ôtant ses armes.

La nuit précédente, elle n'avait presque pas dormi. Ce n'étaient pas ses cauchemars qui l'avaient tenue éveillée, mais l'excitation. Après tout ce temps, elle allait de nouveau se retrouver face à Willie Storwick. Cette fois, elle serait armée et prête.

Et elle ne faiblirait pas d'un pouce.

Lorsqu'elle l'avait regardé, sur l'autre berge, le défiant de rencontrer ses yeux, il l'avait dévisagée un instant sans ciller. Tout ce qu'il avait exprimé, en fait d'émotion, c'était la surprise, quand il s'était rendu compte qu'elle était une femme portant des vêtements masculins. En dehors de cela, elle n'avait pas décelé en lui le plus petit soupçon de honte ou de culpabilité, ni même le moindre signe qu'il l'ait reconnue.

Puis on lui avait arraché sa dague et elle avait cessé d'être Cate la Hardie. Les armes maintenaient la peur à distance et, sans elles, elle se sentait aussi impuissante qu'elle l'avait été cette nuit-là. La nuit où elle aurait dû se débattre, hurler, mordre et griffer, et où elle n'avait rien fait de tout cela.

La nuit où elle n'avait rien pu faire d'autre que rester là, paralysée par la peur, tandis qu'il abusait d'elle et la privait de ses dernières forces.

Depuis, c'était dans ses rêves qu'elle le combattait.

Peut-être valait-il mieux qu'il ne la reconnaisse pas. S'il posait sur elle un regard qui se souvenait, serait-elle aussi impuissante que la première fois ?

S'il devait en être ainsi, tout ce qu'elle avait pu faire et être pendant ces deux ans aurait été complètement inutile.

Elle chercha du réconfort auprès de Belde, chaud et fort

à côté d'elle. Willie le Balafré parut disparaître de son champ de vision, tant elle évitait soigneusement de tourner les yeux de son côté.

Au lieu de cela, elle observa John qui discutait avec Carwell. Son regard ne pouvait se détacher de lui. Elle trouvait dans cette vue le même genre de fugitif plaisir que lui auraient procuré une prairie bien verte, un ciel scintillant d'étoiles.

Ou un baiser unissant un homme et une femme…

Troublée par cette pensée, elle détourna les yeux. Que lui prenait-il, au nom du ciel ? Ce n'était pas le jour ni le moment de songer à cela. Tout ce qui importait, aujourd'hui, c'était que la justice demande enfin des comptes à Willie le Balafré. Même si ce n'était pas pour son pire crime.

John retrouva Carwell dans l'échoppe du vendeur de bière, où les hommes étaient occupés à tirer des tables et des tabourets pour célébrer la Journée de la Trêve.

— Où est le gouverneur anglais ? demanda-t-il sans préambule. Il aurait dû être là au lever du soleil. Et vous aussi !

Une expression soucieuse altéra un instant le sourire de Carwell, mais il ne fournit pas d'explications sur sa propre absence.

— Il devrait être là d'une minute à l'autre, répondit-il seulement.

John examina la rue paisible. Les femmes marchandaient avec les commerçants, tandis que quelques Storwick et des Brunson se renvoyaient un ballon sur l'herbe. Un genre de combat moins dangereux qu'un affrontement à l'épée !

Pour l'instant.

— Pouvez-vous me donner votre parole qu'il viendra ?

— Je ne peux pas promettre que le soleil se lèvera demain ! dit Carwell avec un calme désarmant. Mais le gouverneur anglais m'en a fait le serment. Que pouvais-je exiger d'autre ?

— J'espère que vous n'aurez pas à en répondre. Car si

nous échouons, ce n'est pas Willie Storwick qui se balancera au bout d'une corde, mais nous. Le roi aura notre tête !

D'une certaine façon, il craignait moins cela que de manquer de parole à Cate.

Carwell se rembrunit.

— La justice dans les Marches n'a de pouvoir que si les habitants lui en concèdent. Et ils ne lui feront allégeance que s'ils pensent que les choses se passent correctement. Alors vous feriez mieux de vous éloigner, Johnnie Brunson. Parce que plus nous prolongerons ce conciliabule, plus les Storwick croiront que nous complotons ensemble. Et ils ne voudront plus m'écouter, quoi que je dise.

John tourna les talons, mais s'arrêta sur le seuil.

— Le gouverneur anglais est-il fiable ?

— Autant que je le suis.

— Jusqu'où va cet « autant », Thomas Carwell ? s'enquit John sans attendre de réponse. Jusqu'où ?

Il avait fait confiance à cet homme, parce que le roi l'avait choisi. Mais il avait vécu assez longtemps dans les Marches pour savoir qu'en dehors de sa famille il aurait été imprudent de se fier à qui que ce soit.

Y compris Carwell et le roi.

Cate ne se joignit pas aux autres pour regarder les étalages ni pour applaudir les Brunson qui jouaient au ballon. John et Bessie se relayaient pour rester à côté d'elle. Ils tentèrent en vain de l'entraîner à la foire, mais elle n'avait pas la moindre envie de savourer une galette d'avoine ou quelques gorgées d'ale. Elle se contentait de rester là, Belde contre sa jambe, et de surveiller Willie Storwick.

En fin de compte, elle s'était obligée à tourner les yeux vers lui, épiant ses moindres gestes. Tant qu'elle aurait l'œil sur lui, pensait-elle, il n'oserait rien faire.

Ce serait bientôt fini, maintenant. Le Balafré était là, les mains liées, prêt à être jugé, et elle ne le quitterait pas du regard tant que ce ne serait pas fait.

Sauf que le gouverneur anglais n'était toujours pas là. Et sans lui, pas de procès !

La matinée s'écoula lentement. Le soleil et les nuages alternaient dans le ciel. Les Storwick et les Brunson ne se renvoyaient plus le ballon, et le brouhaha des bavardages s'apaisait peu à peu, tandis que se prolongeait l'attente.

Le regard fixé sur le sud, John s'impatientait à côté de Cate.

— Je vais retourner voir Carwell, dit-il enfin, lorsque midi fut passé.

Pourtant, il hésita, réticent à la quitter.

Elle releva le menton ; Cate la Brave de nouveau.

— Allez-y. Dites-lui que j'attends. Et rapportez-moi sa réponse.

Après un dernier coup d'œil vers elle, il s'éloigna en hâte.

Restée seule, Cate sursauta lorsque des corbeaux s'envolèrent soudain du bosquet d'arbres tout proche en croassant bruyamment. L'instant d'après, elle sentit le sol vibrer sous ses pieds.

Elle comprit trop tard ce qui se passait ; déjà les cavaliers arrivaient. Trois, si elle était encore en état de compter. Ceux-là étaient bel et bien armés, et elle maudit la sotte confiance qui avait incité les Brunson à déposer leurs armes en toute bonne foi. Désarmée et à pied, que pouvait-elle faire, sinon s'enfuir et se cacher ? Elle ne pouvait tout de même pas affronter leurs épées à mains nues !

Mais les cavaliers ne se souciaient pas de livrer combat. De toute évidence, ils n'étaient pas venus pour cela. Ils descendirent la rue au galop, se ruèrent tout droit vers Willie le Balafré et lui délièrent les mains d'un coup de lame. Puis ils lui tendirent une épée, les rênes d'un cheval, et reprirent leur route à bride abattue avant même que les autres hommes n'aient eu le temps de se regrouper.

Le Balafré s'arrêta au moment de mettre le pied à l'étrier et son regard se posa sur elle. Mû par une brusque impulsion, il se précipita vers elle, l'attira brutalement à lui et écrasa sa bouche sur la sienne.

Oubliant qu'elle n'était plus à sa ceinture, Cate porta la main à sa dague. Elle voulut se défendre à coups de poing, mais Belde avait déjà planté ses crocs dans le bras de Willie.

Avec un hurlement de douleur, il courut se mettre en selle et quitta le village au galop derrière les autres.

Debout dans la poussière, Cate lutta contre la nausée qui lui tordait l'estomac. Ses doigts crispés serraient le lambeau d'étoffe brune que Belde venait d'arracher à la manche du Balafré.

Chapitre 13

— Vous le saviez, hein ?

John avait plaqué Carwell contre le mur de la taverne et le tenait à la gorge.

— Vous deviez le savoir !

Dans la rue, derrière lui, les villageois tremblaient de peur, tandis que les Storwick et les Brunson couraient reprendre leurs armes.

John avait d'abord essayé de rejoindre Cate, et ensuite de retrouver son épée. Trop tard dans les deux cas. Les cavaliers avaient fait irruption dans le village et disparu avant que personne n'ait eu le temps de mettre la main sur un cheval ou une lance. Enfin, trois Brunson s'élancèrent sur les traces des fugitifs.

Il n'avait que peu d'espoir qu'ils les rattrapent.

Quant à Cate… Craignant qu'elle ne le repousse, à présent, il avait chargé Bessie de rester près d'elle.

— Ils m'ont trahi, moi aussi, se justifia Carwell.

Ses yeux gris-vert, qui d'habitude cachaient davantage ses pensées qu'ils ne les révélaient, brûlaient à présent d'une fureur qu'il ne cherchait pas à dissimuler.

— Je le jure sur la tombe de mon père !

John se força à le lâcher.

— J'espère que votre père a représenté pour vous un peu plus que le mien n'a représenté pour moi !

— Storwick a bafoué l'honneur des Carwell en agissant ainsi !

La résolution de l'homme des Marches avait remplacé son masque de diplomate.

— Et je saurai si le gouverneur anglais a une part dans tout cela, je le jure !

Du coin de l'œil, John vit Rob et le chef Storwick face à face. Rob pointait son épée sur la poitrine de l'autre mais, au lieu de se défendre, l'homme restait là, les mains ouvertes, visiblement accablé.

— Nous n'avons rien à voir dans ce qui vient de se passer, assura-t-il en secouant la tête. Willie n'est plus un Storwick. C'est un homme seul, désormais. Un homme *brisé*.

Brisé, c'est-à-dire mort pour sa famille, la pire malédiction que puisse proférer un habitant des Marches. Une querelle avec le Balafré, quelle qu'elle soit, ne concernait plus les Storwick. Le chef du clan avait parlé.

John rejoignit son frère. Lentement, Rob abaissa son épée, puis cracha sur le sol.

— Là ! fit-il en écartant les bras. Tu es satisfait, Johnnie ?

La trêve était menacée. Les hommes des deux clans se remettaient en selle, impatients de reprendre leurs armes et de rentrer chez eux.

— Satisfait ? Sûrement pas ! rétorqua John entre ses dents.

Il brûlait de récupérer son épée, à présent. Les lois des Marches et la justice du roi ne suffisaient plus, même pour lui.

— Pas satisfait du tout !

Jamais il ne s'était senti aussi vulnérable, aussi stupide et désarmé qu'au moment où les cavaliers s'étaient rués dans le village et avaient soustrait cet homme à la justice. C'était pire que lorsqu'il était le plus jeune de la famille et ne se sentait pas encore assez grand et fort pour battre les autres.

Et, comme si cela ne suffisait pas, Storwick avait osé porter les mains sur Cate ! La voir blêmir sous l'outrage avait été encore pire que tout le reste.

— Il ne peut pas être loin. Nous allons le poursuivre. Tout de suite.

— Et nous tomberons dans une embuscade plus mortelle que celle à laquelle nous venons juste d'échapper ! répliqua Rob.

John s'efforça de réfléchir.

— Alors rentrons et rassemblons les hommes. Mille s'il le faut !

— Tu es vraiment prêt à ça ? Prêt à tuer ce fils de chien ?

John se débattait avec des émotions contradictoires, conscient qu'il était sur le point d'abandonner la mission dont il était chargé et de tourner le dos à tout ce que le roi aurait pu lui offrir.

Luttant pour surmonter sa colère, il prit une profonde inspiration. Déjà, il s'en était pris au gouverneur royal. S'il défiait la loi en tuant un Storwick, celui qu'on jugerait à la prochaine Journée de la Trêve, ce serait lui.

— Je suis prêt à le capturer et à l'emmener à Edinbourg pour qu'il y soit jugé.

Là-bas, au moins, il serait certain que les juges n'avaient pas conclu d'alliances secrètes.

Rob croisa les bras et le dévisagea comme s'il était encore Johnnie Blunkit.

— Si tu penses faire cela, c'est que tu n'as pas de mémoire et que tu n'as rien appris. Tu ne le prendras jamais vivant, tu peux me croire !

— Il doit bien y avoir un moyen, marmonna-t-il.

Il aurait voulu argumenter pour convaincre Rob de renoncer aux armes et d'avoir recours au roi au lieu de se faire justice lui-même, mais il devait d'abord se convaincre lui-même !

— Ecoute-moi…

— Non ! C'est toi qui vas écouter, Johnnie. Je t'avais prévenu de ce qui allait arriver, mais tu savais mieux que moi, n'est-ce pas ! Alors j'ai accepté de faire ce que tu voulais. Je me suis fié à ta précieuse justice. Tu vois ce qui est arrivé !

Maintenant, tu pourras dire à ton roi que la soumission à ses lois ne vaut pas une guigne. C'est toujours l'épée qui gagne, en fin de compte.

Est-ce que Rob voudrait encore envoyer des hommes au roi, maintenant ? Et arriveraient-ils à temps ? Rien de tout cela ne semblait plus avoir la moindre importance, désormais. Le roi était trop loin pour comprendre, John s'en rendait compte à présent. Le long de cette frontière, il n'y avait pas de lois ni de justice, sauf celles des clans. Et rien ne changerait jamais si le roi ne pouvait pas changer cela.

— Je le traquerai quand même et le ferai châtier.

Rob le dévisagea avec curiosité.

— Pourquoi ? Tu as été clair à ce sujet ; ce n'est pas ton combat.

— Parce que j'ai juré à Cate que je livrerais moi-même l'homme à la justice si les gouverneurs ne s'en chargeaient pas.

En fait, il avait fait ce serment un peu légèrement, ne pensant pas avoir à le tenir. Après ce qui venait de se passer, il se trouvait lié plus que par des mots. Il avait vu l'ennemi. Il avait été témoin de ce qu'il avait fait à Cate.

Rob resta silencieux, mais une expression approbatrice qu'il ne lui avait jamais vue apparut sur son visage.

— Eh bien, Johnnie, ce gilet est bien le tien, en fin de compte !

Mais John secoua la tête, sceptique. Cate ne serait pas d'accord. Il l'avait déçue et, jusqu'à ce qu'il puisse se racheter, il ne serait pas un Brunson. A ses propres yeux, il ne serait même pas un homme.

Rob l'entraîna.

— Viens, allons rejoindre les autres. Il faut décider de ce que nous allons faire.

John jeta un nouveau regard vers Cate. Bessie se tenait à sa droite, Belde de l'autre côté.

— Il faut d'abord que je lui parle !

*
* *

Cate ne leva pas les yeux lorsqu'il s'approcha.

En fait, elle ne lui prêta pas la moindre attention. Elle se tenait simplement là, aussi raide qu'une statue, le visage contracté par la rage.

Bessie s'éclipsa en le voyant, et il lui fut reconnaissant de sa compréhension. Elle, au moins, ne le regardait pas avec réprobation. Même le chien semblait le considérer d'un air désappointé !

— Venez faire quelques pas avec moi, lui dit-il.

Cate ne bougea pas.

Il posa une main sur son bras et l'entraîna vers la rivière, pour n'être entendu de personne.

Brusquement tirée de son hébétude, elle releva la tête.

— Je ne vous ai pas donné la permission, que je sache !

John détesta la peur qu'il lut dans ses yeux.

— Je ne l'ai pas demandée, répliqua-t-il.

— Pour qui vous prenez-vous d'avoir cru arrêter le vent et changer le cours du soleil ? s'exclama-t-elle en se dégageant d'un mouvement brusque. Voyez le résultat !

La colère dans sa voix s'estompa, remplacée par un ton accablé.

— C'est comme si le ciel l'avait délivré et m'avait punie, moi !

— Pas le ciel, répliqua-t-il. L'homme !

Le regard de Cate s'aiguisa.

— Carwell ?

— Je ne pense pas, répondit-il, bien qu'il n'en fût pas tout à fait sûr.

— Alors le gouverneur anglais ! Mais c'est sans importance. De toute façon, on ne peut se fier à aucun des deux.

Elle avait raison, ô combien ! Il le comprenait à présent.

— Le chef des Storwick l'a désavoué. Willie le Balafré est un homme *brisé* à présent.

— Peut-être, mais il vit. Il galope sur les Terres litigieuses, libre comme l'air. Pendant que…

Elle serra les paupières pour s'empêcher de pleurer.

John se força à attendre qu'elle puisse parler de nouveau, en se faisant violence pour ne pas la toucher.

— … pendant que mon père est couché sous la terre avec ses ancêtres.

Que lui répondre ? Il n'avait pas d'arguments. Elle lui avait fait confiance, et il avait failli à sa mission.

— Je le traquerai moi-même.

Ils avaient atteint le bord du cours d'eau. Les arbres vert et or entrelaçaient leurs branches. Des feuilles tombées jonchaient la berge et flottaient sur l'eau. Belde s'y avança pour boire.

Cate tourna enfin les yeux vers lui. Le doute avait remplacé la souffrance dans son regard.

— Vous feriez cela ?

Pour vous, oui.

La pensée avait jailli spontanément en lui, mais il ne pouvait lui avouer que c'était pour elle qu'il voulait se mettre en chasse. Il avait déjà du mal à se l'avouer à lui-même.

— Vous ne m'avez donc pas cru quand je vous ai donné ma parole ?

Elle le dévisagea, incertaine. Il tendit la main vers elle, comme si le contact de sa main sur son bras pouvait lui transmettre ce que de simples mots n'arriveraient jamais à exprimer.

— Cette promesse-là est-elle plus fiable que toutes celles que vous m'avez faites ? demanda-t-elle en regardant sa main.

John la lâcha et recula. Si seulement il ne lui avait rien promis !

— Je le livrerai.

Et, ensuite, il s'expliquerait auprès du roi. Advienne que pourra !

— Pourquoi maintenant ? s'enquit-elle. Qu'est-ce qui a

changé ? Mon père n'est pas plus mort aujourd'hui qu'il ne l'était avant !

Ce n'était pas l'assassinat du père de Cate qui le taraudait.

— Les gouverneurs, les lois des Marches, n'ont pas su vous protéger, répondit-il.

Ni moi non plus.

Pourrait-il faire comprendre cela au roi ?

— Alors, je dois vous remercier, Johnnie Brunson.

Elle le regarda bien en face et lui prit les mains avant d'ajouter :

— Car je sais que ce n'est pas une chose facile à faire pour vous.

Il baissa les yeux vers les mains de Cate, qui tenaient les siennes. Elle avait refusé son contact, et voilà qu'elle le recherchait, à présent. Qui était-elle vraiment et qu'attendait-elle de lui ?

— Mais la capture de Storwick devra marquer la fin de tout cela. Vous m'entendez, Cate ? La fin du carnage.

Elle secoua la tête.

— Ce n'est pas moi qui peux y changer quoi que ce soit !

— Mais vous pourriez aider. M'aider à convaincre Rob, par exemple.

Elle détourna les yeux, sans lâcher ses mains. Après cette journée si chargée de peur et de colère, elle semblait aussi timide qu'une jouvencelle !

Mais son toucher, aussi léger et innocent qu'il soit, alluma une flamme en lui, un désir brûlant pour une tout autre chose que la vengeance. Un besoin de posséder et de protéger ce qui lui appartenait. Ce qu'il revendiquait.

Un pays. Une famille. Un foyer.

Une femme.

— Pensez-y, Cate…

La gorge nouée, il dut déglutir avant de continuer.

— Songez à ce que ce sera de pouvoir vivre toute une vie en paix.

Puis il cessa de penser. Les lèvres de Cate le tentaient, l'attiraient. Il se pencha vers elle… et se souvint brusquement que les dernières lèvres qui avaient touché ces lèvres-là étaient celles de Storwick.

Cate leva le visage vers lui et lui offrit sa bouche. Un baiser de remerciement pour sceller leur marché. Pour qu'il sache bien qu'elle comprenait le sacrifice que cette promesse représentait pour lui.

Rien de plus.

En réalité, c'était bien davantage. C'était un baiser pour effacer le goût de Willie Storwick. Un baiser d'espoir, l'espoir d'en finir un jour avec la vengeance et la peur, et d'être enfin comme les autres femmes.

Un rêve qu'elle n'avait jamais osé se laisser aller à faire avant l'arrivée de Johnnie Brunson.

Il hésitait, respectant la promesse qu'il lui avait faite. Alors elle ferma les yeux et ce fut elle qui se pencha vers lui. Elle ne voulait pas qu'il lui demande la permission, ni qu'il mette les mains derrière le dos. Elle voulait qu'il la tienne, qu'il la protège contre les terribles réminiscences de ce jour.

Le reste pouvait attendre.

Toute la journée, elle avait été Cate la Hardie, attendant et regardant, les nerfs noués et les muscles raidis pour ne pas s'enfuir.

Les gens peuvent être heureux, lui avait-il dit, *même quand la vie se montre rude.*

Montrez-moi que c'est vrai. Juste pour un instant…

Ensuite, elle redeviendrait Cate la Hardie, celle qui n'avait peur d'aucun homme.

Mais il ne bougeait pas, les bras obstinément le long du corps. Impatiente, elle lui enlaça la taille et se pressa contre son torse protégé par le gilet qu'elle lui avait confectionné. Puis elle se haussa sur la pointe des pieds, cherchant ses lèvres.

Il laissa échapper un gémissement et cessa enfin de résister. Ses bras se refermèrent autour d'elle, ses lèvres rencontrèrent les siennes, et le monde qui l'environnait s'abolit.

Ce qu'elle ressentit d'abord, ce fut cette sensation de sécurité dont elle avait eu si soif. Les bras de John, incroyablement forts et doux en même temps, formaient un rempart autour d'elle, repoussant toute la souffrance de cette affreuse journée.

Cet instant de paix se transforma cependant vite en quelque chose d'autre.

Un afflux de chaleur sur ses joues, une pulsation entre ses cuisses, un martèlement dans sa poitrine, la palpitation effrayée d'un oiseau captif…

Le désir. Son corps, pareil à un cheval échappé qu'on ne peut plus dompter, ne souhaitait plus qu'une chose, s'unir à celui de John. Plus rien ne comptait, plus rien n'existait en dehors de cela.

Et c'était encore plus effrayant que la sensation de ses bras se resserrant autour d'elle et l'ardeur folle de son baiser.

Contrôler sa peur était pour elle une question de survie. Si elle perdait la maîtrise de ses émotions, il ne resterait plus en elle qu'un abîme, un puits noir et béant.

Elle se débattit soudain, lui arrachant ses lèvres.

— Assez !

Il la dévisagea comme si elle était folle.

— Mais vous…

— Je sais !

Comment lui expliquer ? C'était elle-même qu'elle rejetait ainsi. Pas lui.

— Pardonnez-moi, chuchota-t-elle. Vous devez penser…

Il lui posa les mains sur les épaules, cherchant son regard. Un instant plus tôt, les yeux de John débordaient d'un bonheur presque farouche. Elle venait d'y semer la perplexité et la colère.

— Catie Gilnock, il faudrait que je sache une bonne fois pour toutes ce que vous voulez !

Elle se mordit la lèvre et rappela Belde, en évitant le regard de Johnnie. Il lui prit le menton et tourna son visage vers lui.

Jusqu'à quel point es-tu brave, Cate ? se demanda-t-elle. *Assez pour le regarder dans les yeux et lui dire toute la vérité ? Assez pour te remettre entre les mains de quelqu'un d'autre que toi-même ?*

Elle essaya et le regarda bien en face, espérant son indulgence, et ne lut en lui que la colère. Ainsi que quelque chose d'autre qu'elle avait peur de nommer.

— C'est moi qui ai brisé notre pacte aujourd'hui, fit-elle en s'efforçant de raffermir sa voix. Vous m'aviez dit que les hommes et les femmes pouvaient être heureux ensemble. Il fallait que je sache si c'était vrai.

— Et c'est le cas ?

Oui. Mais pas pour moi.

Il l'avait amenée à désirer des choses impossibles. La paix, l'amour, une vie normale. Mieux valait ne rien espérer de tout cela, et se rappeler qui elle était.

— Non, répondit-elle.

Il se croisa les bras sur la poitrine.

— Alors vous n'avez pas à vous inquiéter, Catie Gilnock.

Sa voix vibrait de colère à présent, ainsi qu'elle l'avait craint.

— C'est une épreuve que je ne vous infligerai plus jamais.

Elle allait donc retrouver la solitude qui lui était si familière, mais il était trop tard pour sauver son cœur. Elle s'était laissé aller à imaginer qu'elle pourrait être un jour comme les autres femmes, capable de donner son corps à l'homme aimé, avec joie et confiance.

Aujourd'hui, Willie Storwick lui avait prouvé que cet espoir n'était qu'un leurre.

Et il allait payer pour cela.

Elle hocha la tête.

— Alors, Johnnie Brunson, êtes-vous prêt à traquer Willie le Balafré ?

Chapitre 14

Sa frustration était telle que, l'espace d'une seconde, John faillit répondre « non ».

Jamais il n'avait pensé qu'elle était de ces femmes qui changeaient sans cesse d'avis et disaient tantôt oui, tantôt non ou peut-être, persuadées qu'un homme en passait toujours par leurs quatre volontés pour coucher avec elles.

Cate Gilnock n'était pas ainsi.

Ou peut-être que si…

Que savait-il, après tout, de cette femme dont la cause était devenue la sienne ? Son corps disait une chose, pendant que ses mots en proclamaient une autre. Pourtant, il avait vu le désir emplir son regard, comme si elle avait contemplé un astre très haut au-dessus de sa tête, une étoile qu'elle ne pourrait jamais atteindre.

Il avait aussi vu quelque chose d'autre dans ses yeux. Quelque chose qui ressemblait terriblement à de la peur.

Il soupira. Après ce qui s'était passé aujourd'hui, elle avait des raisons de redouter Willie Storwick.

Et lui, était-il prêt à pourchasser l'ignoble individu qui avait osé poser sa bouche sur celle de Cate ?

La promesse de son père et de Rob était devenue la sienne. Une lourde responsabilité. Tout cela à cause de cette femme. Il avait endossé sa haine et mis le pied au bord d'un précipice encore plus traître et profond que celui de Hogback Hill.

Mais tant pis !

Etait-il prêt ?

— Oui, répondit-il enfin.

Elle fit quelques pas avec lui.

— Alors lançons-nous à sa poursuite !

John fronça les sourcils. Les mises en garde de Rob résonnaient encore à son oreille.

— Il a disparu. Il ne suffit pas de parcourir les terres au galop en attendant qu'il apparaisse et se rende bien gentiment !

Cate secoua la tête. Son visage avait repris cette expression sévère et décidée qu'il lui connaissait bien.

— Belde va nous conduire vers lui.

John regarda le chien.

— Et comment ? Nous n'avons rien à lui donner à renifler.

— Mais si, dit-elle avec un calme glacé.

Elle tira un morceau d'étoffe de sa poche et l'agita comme un drapeau pris à l'ennemi.

— Qu'est-ce donc ?

Au fond de lui, il savait déjà. Elle était redevenue Cate la Hardie. Sa Cate. Une femme qui n'avait peur de rien.

— Il m'a peut-être volé un baiser, mais moi, je lui ai volé bien mieux que cela !

John la laissa exposer son plan à Rob. Les limiers pouvaient poursuivre une proie à travers rochers et cours d'eau, mais l'homme était à cheval. S'ils ne voulaient pas perdre sa piste, ils devaient agir vite.

Bessie et le plus gros de la troupe retourneraient défendre Brunson Tower. Un groupe plus petit, assez important toutefois pour avoir l'avantage du nombre, pourchasserait la bande du Balafré.

La rue était presque vide. Les Storwick étaient repartis dans les montagnes, et les habitants de Kershopefoote s'étaient réfugiés dans leurs maisons, derrière les portes closes.

Carwell et ses cavaliers s'étaient rassemblés devant la

taverne, hors de portée de voix, mais lorsqu'ils se mirent en route le gouverneur s'arrêta près des Brunson et s'adressa à John.

— Je ne peux pas approuver cela, vous savez !

Il désigna les hommes en armes prêts à enfourcher leurs montures. Habitué à la loi des Marches, il savait parfaitement ce que cela signifiait ; les Brunson allaient se faire justice eux-mêmes.

John empoigna les rênes de Carwell.

— Je me moque bien de ce que vous pensez, espèce de fils de chien ! Vous approuvez peut-être qu'un gouverneur anglais soit de mèche avec les Storwick ?

Le regard de Carwell étincela sous l'insulte. Il écarta brusquement son cheval.

— Je vais me mettre tout de suite à sa recherche. Ses crimes ne resteront pas impunis, assura-t-il en éperonnant sa monture.

— Nous nous retrouverons ! lui cria John, qui le regarda disparaître avec ses cavaliers.

Alors seulement, il se rendit compte que, malgré sa réprimande, Carwell n'avait pas levé le petit doigt pour empêcher les Brunson de monter leur expédition.

— Johnnie ! appela Rob, le tirant de ses pensées.

Agenouillée près de Belde, Cate lui attachait son harnais car, une fois lancé sur la piste, le chien n'écouterait plus rien, pas même les injonctions de sa maîtresse. Il avait déjà compris qu'il allait se mettre en chasse et tirait sur sa laisse, impatient de commencer la traque.

Cate se releva et huma l'air, comme si elle aussi cherchait à capter les odeurs.

— Il fait frais et humide.

Elle tapota la dague qui pendait de nouveau sur son flanc.

— Excellent pour la chasse !

— Il n'est pas question que vous veniez aussi, protesta John.

Du coin de l'œil, il crut voir ricaner Rob.

— C'est de ma vengeance qu'il s'agit, riposta-t-elle. Et, de toute façon, Belde n'obéit qu'à moi.

John jeta un coup d'œil à son frère, dans l'espoir qu'il lui viendrait en aide, mais Rob secoua la tête.

— Tu as déjà perdu une fois cette bataille, mon vieux !

— C'était différent, objecta John.

Il avait déjà vu Cate s'entraîner à l'épée, combattre ses cauchemars, et même participer à un raid. Cette fois, elle allait se retrouver face à face avec Storwick. Face à la peur qui l'avait déjà clouée sur place un peu plus tôt.

Elle semblait cependant avoir retrouvé la hardiesse qui la caractérisait.

— Ou je viens avec vous ou je pars de mon côté avec le chien !

John en appela à sa sœur.

— Bessie, essaie de lui faire comprendre ! Ce qu'elle demande est impossible, tu dois le savoir.

Mais Bessie secoua la tête.

— C'est toi qui demandes l'impossible, Johnnie.

Elle étreignit Cate, puis ses frères, avant de se mettre en selle.

Rob donna ses dernières instructions à son second avant que le groupe qui devait retourner à Brunson Tower ne se mette en route. Tandis que les autres s'engageaient dans le gué, Bessie tira sur ses rênes.

— Dieu vous assiste ! cria-t-elle avant de traverser à son tour.

Cate tira de sa poche le morceau de manche du Balafré et s'agenouilla près de son chien. John crut voir sa main trembler, mais il n'en était pas sûr.

— Ici, Belde ! fit-elle de cette voix tendre et joviale dont elle usait toujours avec l'animal.

Puis elle lui chuchota quelques mots que John ne put entendre.

Le chien renifla rapidement le chiffon et huma l'air en remuant la queue. Le sourire de Cate quitta soudain son visage, remplacé par le masque dur de la vengeance.

— Trouve Willie !

Belde s'élança en tirant sur sa laisse. Cate déroula la corde et sauta en selle.

— Je peux me charger de lui, proposa John, craignant que le chien ne lui échappe.

Elle tira légèrement sur la corde pour ralentir Belde et secoua la tête.

— C'est à moi de le faire.

Elle éperonna sa monture, aussitôt imitée par les deux frères.

Rob tendit la main à son cadet.

— Aussi silencieux que la lune…

— Aussi sûr que les étoiles ! compléta John en tapant dans la main tendue.

Cette fois, c'était en vrai Brunson qu'il prenait le départ.

Ils suivirent le chien, tandis qu'il traversait la Liddel puis se dirigeait vers l'ouest. Sans hésitation, Belde poursuivit sa route le long du cours d'eau, s'enfonçant dans la vallée connue sous le nom de Terres litigieuses.

Au-dessus d'eux, les nuages avaient viré au gris-bleu et, sous leurs pieds, un tapis de feuilles jaunissantes recouvrait peu à peu l'herbe verte. Le vent qui jouait dans les branches amplifiait le son des sabots et le tintement des gourmettes mais Belde, lui, chassait en silence. Cate l'avait bien entraîné.

Laissant les autres surveiller le chien, John gardait l'œil sur Cate, qui jetait des regards à droite et à gauche, visiblement mal à l'aise.

Si un cavalier approchait, d'ici on pourrait le voir. C'était ce qu'elle lui avait dit sur Hogback Hill. Ici, au milieu des arbres et des buissons, on ne pouvait apercevoir un homme qu'au tout dernier moment, et l'ennemi pouvait surgir de n'importe quel côté. Des bandes de hors-la-loi peuplaient cette vallée, prêtes à sortir de leurs repaires pour se jeter sur les voyageurs.

Dans un premier temps, le chien avait suivi une ligne droite. A présent, il courait en zigzag, traversant le cours d'eau puis revenant, comme s'il poursuivait quelque animal fantasque.

Rob s'approcha et baissa la voix pour ne pas être entendu de Cate.

— On dirait que le chien a perdu la trace !

— L'as-tu déjà vu en chasse ?

— Non, c'est la première fois.

— Eh bien, moi, je l'ai vu. Il sait ce qu'il fait.

Leur petit groupe progressait en silence, mais John avait l'impression que le moindre son trahissait leur approche.

— Storwick sait qu'il est suivi, voilà tout, reprit-il.

Rob pinça les lèvres.

— Il n'a aucune raison de nous attendre et de provoquer le combat. Il va continuer à fuir, à moins que… Cate, retenez le chien !

Devant eux, les bois s'éclaircissaient. Dès qu'ils seraient sortis du couvert des arbres, ils n'auraient plus d'endroit où se cacher. Cate empêcha Belde de s'élancer droit devant et ils s'arrêtèrent tous à l'entrée de la vallée.

— Bon sang ! s'exclama Rob. Regardez ça !

Sur une éminence auprès de la rivière se dressait une tour de bois de facture grossière, beaucoup plus petite que celle de Brunson Castle et bien plus récente, mais tout de même trop grande pour qu'une demi-douzaine d'hommes puissent espérer la prendre d'assaut.

Rob se pencha en avant sur sa selle pour mieux examiner la rustique forteresse.

— Il semblerait que Willie le Balafré ait planifié tout ça depuis un bon moment !

Chapitre 15

Prêt à traverser la prairie pour se précipiter vers sa proie, Belde gémit en tirant sur sa laisse.

— Assis ! lui ordonna Cate.

John lui prit la laisse des mains, et elle le laissa faire, soulagée de pouvoir reposer un peu son bras tout endolori.

Puis ils observèrent la tour. Elle n'avait qu'un étage et ne possédait ni remparts ni portail, seulement un remblai de pierres grossièrement empilées pour protéger le rez-de-chaussée.

— Cette terre n'appartient pas aux Storwick, déclara John.

— Elle n'appartient à personne, répondit Rob. Ni à un pays ni à un roi.

L'Angleterre et l'Ecosse revendiquaient toutes deux cette étroite étendue de terre sauvage. Comme aucune des deux puissances ne voulait en céder la possession à l'autre, il n'y avait personne pour y imposer l'ordre. Pas même l'ordre incertain de la loi des Marches.

— Mais il est interdit de construire sur les Terres litigieuses !

Cate esquissa un soupçon de sourire, tant cette réflexion ressemblait à John. Toujours en train d'évoquer ce qui aurait dû être, au lieu de ce qui était ! John qui avait presque réussi à lui faire croire que ce qui aurait dû être pouvait encore arriver…

Rob émit un son qui, de sa part, pouvait passer pour un rire.

— Bienvenue dans les Marches, mon petit Johnnie !

Belde gémit de nouveau en tirant sur son harnais. Du haut de sa monture, John tenait fermement la corde. Cate mit pied à terre et entoura le chien de ses bras. Puis elle leva les yeux vers les deux hommes.

— Ne pouvons-nous…

Ses mots moururent dans le silence. Ils n'étaient qu'une poignée ; une attaque aurait été vouée à l'échec.

Mais Belde ne connaissait rien à la logique. Il vivait pour la joie de la chasse et de son résultat. Au moment où Cate relâchait son étreinte, il s'élança brusquement vers la tour, en traînant derrière lui sa corde qui échappa aux mains de John.

Cate n'eut pas le temps d'avoir peur. Pas le temps de réfléchir ni d'hésiter.

Elle se rua à sa suite.

Si près de sa proie, Belde aurait pu défier un cheval à la course, sans parler d'une simple femme. Même en imaginant qu'elle parvienne à le rattraper, elle ne pourrait pas le retenir, mais rien de tout cela ne lui importait.

Le bruit du vent emplissait ses oreilles, ainsi que le martèlement des chevaux derrière elle, mais elle ne s'arrêta pas pour autant.

Le chien atteignit la porte de la tour et bondit avec des aboiements frénétiques, conscient que son gibier se trouvait à l'intérieur. Cate s'empara de la corde et essaya en vain de le tirer en arrière.

— Assez, Belde ! Tu es un brave garçon. Arrête, à présent !

Elle avait vanté l'obéissance de Belde, mais il ne cesserait pas tant qu'il ne lui aurait pas livré sa proie.

— Tiens, tiens ! Voyez un peu qui vient frapper à la porte de ma bicoque !

Cate leva les yeux. Le visage haï, avec sa joue balafrée, était apparu à la fenêtre de l'étage, au-dessus de la porte.

— Vous et votre sale bête !

Il se pencha par l'ouverture, le bras encore sanglant de l'attaque de Belde.

— Vous êtes venus contempler ça, hein ?

Un sourire mauvais déforma ses traits.

Cate ne parvenait pas à articuler le moindre mot. Ses lèvres refusaient de se mouvoir. Regarder dans ces yeux, c'était revoir tout ce qu'il lui avait fait. Elle eut l'impression d'être transformée en statue de sel.

Il ne peut rien contre Cate la Hardie. Elle a embrassé un homme et désiré davantage !

— Je suis venu pour voir mon épée vous infliger une autre balafre, rétorqua une voix masculine.

Willie cligna des yeux, méfiant, tandis que John mettait pied à terre à côté de Cate et tirait sur la laisse de Belde pour l'éloigner de la porte.

— Je vais vous livrer à la justice, Willie Storwick.

Le rire du balafré se répercuta dans toute la vallée.

— Vous, la fille et le chien ?

Cate frissonna et la peur redoubla en elle. Non, il ne fallait pas qu'il arrive malheur à Johnnie !

— Maintenant ou plus tard, assura John en tirant son épée. Nous savons désormais où vous trouver, Storwick. Ou plutôt non, je ne devrais pas vous appeler Storwick, car vous n'en êtes plus un. Votre famille vous a désavoué.

Pour la première fois, Cate vit l'expression de Willie s'altérer.

— Ils ne feraient pas ça, affirma-t-il.

Avec John à son côté, Cate reprenait confiance et se sentait l'esprit plus clair. Les sens aux aguets, elle écouta les sons en provenance de la tour et examina les ouvertures au-dessus d'eux. Combien avait-il d'hommes à l'intérieur ? Pouvaient-ils lancer des flèches ?

— Oh si, Willie ! C'est même déjà fait. Vous n'avez plus de famille. Plus de nom. Vous n'êtes plus personne.

Cate reprit la laisse de Belde, rendant à John toute sa liberté de mouvement. Il la laissa faire, sans perdre Willie de vue.

— Appelez-moi comme bon vous semble, grogna le

Balafré. Vous êtes sur mes terres, et je vous ordonne de décamper. Vous pensiez que j'allais vous inviter à manger la soupe, peut-être ?

Le regard toujours fixé sur Willie, John se plaça entre Cate et la tour.

— Vos terres ? Vous n'avez pas le moindre droit sur ce territoire.

— Le droit ? Il m'a été donné par la bande à Willie. C'est nous qui sommes les maîtres, ici.

Le Balafré fit un mouvement de la tête vers l'intérieur de la tour, et les hommes invisibles derrière lui. Ses yeux bougeaient sans cesse, méfiants.

— Pas les Storwick ni les Brunson, reprit-il. Et encore moins les gouverneurs ou les rois.

John baissa un instant les yeux vers son épée.

— Après tout, vous ne valez même pas la peine que je salisse ma lame. Vous n'êtes qu'un bâtard sans nom !

Cate déglutit en entendant l'insulte et reporta son attention sur Storwick. Il venait de saisir une arbalète qu'il pointait vers John.

Instinctivement, elle se jeta entre eux, le dos tourné à la tour et la poitrine pressée contre John. Sentant le danger, Belde bondit de nouveau contre la porte en aboyant. La laisse s'entortilla autour des chevilles de Cate, la liant à John. L'oreille plaquée contre sa poitrine, elle entendit les battements précipités de son cœur, tandis qu'elle fermait les yeux, s'attendant à sentir le trait se ficher entre ses omoplates.

— Baissez votre arbalète, Storwick ! ordonna soudain la voix de Rob. Sinon, mon trait partira avant le vôtre.

Cate rouvrit les yeux et vit Rob à cheval devant la tour, prêt à tirer. Les autres hommes avaient dû rester tapis dans les buissons. John et elle ne disposaient que d'un seul cheval. Comment pouvaient-ils éviter la flèche de Willie et regagner le couvert des bois ?

— Venez ! chuchota-t-elle aux deux hommes. Nous ne pouvons rien faire aujourd'hui.

John enfourcha Norse et hissa Cate devant lui. Puis, avec Rob et Belde, ils s'élancèrent vers les arbres. Une flèche siffla à leurs oreilles, les manquant de peu, bientôt suivie d'une autre.

Porté par le vent, le rire de Willie résonna derrière eux.

La nuit était tombée depuis un moment déjà lorsqu'ils se retrouvèrent enfin en sécurité à Brunson Tower. Sans se soucier du reste, John souleva Cate dans ses bras et la porta directement dans sa chambre, laissant Bessie nourrir Belde, et Rob raconter aux autres ce qui s'était passé.

— Vous n'êtes pas blessé, au moins ?

— Cate, vous allez bien ?

Les deux questions avaient fusé en même temps, tandis qu'il la déposait sur le lit après avoir refermé la porte d'un coup de pied.

John s'assit sur le bord de la couche et oublia toutes ses promesses. Avec des gestes anxieux, il palpa les bras de Cate, ses jambes et son dos, s'assurant qu'elle ne souffrait d'aucune blessure invisible. Et elle fit de même, allant jusqu'à lui examiner les doigts un par un avant d'y déposer un baiser.

Enfin rassuré, il lui enserra la tête dans ses mains. Il aurait voulu la secouer pour sa folie !

— Bon sang, à quoi pensiez-vous ? Vous avez couru désarmée jusqu'à la porte de l'ennemi !

Et j'ai bien cru que j'allais vous perdre !

— Et vous, vous avez tiré votre épée pour prendre d'assaut une forteresse !

Ils éclatèrent de rire ensemble, et John lui effleura la joue du bout des doigts. Ce qu'il avait fait était peut-être insensé, mais quand il l'avait vue s'élancer, il n'avait plus pensé qu'à la rattraper pour la ramener à l'abri.

Et, à présent, il ne pouvait penser à rien d'autre qu'à la serrer contre lui.

Il lui prit les lèvres. Aujourd'hui, il avait failli la perdre à deux reprises, et elle lui était devenue encore plus précieuse. Une fois qu'il l'aurait embrassée, il ne resterait plus trace de la souillure de cet homme.

Les mains de Cate voyageaient encore sur lui, lui tâtant le dos, comme si elle aussi se réjouissait qu'il soit en vie. Ecartant sa bouche de la sienne, il explora des lèvres la courbe de sa joue, jusqu'à cet endroit délicat, derrière l'oreille, où poussait le duvet blond de ses cheveux. Puis il traça le contour de son oreille avec sa langue, heureux de la sentir frissonner en réponse.

Comment avait-il pu la trouver anguleuse ? Son cou s'incurvait gracieusement vers ses épaules, et sa peau était si douce sous les lèvres… Il voulait, ô Dieu, comme il voulait découvrir ce qui se cachait sous la veste épaisse, la chemise d'étoffe grossière !

Il tâtonna pour trouver les lacets de son gilet et sourit lorsqu'elle se mit à l'aider. Incapable de détourner les yeux, ne fût-ce qu'une seconde, il la regarda ôter cette cuirasse de soldat d'un mouvement des épaules.

En dessous, elle portait un sarrau de laine lâche sur une chemise de lin. Un instant, il l'imagina en habit de cour, la gorge parée de dentelle dévoilant sa peau délicate jusqu'à la naissance des seins.

Mais non. C'était une tenue qui n'aurait pas convenu à Cate, pas plus qu'une lourde armure à un homme des Marches !

Il glissa les mains sous la laine et le lin pour toucher sa peau, si chaude contre ses paumes. Si palpitante de vie…

— S'il vous plaît…

Devait-il quémander ou simplement lui retirer ses vêtements et les jeter sur le sol ? Tout compte fait, il décida de ne pas quémander et fut incapable de prononcer un mot de plus.

Cate avait renié sa féminité, mais sa poitrine ronde et pleine, aux tétons durcis, tenait un tout autre langage. Craignant qu'elle ne se rétracte s'il ne se montrait pas assez doux avec elle, il l'effleura d'une main légère, très légère. Puis il prit ses seins dans ses paumes et les caressa jusqu'à ce que ses doigts rencontrent les mamelons.

Les paupières closes et la tête rejetée en arrière, Cate émit un gémissement qui mourut dans sa gorge.

Maintenant qu'il pouvait enfin la voir nue, il avait l'impression qu'il ne pourrait plus jamais fermer les yeux. Tout ce qu'elle avait caché semblait l'accueillir et lui faire signe, surtout ces endroits secrets que personne n'avait jamais dû voir. Ces endroits-là, il les explorerait jusqu'à ce qu'il la connaisse par cœur, et il saurait alors exactement quand sa taille s'arrondissait pour devenir sa hanche, quand son ventre se transformait en delta entre ses cuisses.

Il lui souleva le bras et se pencha pour embrasser la peau satinée sur le côté de son sein.

Elle se tourna vers lui. Tout son corps se faisait incitateur, attirait ses lèvres et lui parlait silencieusement.

Et le sien répondait.

Les mains de Cate, qui jusque-là s'étaient contentées d'explorer son dos, se firent plus hardies. Elle l'écarta d'elle pour délacer son gilet, avec des gestes aussi hâtifs et maladroits que l'avaient été les siens. Il l'aida, se dépouillant de cette lourde veste qu'elle avait cousue avec tant de soin. Puis il ôta lui-même sa tunique et sa chemise.

A présent, c'était elle qui le contemplait, le buvant littéralement des yeux. John ressentit soudain une étrange timidité, un sentiment qu'il n'avait jamais éprouvé avec aucune femme. Que pensait-elle en cet instant ? Il avait tellement envie de lui plaire !

Elle se mit alors à le toucher, suivant du bout des doigts la ligne reliant son cou à son épaule, puis le contour de son bras, avant de revenir à son point de départ. Elle réitéra la caresse de l'autre côté, et ensuite sur toute la largeur de sa poitrine, avide d'explorer chaque centimètre carré de sa peau.

Il comprit alors pourquoi elle avait fermé les yeux, mais il se sentait incapable d'en faire autant. Il avait trop à découvrir !

Elle portait encore ses hautes bottes de cuir, et il se fit son page pour les lui ôter, avant de se débarrasser des siennes. Vêtue en tout et pour tout de ses braies, c'était elle maintenant qui se faisait toute timide.

John se redressa, embarrassé. S'il était facile de relever une jupe, il ne s'était jamais trouvé ainsi devant une femme en habits masculins.

Comme si elle avait lu dans ses pensées, elle se leva et lui tourna le dos, dénouant d'invisibles lacets. Puis lentement, très lentement, elle fit glisser les braies, révélant ses hanches nues, ses jambes… et bien plus encore.

Murmura-t-il alors son nom ? Peut-être…

Assis sur le bord du lit, il l'attira vers lui et glissa la main entre ses cuisses. Elle le laissa faire, arquant son bassin vers lui pour lui faciliter l'exploration.

Le corps de John était au comble de l'excitation.

Maintenant, maintenant !

Elle aussi semblait prête. Elle ondulait des hanches pour s'accorder au rythme de ses doigts. John se sentait incapable d'attendre davantage ; il la voulait tout entière.

Se levant brusquement, il la prit dans ses bras et la déposa sur le lit avant de s'allonger sur elle, les lèvres sur les siennes, le torse pressé contre ses seins. D'une main tâtonnante, il défit le lacet de ses braies.

— Non ! Non !

Le mot résonna d'abord à son oreille comme un simple son, et il n'en comprit le sens que lorsque le genou de Cate entra brutalement en contact avec son bas-ventre, tandis que ses ongles lui labouraient la joue.

Il se figea, haletant, puis roula sur lui-même pour se

mettre hors d'atteinte. La tête lui tournait, et il lui fallut un moment pour reprendre ses esprits.

Avait-elle perdu la raison, ou était-ce lui qui était fou ?

Non, il n'avait pas pu se méprendre sur le désir de Cate. Elle avait ôté elle-même son dernier vêtement, l'ultime barrière qui les séparait. Qu'est-ce qui avait soudain changé ?

Il baissa les yeux vers elle. Encore allongée, elle respirait vite et fort, le visage détourné, si bien qu'il ne pouvait voir son expression.

Son désir à lui était retombé, mais sa puissance lui incendiait encore les veines. Il se leva et traversa la chambre pour aller attiser le feu. Puis il lança son poing contre le mur, si violemment qu'il se meurtrit les phalanges.

— Je ne comprends pas, Cate. Qu'attendiez-vous de moi, si ce n'est pas cela ?

A la lueur vacillante des flammes, la farouche guerrière, la créature qui n'avait peur de rien, la femme passionnée qu'il avait entrevues semblaient toutes avoir fondu comme neige au soleil. La femme assise sur le lit était une tout autre Cate. Pas celle qui dédaignait ses caresses, ni même celle qui les redoutait. Non, même celles-là s'étaient évanouies pour laisser place à une inconnue.

Refusant de rencontrer son regard, elle promena les yeux autour d'elle, puis du côté de la porte.

— Où est Belde ?

John exhala un long soupir.

— Je vois…, murmura-t-il, même s'il ne voyait pas grand-chose, en vérité. Vous ne voulez pas de moi.

Il ramassa sa tunique et commença à se rhabiller.

— Non !

Elle se leva vivement et l'empoigna par le bras, comme si elle craignait de le voir se volatiliser.

— Non, ce n'est pas cela !

Il vit alors son regard affolé. Il se souvenait, maintenant.

Elle avait déjà réagi ainsi chaque fois qu'il l'avait embrassée. D'abord la passion, puis le rejet.

C'était quand il ne l'avait pas tenue dans ses bras qu'elle avait souhaité davantage. Quand il avait refréné son propre désir.

Il essaya de comprendre.

— Alors c'est quoi, Cate ? Dites-moi. Vous me désirez ?

Comme si elle prenait tout à coup conscience de ce qu'elle était en train de faire, elle le lâcha et baissa les yeux.

— Oui.

C'était à peine plus qu'un murmure.

Puis elle se détourna et enfila sa chemise, qui voila sa nudité des épaules aux genoux.

L'espace d'un instant, John regretta de ne pas être de nouveau sur un champ de bataille. Il était plus facile d'affronter l'épée d'un ennemi que ces incessantes tergiversations ! Il avait déjà quitté des femmes par le passé. Pourquoi pas celle-ci ?

Mais elle leva les yeux vers lui et, de nouveau, il se perdit dans leurs profondeurs bleues.

— Si votre réponse est oui, alors dites-le tout haut. En me regardant bien en face !

— Oui, je vous désire.

La colère de John s'évanouit, mais pas sa perplexité.

— On dirait que vous me le reprochez !

Il y avait quelque chose là-dessous, et il fallait qu'il sache quoi.

— Je vous désire. Et je déteste ça !

Cette fois, c'était Cate la Hardie qui avait parlé ; la femme qui pouvait aussi bien le défier du regard que de la pointe de son épée.

Il haussa les sourcils.

— Comment dois-je comprendre cela ?

Une idée soudaine lui traversa l'esprit.

— C'est le mariage que vous voulez ?

Le mot résonna bizarrement à ses propres oreilles. Un

homme finissait toujours par se marier, bien sûr. Cependant, il avait jusque-là évité de penser au lendemain, car l'avenir impliquait des décisions qu'il n'était pas encore prêt à prendre.

— Non ! Tout ce que je veux, c'est la peau de Willie Storwick.

— Encore Storwick ! J'en ai assez d'entendre son nom. Faut-il qu'il nous poursuive partout, même dans cette chambre ?

Furieux, il se mit à arpenter la pièce.

— Pourquoi ne pouvez-vous l'oublier pour une nuit ou même seulement une heure ?

Cate le regarda se détourner, visiblement excédé.

Pourquoi ne pouvez-vous l'oublier ?

C'était bien ce qu'elle avait fait, pendant quelques précieuses minutes. Aujourd'hui, elle avait affronté l'homme, l'avait regardé dans les yeux et l'avait même fait ciller.

Ensuite, elle avait été capable de se perdre en John, en eux deux. Elle avait eu envie de ses lèvres, de son regard, de ses mains sur elle. Rien d'autre qu'eux deux et cette chambre.

Elle était libre, en fin de compte. Libre d'aimer !

Puis il y avait eu le poids de ce corps écrasant le sien, le contact de ce membre roide, la sensation de l'étoffe rugueuse sur son ventre, les doigts qui fourrageaient sous sa taille — et soudain ce ne fut plus John. Ce fut son cauchemar de nouveau, son cauchemar devenu réel.

Comment lui avouer cela ?

Il continuait à aller et venir rageusement dans la chambre.

— Pourquoi cet homme vous obsède-t-il ainsi ? Des Brunson sont souvent morts de la main d'un Storwick, et nous n'avons pas pour autant voué nos vies à la haine !

Lui diras-tu ?

Comment lui confier ce qu'elle n'avait jamais dit à personne ? Comment lui expliquer que, lorsqu'elle essayait d'aimer Johnnie Brunson, son corps se débattait encore contre Willie Storwick ?

Il s'arrêta devant le feu et se tourna vers elle, les mains sur les hanches, exigeant une réponse. Un début de suspicion altérait peu à peu l'expression de son visage.

— Je vous ai demandé une fois si la mort de votre père était bien tout ce que vous aviez à lui reprocher. Vous m'avez affirmé qu'il n'y avait rien d'autre. Avez-vous menti ?

Incapable de parler, elle déglutit. Il se doutait seulement ; ce n'était pas la même chose que d'être certain. Si elle avouait, cela changerait tout.

Elle laissa son regard errer sur ce visage qui avait enchanté ses jours. Elle voulait en profiter une fois encore, graver dans sa mémoire le souvenir de cette chevelure ondulée, de ces yeux gris-bleu, admirer les bras puissants qui l'avaient serrée avec tant de douceur et n'avaient pas hésité à attaquer ceux qui la menaçaient.

— Il n'y a pas que la mort de mon père…

Chaque mot lui coûtait, au point qu'elle n'était pas sûre de pouvoir articuler le suivant.

Les yeux fixés sur lui, elle guettait le moment où il cesserait de l'aimer.

La colère de John fondit devant son silence. Il laissa retomber ses mains et, l'instant d'après, il était près d'elle, l'attirant vers lui en un geste mi-protecteur, mi-charmeur.

— Dites-moi ! lui chuchota-t-il à l'oreille. Qu'y a-t-il eu d'autre ?

Elle prit une profonde inspiration.

— Il…

Rien d'autre ne vint.

Elle secoua la tête.

Il l'écarta légèrement de lui pour voir son visage, et elle lut dans ses yeux qu'elle n'avait pas besoin d'en dire davantage.

Il savait.

Lui soulevant le menton, il la força à le regarder.

— Dites-le ! Vous pouvez me faire confiance.

— Vous faire confiance ?

Elle le repoussa brusquement et recula jusqu'à ce qu'elle bute contre le mur de la chambre — acculée, comme elle l'avait été pendant tout ce temps. Toujours en train d'essayer de s'enfuir, et se heurtant chaque fois à un mur.

Confiance ? Oui, elle en était venue à se fier à lui plus qu'à aucun autre homme. Plus que cela : elle avait commencé à avoir confiance en elle chaque fois qu'elle était près de lui.

Elle s'était laissé charmer par sa présence, celle d'un homme qui ne connaissait pas son passé et ignorait tout de ce qu'elle avait pu vivre. Elle avait succombé au leurre, en s'imaginant que cela pourrait continuer ainsi. Chevaucher côte à côte, planifier une belle vengeance et rêver de ce qui viendrait après.

Des rêves qui incluaient Johnnie Brunson, parce qu'elle avait espéré, parce qu'elle s'était crue être capable de s'unir à cet homme. Oui, elle avait cru cela.

Et aussi qu'elle ne serait plus jamais seule.

Rêveries insensées !

Depuis ce terrible jour, elle avait su qu'elle ne pourrait plus être comme les autres femmes.

Elle ne s'était leurrée que trop longtemps. Il lui fallait maintenant trancher dans le vif, s'amputer de tout espoir. Se confesser à lui et le regarder s'en aller, méprisant.

Incapable de lui faire face, d'affronter dans ses yeux le reflet de ce qu'elle s'apprêtait à lui dire, elle se détourna et alla jusqu'à la fenêtre.

— Toutes les nuits..., commença-t-elle.

Elle observa une pause, le regard tourné vers l'ouest, vers cette vallée où Willie Storwick chevauchait.

Libre.

— Toutes les nuits, je prie le ciel qu'il envoie une pluie de flammes et la désolation sur sa tête.

Elle prit une profonde inspiration et jeta un regard vers le visage aimant de John, en se disant qu'elle le contemplait sans doute pour la dernière fois.

— Il faut que je le tue. Parce qu'il m'a violée !

Chapitre 16

Une fureur dévastatrice déferla en lui ; de la haine brûlante, suivie par une froide et sombre détermination.

L'homme raisonnable, l'homme du roi, celui qui avait plaidé pour les lois et la justice, cet homme-là cessa brusquement d'exister. A sa place se dressait un Brunson, prêt à tuer à cause de ce que son ennemi avait fait.

Pas à sa famille, non. A *elle*.

Pour cela, Willie Storwick allait mourir.

Il aurait dû savoir, il aurait dû deviner la vérité plus tôt ! Au début, sa promesse de livrer l'homme à la justice avait été dénuée de toute passion, un simple moyen d'écarter Cate et d'épargner à son frère une difficile décision. Un marché, sans plus, avec un objectif précis.

A présent, rien ni personne ne pourrait l'empêcher de tuer cet homme.

Pas même le roi.

— Je vais le dire aux autres. Nous allons lancer l'expédition cette nuit. Tout de suite. Nous le trouverons, où qu'il se cache. Il ne vivra pas assez longtemps pour voir se lever l'aube, je vous le promets.

Au lieu de la gratitude qu'il attendait, il vit les yeux de Cate s'écarquiller d'horreur.

— Non, vous ne devez pas leur dire ! Personne ne doit savoir !

Il s'arrêta à mi-chemin de la porte.

— Pourquoi ? Ils vont vous venger. Vous n'auriez jamais dû porter ce fardeau toute seule.

Elle lui agrippa le bras, avec une force qui lui rappela qu'elle était capable de manier une épée.

— Non, s'il vous plaît ! Ce que je vous ai dit n'était que pour vous. Ne leur dites rien !

Ce n'était plus la femme endurcie qu'il connaissait, celle qui ne montrait jamais sa peur, qui se tenait devant lui, mais une créature apeurée qui suppliait, désespérée.

— Si je n'avais pas pensé que vous garderiez le secret, je ne vous aurais jamais rien dit !

Il tendit la main pour lui caresser les cheveux.

— Ne vous inquiétez pas. Je serai prudent.

Elle se dégagea brutalement.

— Ce n'est pas ça qui m'inquiète !

— Alors quoi ? fit-il avec un brin d'impatience.

Tout son corps, dans ses moindres fibres, était désormais tendu vers cet unique objectif, tuer Willie Storwick. Il n'y avait plus de place pour quoi que ce soit d'autre dans son esprit.

— Vous ne comprenez donc pas ? Si les hommes apprennent qu'il… S'ils savent que j'ai été…

Incapable de prononcer le mot une seconde fois, elle détourna les yeux pour contempler les flammes.

— Peut-être ne voudront-ils même pas le croire.

John ne comprenait plus. Où était sa Cate ? Où était la femme capable de tenir tête à une armée ?

— Pourquoi ne vous croiraient-ils pas, bonté divine ?

Les yeux de Cate rencontrèrent enfin les siens. Cette fois, c'était Cate sans son armure. La vraie Cate. Si perdue, si vulnérable…

Elle s'éclaircit la voix pour tenter d'expliquer.

— Ce qu'il a fait… Aucun homme des Marches n'agirait ainsi. Ce n'est pas dans les façons d'ici.

Sur ce point, elle avait raison. Un habitant des Marches laissait peut-être derrière lui une veuve, mais il ne la touchait jamais. C'était pour cela qu'il avait mis lui-même si longtemps à voir la vérité, même si elle crevait les yeux.

— Mais certains vous croiront…

Elle l'interrompit.

— Et que lui fera-t-on s'il est traduit en justice pour m'avoir violentée ?

— Il sera pendu, assura John.

Une mort bien trop douce encore !

— Sur ma seule parole ? Il n'y a pas eu de témoins. Je n'ai pas de blessures à montrer. Quand je suis redescendue des montagnes, mes ecchymoses avaient disparu.

Il secoua la tête. Qui pourrait mettre en doute les affirmations de Cate ?

— Mais…

— Et quand je l'aurai accusé, que se passera-t-il ? Je serai questionnée sans relâche, et on me soupçonnera peut-être d'avoir tenté de le séduire pour sauver notre troupeau. Peut-être sera-t-il seulement marqué au fer rouge et exilé. A moins qu'on ne nous oblige à nous marier pour réparer le péché. Et après cela, comme le mariage est interdit entre ceux qui habitent de part et d'autre de la frontière, on nous pendra tous les deux pour avoir violé la loi. Est-ce ce que vous voulez ?

— Il n'arrivera rien de tout cela, la rassura-t-il. Je ne le permettrai pas.

Une déclaration toute simple. Aussi simple que les idées qu'il avait ramenées avec lui. La justice, l'ordre, l'obéissance.

Mais ici, la justice était une affaire compliquée. Ce qui était simple, c'était la loyauté familiale.

— Une fois qu'ils sauront, ils ne me traiteront plus… comme ils le devraient.

— Quand ils sauront, ils vous vengeront, ainsi qu'ils ont juré de le faire.

De nouveau, la colère bouillonnait en lui, contre lui-même cette fois, pour n'avoir pas su voir, comprendre plus tôt.

— Et à partir de maintenant, nous allons vous protéger. C'est ce que nous aurions dû faire depuis le début.

Elle secoua la tête. Elle semblait plus calme, comme si elle avait accepté l'idée qu'une autre personne qu'elle sache la vérité.

— Que pensez-vous des femmes que vous avez mises dans votre lit ?

Ne comprenant pas où elle voulait en venir, il haussa les épaules.

— Elles étaient inconstantes, changeantes.

Et elles ne valaient pas le temps qu'il avait gaspillé avec elles…

— Est-ce ce que leur père ou leur frère aurait dit ? Auraient-ils employé ces mots-là pour parler d'elles ?

John commençait à saisir.

— Vous croyez que les autres vont penser…

— Je *sais* ce qu'ils vont penser.

Elle les avait tenus à distance, tous, pendant si longtemps qu'il comprenait maintenant pourquoi il lui avait fallu tellement de temps pour le laisser s'approcher d'elle.

— Et c'est pour cela que…

Il hésita. Dieu, qu'il se sentait lourd et maladroit !

— C'est pour cela que vous ne vouliez pas que je vous touche ou vous embrasse…

Chacune de ses caresses avait dû être pour elle une torture ! songea-t-il avec un serrement de cœur.

— J'aurais dû deviner.

Elle secoua la tête.

— Je ne voulais pas que vous sachiez, murmura-t-elle.

Ces derniers mots eurent raison de son calme apparent. Soudain, elle se détourna, les épaules voûtées et les mains pressées sur sa bouche, essayant de contenir toute cette douleur qu'elle portait seule depuis si longtemps.

Oh ! Seigneur ! Comment avait-elle pu vivre avec cela ? Sans réfléchir, il la souleva dans ses bras, s'assit sur le lit avec elle et se mit à la bercer, tandis qu'elle pleurait toutes les larmes de son corps. Elle laissa échapper un cri qui évoquait celui d'un animal blessé à mort mais, même en cet instant, elle eut la présence d'esprit de se mordre la lèvre afin que les autres n'entendent pas.

Le visage enfoui contre l'épaule de John, elle se laissa aller aux sanglots. Et il la tint ainsi, jusqu'à ce qu'elle n'ait plus de larmes à verser.

— Vous avez fini par me le dire…, chuchota-t-il enfin, longtemps après. Pourquoi ?

Elle releva la tête et un petit sourire étira ses lèvres, contrastant avec ses yeux rougis de pleurs.

— Vous êtes différent.

— Oh ! Cate !

L'attirant plus près encore, il resserra son étreinte, comme s'il avait suffi de cela pour les protéger tous deux du reste du monde.

— Vous m'assurez que je suis différent au moment même où je suis redevenu un homme des Marches !

Un homme assoiffé de sang qui ne songeait plus qu'à la vengeance…

La femme qu'il tenait dans ses bras avait besoin de guérir. Toutefois, cela devrait attendre. Après…

Il la garda longtemps contre lui, en retenant les baisers qu'il brûlait de lui donner. Peu à peu, il la sentit se détendre et sa respiration régulière lui apprit enfin qu'elle s'était endormie dans ses bras, telle une enfant confiante.

Songeur, il regarda la lune se lever sur les montagnes éternelles. Seul le paysage restait le même. Tout le reste avait changé. Oh ! il ne se sentait pas différent à l'égard de Cate, sinon plus aimant, plus tendre, plus protecteur ! Elle était à la fois ce qu'il avait toujours vu en elle, et bien plus. Car, désormais, il savait ce qui avait fait d'elle sa courageuse et vindicative Cate.

Celui qu'il ne connaissait plus, songea-t-il tandis qu'il

attendait l'aube en tenant Cate dans ses bras, c'était l'homme qu'on appelait John Brunson.

A la cour, il avait été environné de complots et de loyautés incertaines. Là-bas, il prenait les choses avec légèreté — missions, femmes, promesses — ne voulant pas s'attacher à ce qu'il risquait de perdre, conscient que tout pouvait changer le lendemain.

Mais l'homme qui tenait Cate Gilnock dans ses bras n'avait plus la moindre intention de capturer Willie Storwick pour le livrer aux magistrats des Marches. Instaurer la paix dans le pays, obtenir un poste de trésorier ou épouser une femme richement dotée, tout cela ne l'intéressait plus le moins du monde.

Il n'avait plus qu'un but, désormais : tuer Willie Storwick. Et s'il se faisait prendre et qu'on le pende pour cela, eh bien, il mourrait satisfait.

Ce nouveau John était un étranger pour lui. Pourtant, il habitait bel et bien dans son corps et il ne pouvait pas lui échapper, même en s'enfuyant au bout du monde.

C'était un Brunson.

Elle ne pouvait croire qu'elle était là, en sécurité dans les bras d'un homme.

Elle ne pouvait croire qu'il savait… et avait accepté.

Cela changerait-il, lorsqu'il aurait eu le temps de réfléchir ?

Elle ouvrit les yeux, sentit ses cils papillonner contre une peau masculine et respira son odeur. La toison de sa poitrine lui chatouillait les lèvres. Elle laissa échapper un soupir, et eut une pensée reconnaissante pour Bessie, qui leur avait laissé la chambre pour cette nuit.

Lentement, elle releva la tête pour contempler ce nouveau Johnnie Brunson.

L'homme au charmant visage qui était revenu à la maison quelques semaines plus tôt n'était déjà plus le même. Il était déjà déterminé, oui, et même un peu amer à son arrivée, mais il y avait en lui de l'insouciance, de la légèreté. Il regardait le monde comme s'il pensait que le pire ne pourrait jamais arriver pour de bon.

Maintenant, les lèvres souriantes étaient figées en une ligne dure, comme si elles ne devaient plus jamais dispenser de baisers.

Elle y posa le bout du doigt pour dessiner leur contour, mais il lui saisit la main et la repoussa.

— Johnnie… Vous ai-je donc volé votre sourire pour toujours ?

Pour toute réponse, il lui en dédia un.

— Moi aussi, je veux vous voir sourire, dit-il ensuite. Devrai-je attendre pour cela que Willie le Balafré soit mort ?

Elle secoua la tête. Le nom de son redoutable ennemi parut flotter dans l'air, aussi léger qu'une plume. Ce qui était réel, en cet instant, c'était cet homme qui la tenait dans ses bras, ce visage qu'elle aimait contempler, ces caresses dont elle était si affamée. La certitude, enfin, qu'elle pouvait se fier à quelqu'un d'autre qu'elle-même, et avoir confiance en elle quand elle était à son côté.

— Pas aussi longtemps, Johnnie, non.

Elle sourit à son tour, et s'étira pour rencontrer ses lèvres.

Elle l'avait déjà embrassé, certes, mais, cette fois, c'était différent. Cette fois, elle n'avait plus de secrets pour lui.

Comme si son corps ne lui appartenait plus, elle se fondit contre lui, réceptive, sensible, passionnément en attente de lui. A présent qu'elle lui avait tout confié, elle brûlait de s'unir à lui pour laver à jamais la trace de cette autre union, pour se nettoyer de cette souillure.

Maintenant qu'elle en était débarrassée, elle mesurait le terrible poids du secret qu'elle avait porté. En le partageant, elle s'en était délivrée, il avait enfin glissé de ses épaules.

Sa bouche, celle de John. Toutes deux si ardentes. Elle se pressa contre lui autant qu'elle put, impatiente de faire tomber les dernières barrières. Oh ! ne plus former qu'un seul être avec lui, ne plus jamais être seule !

Hélas ! Déjà la peur reprenait possession d'elle. Le secret n'avait pas disparu ; il était toujours là, distillant son venin. Il ne s'en irait pas tant que Willie Storwick n'aurait pas cessé de vivre.

John s'arrêta soudain, interrompant le baiser.

— Cela ne vous donne pas de plaisir, n'est-ce pas ? Il est trop tôt…

Elle secoua la tête. Elle haïssait Willie, et se haïssait elle-même. Car ses lèvres d'abord consentantes, ses bras d'abord avides d'embrasser et d'étreindre venaient de se figer de nouveau, avant qu'elle n'ait eu le temps de s'en empêcher.

— Pourtant, je voudrais que nous le fassions, dit-elle. Pour vous.

Il sourit de nouveau, d'un sourire teinté de tristesse. Une tristesse qui ne le quitterait plus, elle le savait.

— Cate, je ne peux pas avoir de plaisir si vous n'en avez pas vous-même. Et vous ne pourrez pas en avoir tant que vous penserez à lui.

Elle déglutit. Et si même la mort de Willie ne suffisait pas ? Si même cela ne pouvait rien y changer ?

— Jusque-là, murmura-t-elle, je n'avais personne d'autre à qui penser !

John sentit sa gorge se nouer. Pour la première fois, il discernait clairement ce qu'il allait devoir affronter. Au début, il avait pensé que ce serait facile, qu'il suffisait de donner libre cours à sa colère, de se venger. Il pourchasserait l'homme, le tuerait, et Cate serait enfin délivrée.

A présent, il comprenait que la mort ne serait pas la fin. Willie, ou son souvenir, l'habitait, tel un esprit malfaisant.

Là, à l'intérieur d'elle, le fantôme du Balafré pouvait continuer à vivre indéfiniment.

Oh oui, il tuerait Storwick ! Et parce que cet homme avait volé à Cate le bonheur qu'elle aurait pu trouver dans l'amour, il s'arrangerait pour lui rendre cette mort aussi douloureuse que possible.

Chapitre 17

Le lendemain, Thomas Carwell se présenta à leur porte.

La première impulsion de John fut de lui refuser l'entrée. A sa grande surprise, Rob annula ses instructions et fit entrer le visiteur. Ils ne le laissèrent toutefois pas pénétrer plus loin que la petite salle donnant sur la cour, où se traitaient toutes les affaires avec des étrangers.

Furieux, John fronça les sourcils en voyant Bessie leur apporter de l'ale ; Carwell ne méritait pas un accueil aussi courtois. D'ailleurs, à en juger par son expression, il en avait parfaitement conscience.

Rob s'assit au haut bout de la table, laissant Carwell prendre place sur un simple tabouret. Quant à John, il refusa purement et simplement de s'asseoir. C'était déjà bien assez d'être obligé de partager un verre avec cet individu.

— Je suis surpris que vous osiez vous montrer ici !

— Merci en tout cas de m'avoir fait ouvrir vos portes. C'est plus que ne m'en ont accordé les hommes du gouverneur anglais !

Rob secoua la tête.

— Vous auriez pu vous éviter le déplacement.

— Son régisseur m'a affirmé qu'il avait quitté le château pour assister à la Journée de la Trêve. Où nous ne l'avons jamais vu arriver ! L'homme a aussi exprimé sa « profonde indignation » en apprenant l'évasion de William Storwick.

Une émotion que j'ai du mal à croire sincère, ajouta Carwell avec une moue.

Il but une gorgée d'ale.

— J'ignore où le gouverneur peut bien être.

— En tout cas, nous savons où est Storwick, intervint John, qui arpentait la pièce.

Une volute de fumée s'élevait de l'âtre central, cherchant paresseusement sa route vers l'ouverture du toit.

— Il s'est construit une tour sur les Terres litigieuses. Il appelle cela sa « bicoque ».

Carwell haussa les sourcils. Au moins, il semblait attentif.

— Ces terres appartiennent à tout le monde dans la journée. Mais pas après le coucher du soleil !

John jeta un coup d'œil à son frère, avant de se tourner de nouveau vers Carwell.

— Il prétend que le gouverneur anglais lui a donné l'autorisation de bâtir là.

— Ce n'était pas à lui de le permettre !

— Vous m'avez bien dit qu'il était aussi fiable que vous, non ?

— Mettons que je me sois trompé…

John le dévisagea, étudiant son expression indéchiffrable. Pouvait-il lui faire confiance pour quoi que ce soit ? Le roi l'avait nommé gouverneur, certes, mais avait-il jamais scruté cet homme dans les yeux ?

— Et moi, je ne fais confiance à aucun de vous deux, grommela-t-il.

— John ! protesta Rob. C'est le gouverneur. Ecoute-le jusqu'au bout.

— As-tu perdu l'esprit ? répliqua John.

Ce n'était pas là ce qu'il aurait voulu crier.

Tu ne sais pas ce que Storwick a fait à Cate ! aurait-il voulu hurler.

— Tu veux l'écouter alors qu'il nous a trahis ?

— C'est faux ! protesta Carwell. Je vous le jure.

John se détourna avec mépris. La voix calme de Rob s'éleva derrière lui.

— Prouvez-le, en ce cas !

Reposant sa timbale sur la table, Carwell se leva.

— Nous ferons en sorte que les lois soient à notre avantage, je vous le promets.

John lui jeta un regard perplexe. Comment juger cet homme ? Plus âgé que Rob, sans doute, mais pas de beaucoup. Des manières de courtisan, sous lesquelles il cachait ses émotions et ses pensées. Il offrait une surface lisse, sans la moindre prise.

— Willie et sa bande se moquent bien des lois. Ils les piétinent allègrement.

Carwell eut un sourire énigmatique.

— Alors nous agirons en conséquence. La terre appartient à tout le monde dans la journée, mais sa tour reste là le soir, n'est-ce pas ? La loi nous autorise donc à la détruire.

John accepta enfin de s'asseoir.

— Il nous faudra au moins une centaine d'hommes pour nous en emparer. L'idéal, ce serait trois cents.

— Les Brunson en constitueront la moitié, déclara Rob.

John regarda Carwell.

— Vous devrez fournir le reste.

C'était un défi. Carwell avait déjà envoyé au roi le plus clair de ses troupes. Il devait lui en rester fort peu pour garder son propre château.

Après un instant d'hésitation, il finit par hocher la tête. Puis il croisa les bras, le regard fixé sur John.

— Et les Brunson que le roi attend ? Les lui enverrez-vous ?

John réprima un soupir. Dans l'espoir de satisfaire à la fois Cate et le roi, il avait différé la décision, et les jours s'étaient transformés en semaines. A présent, ses hommes arriveraient là-bas en retard.

A supposer qu'ils partent jamais.

Il jeta un coup d'œil à son frère et secoua la tête.

— Storwick d'abord. Le reste viendra ensuite.

Carwell haussa les sourcils.

— Ah bon ? Qu'est-ce qui a donc changé ?

— Changé ?

John avait parfaitement compris la question, mais ce n'était pas à lui de dévoiler le secret de Cate.

— Oui, changé. Qu'est-il arrivé au jeune homme qui faisait passer le service du roi avant sa famille ?

John essaya de s'en souvenir. Il tenta de ressusciter un instant l'homme arrogant et insouciant qui était revenu dans cette vallée en arborant fièrement sa broche ornée d'un chardon, sûr que tout le monde l'accueillerait avec respect.

— Parti ! Evanoui dans le brouillard des Marches…

Cate, songea-t-il. En vérité, c'était Cate qui l'avait fait changer.

Carwell et Rob échangèrent un léger sourire.

— Bienvenue à la maison, Johnnie Brunson ! fit Rob en levant son verre.

Le front plissé, Carwell demeura un instant silencieux. John n'essaya pas de le presser. Après cet épisode, ils pouvaient fort bien se retrouver dans des camps opposés, quand Carwell se trouverait dans l'obligation de faire respecter la volonté du roi.

Le gouverneur tira une carte de son sac et déploya le parchemin sur la table, pointant du doigt le *no man's land* représenté par des hachures près de la rivière.

— A présent, montrez-moi où Storwick a construit sa « bicoque ».

Il leur fallut des semaines pour préparer l'attaque. Octobre s'était enfui pour faire place à novembre, et les dernières feuilles tombaient des arbres.

*
* *

Lorsque leurs tâches respectives ne les éloignaient pas l'un de l'autre, Cate et John passaient tout leur temps ensemble.

Chaque jour, Cate lui accordait un peu plus sa confiance. Elle lui avait confié son secret, et il ne l'avait divulgué à personne. Cependant, loin d'être soulagée par cet aveu, elle souffrait deux fois plus car, chaque fois qu'elle le regardait, elle voyait sa douleur reflétée dans les yeux de John.

Pourtant, ils n'en parlaient jamais, et ils n'avaient plus partagé le même lit.

Le soir qui précéda le départ des hommes, Cate s'attarda dans la grande salle, dans la relative intimité de l'alcôve ménagée près de la fenêtre ouest.

John était assis près d'elle et lui tenait la main, le dos tourné à la salle pour la protéger des regards curieux. Le siège en pierre avait gardé encore un peu de la chaleur du jour.

— Demain, tout sera fini, murmura-t-il.

Priant de tout son cœur pour que ce soit vrai et qu'elle se sente enfin libérée, Cate hocha la tête.

John hésita.

— Je ne veux pas partir sans avoir…

Elle comprit sur-le-champ ce qu'il voulait dire et lui pressa la main.

— Oui…

Il avait raison. Elle devait essayer une fois encore. Même si elle ne pouvait pas faire l'amour avec lui, elle pourrait le toucher, le serrer contre elle.

Ses caresses seraient un talisman pour le protéger, le préserver du danger…

— Mais où ?

Les hommes qui allaient se mettre en route le lendemain remplissaient le château. A eux tous, hommes de Carwell et Brunson réunis, ils n'auraient aucun mal à écraser la bande que Storwick avait rassemblée, quels que soient ses effectifs…

Belde avait été banni de la maison pour avoir grondé après tous ces étrangers. Même la chambre que Cate partageait avec Bessie était pleine d'épouses et de jeunes filles venues préparer le repas de cette véritable petite armée.

— Rob dort avec ses hommes, ce soir. A supposer qu'il ferme l'œil un seul instant…

Cate écarquilla les yeux.

— La chambre du maître ?

Un lit à courtines, un grand feu flambant, des coffres et des fauteuils… Tout le luxe dont le château pouvait s'enorgueillir était rassemblé dans cette pièce.

La dernière fois que John s'y était trouvé seul avec elle, le corps de son père gisait sur le lit.

Oh ! ils auraient tous deux à affronter bien des fantômes, dans cette chambre !

— Vous… vous êtes sûr ?

Il acquiesça sans la moindre hésitation, ni dans le regard ni dans la voix.

Personne ne les remarqua lorsqu'ils gravirent l'escalier enténébré, ni ne les vit ouvrir la porte de la chambre seigneuriale. Un grand feu flambait dans l'âtre, réchauffant la pièce.

Cate remarqua le lit fraîchement refait, les deux chopes d'ale et les galettes d'avoine disposées dans un plat.

— Bessie est passée par ici.

John l'enlaça par-derrière, puis la fit pivoter pour la regarder en face.

— Elle ne reviendra pas. Il n'y aura personne ici cette nuit, en dehors de vous et moi. Seuls.

C'était exactement ce qu'elle voulait. Bannir les fantômes. Enterrer les cauchemars.

Elle lui effleura la joue, grisée de sentir sa peau tiède sous sa paume.

— Personne d'autre que John et Cate ! chuchota-t-elle.

— Nous prendrons tout le temps qu'il faudra. Laissez-moi seulement vous donner de la joie !

Il existe bien des moyens d'être heureux ensemble, pour un homme et une femme…

Peut-être était-ce vrai pour les chanceux bénis des dieux. Elle voulait y croire.

— Que dois-je faire ?

— Rien du tout !

Il la souleva dans ses bras et la porta sur le lit. D'abord, elle se raidit contre le moelleux matelas de plumes, puis elle s'obligea à desserrer les poings. John lui entoura le visage de ses mains, et elle plongea désespérément dans ses yeux comme s'ils avaient le pouvoir de la sauver du monde entier.

Tant que c'est lui, il ne peut rien m'arriver...

— Je vous dirai au fur et à mesure tout ce que je m'apprête à faire, afin que vous n'ayez pas peur. Et si quelque chose ne va pas, il vous suffit de lever une main. Je m'arrêterai aussitôt. D'accord ?

— Je comprends, murmura-t-elle d'une voix incertaine.

Le feu réconfortant et le lit drapé de bleu rendaient les choses plus faciles, Dieu merci. Dehors, il n'y avait eu que le sol dur, avec la bruyère pour seul matelas. Ici, protégée par les murs, elle ne se souvenait de personne d'autre que de John.

Il prit sa main gauche et couvrit chacun de ses doigts de baisers avant de la retourner pour lui embrasser la paume. Elle suivit chaque geste du regard.

— A votre place, je fermerais les yeux, dit-il avec un sourire.

Doux, tendre, rassurant.

Cate secoua la tête. La fois précédente, elle avait fermé les yeux.

— J'aime vous regarder.

Il lui passa les doigts dans les cheveux.

— Moi aussi, j'aime vous regarder.

Il descendit jusqu'au bout de ses tresses, encore trop courtes pour atteindre ses épaules, et tira doucement dessus, comme pour les allonger.

Cate savait bien pourquoi elle avait fait tailler ses cheveux jusqu'aux oreilles et demandé à Bessie de les recouper régulièrement, jusqu'à tout récemment. C'était pour qu'aucun homme ne puisse l'empêcher de s'enfuir en l'empoignant par sa natte.

Jamais plus.

— Je peux les laisser repousser, si vous préférez.

John secoua la tête.

— Il est hors de question que je vous oblige à faire quoi que ce soit sous prétexte que cela me plaît.

Bien sûr, il ne parlait pas seulement de ses cheveux.

— Faites ce que vous désirez, murmura-t-elle. J'aimerai cela.

Ce n'était pas vrai, mais elle s'efforçait d'y croire.

— Vous n'êtes pas obligée de tout aimer. Mais je ferai très doucement, je vous le promets.

Elle acquiesça, bien que son corps soit encore tendu. John laissa glisser ses doigts sur sa joue, lentement, puis dans son cou et sur sa gorge. Ils s'arrêtèrent dans l'échancrure de sa chemise.

— Aidez-moi, voulez-vous ?

C'était gentil à lui de lui laisser ainsi le contrôle des événements. Se rendait-il compte à quel point elle en avait besoin ?

Dépouillée de sa chemise, elle sentit l'air frais de la nuit sur son corps. Les doigts chauds de Johnnie descendirent lentement, éveillant de petits picotements sur sa peau. Il prit son temps, la laissant s'habituer à ses caresses. D'un mouvement très doux, il promena ses doigts de ses épaules à la vallée entre ses seins, puis remonta sur ses flancs et descendit le long de ses bras, jusqu'à ce qu'il trouve ses doigts et les entrelace aux siens. Ses mains la réchauffaient partout où elles se posaient, et elle frissonna lorsqu'il s'arrêta.

C'était trop lent. Elle ne voulait pas attendre. Il fallait que ses caresses gomment enfin le passé.

— Vous n'êtes pas obligé de musarder, vous savez.

— Musarder ? Catie, mon amour ! C'est cela qui fait tout le plaisir.

« Mon amour. » Il avait dit cela si aisément ! Comme à bien d'autres femmes avant elle, sans doute.

— Mais je…

Je quoi ? Elle aurait voulu à la fois que ce soit déjà terminé et que cela ne finisse jamais.

— Nous sommes allés trop vite, la dernière fois. Restez simplement allongée et laissez-moi faire.

Elle se laissa aller sur le lit, en essayant de ne sentir rien d'autre que son toucher, de n'être nulle part ailleurs que dans cette chambre. Et avec personne d'autre que Johnnie Brunson.

Ses doigts nonchalants jouèrent sur sa peau jusqu'à ce qu'elle en frémisse de plaisir mais, malgré tout, son corps se rebellait encore, les muscles contractés. Prêt à lutter. Prêt à s'enfuir.

Lentement, il commença à faire descendre ses braies sur ses hanches. Aussitôt, elle se figea et lui agrippa les poignets.

— Non !

Elle crut qu'il allait passer outre, mais il arrêta aussitôt son geste.

Luttant contre les larmes, elle ferma les yeux. Plus bas… C'était là où l'autre homme s'était vautré. Là où elle avait senti la laine rêche de ses braies sur son ventre nu, tandis qu'il défaisait à tâtons ses aiguillettes juste avant de…

Elle rouvrit les yeux et rencontra le regard grave de John. Il ne souriait plus.

— C'est trop tôt. J'attendrai que vous soyez prête.

Son corps se détendit à ces mots, comme un condamné à mort à qui on accorde un sursis. Mais, pour eux, la délivrance pouvait survenir dans quelques heures.

Si Willie Storwick mourait comme elle l'espérait, serait-ce suffisant ? Que deviendrait-elle si même sa disparition ne la libérait pas ?

Elle s'imagina dans les années à venir, encore et toujours

enfermée dans la prison que son esprit avait construite. Johnnie Blunkit aurait regagné la cour depuis longtemps et elle resterait seule aux prises avec le fantôme du Balafré.

— Non !

Refusant de le laisser partir et de perdre cette chance, elle entrelaça ses doigts aux siens.

— Je suis prête, affirma-t-elle en le regardant bien en face.

Il lui saisit la main, jouant avec ses phalanges, tout en essayant de lire dans ses yeux.

— Montrez-moi, dit-il enfin. Montrez-moi ce que vous voulez, ce que vous êtes prête à recevoir.

— Et vous ferez ce que je vous dirai, rien d'autre ?

Cette seule pensée la rassurait.

— Jusqu'à ce que vous ne sachiez plus quoi demander, plaisanta-t-il.

Elle lui rendit son sourire, heureuse de savoir qu'il existait des choses au-delà de sa douloureuse expérience.

— Et si je fais quelque chose que vous ne voulez pas, il vous suffit de dire « non ».

Ce mot-là l'avait déjà arrêté. Elle pouvait donc lui faire confiance sur ce point.

Jusque-là, il lui avait touché les bras, la gorge et la taille, mais sa poitrine se languissait de ses caresses.

Elle baissa les yeux.

— Ici !

John sourit.

— Où cela ?

Elle pointa du doigt le sillon entre ses seins.

Il caressa l'endroit qu'elle lui désignait, en débordant sur les côtés. Avec un gémissement, elle se tourna pour lui présenter ses mamelons.

— Ici ?

Une note amusée tintait dans sa voix.

Elle rouvrit les yeux, cherchant sa respiration.

— Je ne vous croyais pas homme à avoir besoin d'instructions pour savoir quoi faire à une femme, Johnnie Brunson !

Il s'esclaffa et elle partagea son hilarité. Rire ! Qui aurait pu penser que le rire et l'amour physique puissent aller de pair ?

— C'est que vous n'êtes pas une femme ordinaire, ma chérie.

Ma chérie. Des mots si merveilleux…

Il laissa ses doigts glisser sur un sein, puis sur l'autre, puis ses lèvres suivirent. Chaudes. Humides. Excitantes. C'était sûrement cela qu'on voulait dire, quand on disait « faire l'amour ». C'était si différent de…

De choses dont elle ne voulait pas se souvenir !

En dessous de la taille, sa chair brûlait littéralement d'impatience. Il fallait qu'elle sache. Il fallait qu'elle sache si elle pourrait jamais redevenir une femme.

Se cambrant vers lui, elle descendit ses braies pour sentir la peau de John contre la sienne. Un son s'échappa de sa gorge. Pas un mot. Quelque chose entre un léger cri et un gémissement.

Elle le regarda et lut un mélange de joie et de peine sur son visage.

— Qu'est-ce que…

Il toussota, comme si le mot avait du mal à franchir ses lèvres.

— Que voulez-vous, à présent ?

John était là, immobile, attendant sa réponse.

— Je voudrais… que vous vous déshabilliez.

Il se leva et ôta sa tunique. La vue de sa poitrine, large et puissante, ombrée d'une légère toison, arracha à Cate un sourire. C'était là qu'elle s'était lovée, blottie, en sécurité.

Et tellement plus.

Il voulut ôter le reste mais, soudain, elle eut l'impression de ne pas être prête.

— Arrêtez !

Ce qu'il fit instantanément.

Cate déglutit et s'humecta les lèvres. Cela avait été plus facile la première fois, avant qu'elle ne sache ce qui pouvait arriver, pour le meilleur et pour le pire.

— Je veux sentir votre peau sur la mienne.

Il s'assit sur le lit et la prit doucement dans ses bras, avec un infini respect.

— Comme cela ?

Elle hocha la tête. Cela, cette proximité… Oh oui ! Cela devait bien pouvoir chasser les souvenirs ! Pourtant, son corps refusait encore de s'abandonner à cette promesse. Il se raidissait contre John, malgré tout le plaisir qu'il lui avait déjà dispensé.

Il posa les lèvres sur son front.

— Cate, écoutez-moi ! Je ne vais pas vous prendre cette nuit. Vous entendez ?

Elle acquiesça, tremblante, sans trop savoir si elle était soulagée ou déçue.

— Pour cela, je ne vais pas ôter mes braies. Je vous donnerai du plaisir d'une autre façon.

Elle ignorait ce qu'était cette « autre façon » et s'il avait deviné pourquoi son corps se rebellait ainsi, mais elle lui faisait confiance.

Les mots suivants furent chuchotés tout près de son oreille.

— Ce que je vais faire, c'est vous donner un aperçu de ce que cela pourrait être. Et à quel point cela peut être merveilleux. Me laisserez-vous faire ?

— Oui.

Ce n'était qu'un mot, mais c'était celui qu'il fallait dire.

Les lèvres de John, chaudes et douces, descendirent le long de son cou, pendant que ses doigts s'aventuraient plus bas. Elle resta allongée, les yeux ouverts, laissant la bouche et les mains de John jouer avec son corps, l'apaisant et l'excitant en même temps.

Ses baisers glissèrent sur la courbe de son ventre pour atteindre enfin cet endroit intime entre ses cuisses qu'elle avait si longtemps protégé. Les doigts de John et sa langue, entremêlés dans un délicieux ballet, se concentrèrent sur un point particulièrement sensible dont elle connaissait à peine l'existence. Et que personne n'avait jamais touché.

Le reste du monde disparut, ne laissant plus que la sensation de ses lèvres sur ce bourgeon secret.

Tout son sang, toutes ses sensations semblaient affluer vers ce point, aussi vite que les eaux de la Liddel coulant vers la mer, et elle aurait préféré mourir plutôt que d'arrêter ce flot.

Puis, tel un courant à la confluence de deux rivières, la sensation enfla et déferla avant de se briser en gouttes innombrables scintillant dans le soleil, emportées dans le tourbillon du grand fleuve.

John la serra contre lui aussi longtemps qu'elle demeura là à trembler, secouée jusqu'au tréfonds d'elle-même. Puis elle sentit sa bouche se poser sur son front.

Eblouie par la merveille qu'elle venait de vivre, elle chercha ses lèvres et y joignit les siennes, exprimant par un baiser tout ce que les mots ne pouvaient dire.

Un baiser auquel mit fin le sourire de John.

— Voilà, mon amour. C'est ainsi que cela peut être entre un homme et une femme.

Un homme ? Non !

Cet homme-là, rectifia-t-elle.

Chapitre 18

Cate resta étroitement serrée contre lui pendant les quelques heures qui suivirent le lever de la lune, en souhaitant de tout cœur qu'ils puissent demeurer ainsi pour toujours. Car, à partir du moment où ils quitteraient cette chambre, ils ne seraient plus sûrs de rien.

Pas même de leur retour.

Lorsque le ciel commença à se teinter de rose, elle se força à bouger. Il fallait nourrir Belde et préparer les chevaux, pour qu'ils puissent se mettre en route à la tombée de la nuit.

Avec un soupir, elle rejeta les couvertures et chercha à tâtons ses vêtements.

— Je vais empaqueter de la nourriture pour nous, dit-elle, bien décidée à n'évoquer que des choses ordinaires, comme si c'était un jour pareil aux autres.

John s'assit au bord du lit.

— Nous ? N'y comptez pas ! Cette fois, je ne vous laisserai pas venir.

Elle sentit son estomac se nouer.

— Mais je dois y aller ! Je dois l'affronter. Il faut que je le voie mort, sinon je ne pourrai jamais…

Je ne pourrai jamais vous aimer comme je le voudrais !

Il secoua la tête, avec une expression sévère qui rappelait Rob le Noir.

— Pas question ! Je ne veux rien entendre.

— Mais vous savez, maintenant ! protesta-t-elle. Vous savez pourquoi je dois l'affronter.

Sa peur avait un nom, des yeux, un visage. Et elle devait se prouver qu'elle ne ferait plus ce qu'elle avait fait la première fois, et ce qu'elle avait refait à Kershopefoote : se paralyser de peur.

— Vous l'avez déjà affronté, lui rappela-t-il.

— Cette fois, c'est différent.

— Pourquoi ?

A cause de vous, songea-t-elle.

Mais elle ne pouvait pas le dire. Elle ne pouvait pas lui dire que, depuis cette nuit, un nouvel espoir illuminait sa vie, un espoir qu'elle ne pouvait confier à personne, pas même à celui qui l'avait éveillé en elle.

— Pourquoi ne voulez-vous pas que je voie jusqu'au bout ?

— Parce que si vous venez, je ne cesserai pas d'avoir peur pour vous. Vous êtes capable de vous élancer à découvert et de faire une excellente cible pour leurs archers ! N'en parlons plus.

— Mais je ne peux pas rester ici à me ronger les sangs, en me demandant si vous…

— Je vous attacherai s'il le faut, mais vous ne viendrez pas avec nous !

Il ne se laisserait pas fléchir, comprit-elle. Oh oui ! Il était bien devenu un Brunson ! Aussi têtu que les autres…

Elle se raidit contre la déception et redressa les épaules.

— Alors ramenez-moi son corps. Il faut que je le voie de mes yeux.

Elle ne croirait pas à la mort du Balafré tant qu'elle n'aurait pas la preuve devant elle.

John lui jeta un regard dubitatif.

— Est-ce que ce sera assez ?

Cate releva le menton. Elle ne laisserait pas Johnnie la priver de cela. Lorsqu'elle aurait vu le corps de Willie, elle pourrait enfin laisser le passé derrière elle.

Mais l'avenir n'en resterait pas moins incertain.

— Oui, ce sera assez. Je pourrai tourner la page.

— Très bien. Je vous l'amènerai.

Posant les mains sur ses épaules, il lui embrassa le front.

— S'il est encore présentable après que j'en aurai fini avec lui !

Ils se mirent en route au coucher du soleil, chevauchant vers la rivière Esk où ils devaient faire leur jonction avec Carwell et ses hommes. John sentait le gilet bardé de fer de son père peser lourdement sur ses épaules, tandis que Norse se mouvait silencieusement sous lui, d'un trot régulier.

Le plan était au point ; plus besoin de paroles. C'était réconfortant de chevaucher épaule contre épaule avec Rob, d'éprouver ce sentiment si peu familier d'avoir de nouveau un frère.

Cate et lui avaient échangé un dernier baiser avant de quitter le sanctuaire de la chambre seigneuriale. Tandis que les hommes se mettaient en selle, il avait jeté un ultime regard vers l'extrémité de la cour où elle se tenait à côté de Bessie. Belde s'agitait, la tête levée vers elle, n'attendant que son signal pour se joindre à l'expédition. Bessie avait passé un bras autour des épaules de Cate, comme pour l'empêcher de s'élancer vers son poney pour se hisser en selle.

Elle resterait là, en sécurité et lui, il allait tuer Storwick. Pour l'instant, il refusait de penser plus loin. Le roi, les hommes qu'il devait lui amener, ce serait pour plus tard.

Même si chaque pas qu'il avait fait depuis son retour, chaque baiser qu'il avait échangé avec Cate, chaque galop sur ces montagnes, l'avaient rapproché de sa terre natale au point qu'il avait du mal à imaginer qu'il pourrait la quitter…

*
* *

Carwell et ses hommes les rejoignirent à l'endroit prévu.

— Dois-je vous appeler John le Noir, désormais ?

La question de Carwell apprit à John qu'il portait son humeur sur son visage.

— Je sourirai quand ce sera fini.

— Alors ce sera demain à la même heure, intervint Rob, aussi sombre que lui. Lorsque nous aurons effacé la tanière maudite de Storwick de la surface de la terre !

La seconde partie du trajet s'effectua dans la vallée peuplée d'arbres. La brume nocturne était si dense qu'ils avaient l'impression de traverser une rivière.

Lorsqu'ils eurent enfin atteint la clairière, ils virent la tour de Storwick se dresser devant eux. Cachés sous le couvert des arbres, ils s'arrêtèrent pour allumer leurs torches, l'arme dont ils allaient user ce soir — bien plus redoutable que des épées.

Ce n'était pas pour rien que les châteaux étaient construits en pierre.

Rob, Carwell et John échangeaient des regards. Cette nuit, chacun allait devoir faire ses preuves — en tant que chef de clan pour Rob, de Brunson pour John, et d'allié pour Carwell.

Sur un signe de tête de Rob, ils s'élancèrent au galop vers la tour. Le martèlement des sabots de leurs montures ébranla le sol. Pointées vers l'avant, lances et piques s'apprêtaient à transpercer quiconque s'enfuirait du bâtiment en flammes.

Ils étaient près maintenant, assez pour entendre d'éventuels cliquetis de métal ou cris l'alerte en provenance de la tour, dont les défenseurs avaient dû être tirés du sommeil par leur approche.

Pourtant, rien ne bougeait à l'intérieur.

Pas le temps de s'interroger ! Ils avaient atteint leur cible. Rob lança la première torche, qui atterrit sur le rempart. Mauvais lancer, car un garde pouvait la ramasser et la renvoyer sur eux. Mais déjà d'autres torches suivaient la première, arrosant la structure de bois d'une pluie d'étincelles.

Les chevaux bronchèrent, inquiétés par l'odeur.

Il ne se passait rien dans la tour. Le feu lécha les murs humides jusqu'à ce que le bois se mette à brasiller, dégageant des nuages de fumée qui s'élevèrent en rouleaux vers le ciel noir.

Toujours rien.

Puis, bientôt, la tour s'embrasa, et fut dévorée par un feu d'enfer.

Tandis que la tour de toute évidence vide se consumait, John se tourna vers Carwell. D'abord la trahison de la Journée de la Trêve, et maintenant celle-ci. C'était trop !

Il sauta de son cheval, tira le gouverneur à bas du sien et commença à le marteler de ses poings comme il l'aurait fait avec Willie le Balafré. L'air âcre lui brûlait les poumons, le faisant haleter.

Pris par surprise, Carwell encaissa d'abord sans broncher, puis il envoya un direct dans la mâchoire de John, juste avant qu'on ne s'élance pour les séparer.

Furieux, Rob plissa son front maculé de suie.

— Vous n'allez pas vider votre querelle ici ! Ces maudits chiens sont peut-être dans les parages. En embuscade.

John tituba jusqu'à Norse et l'enfourcha.

— Ou pire, rétorqua-t-il en s'efforçant de contrôler sa colère. Ils sont peut-être déjà chez nous !

Le château était intact, Dieu merci, et Cate saine et sauve. Mais le troupeau qu'ils avaient repris aux Storwick quelques semaines plus tôt avait disparu.

Fou de rage, Rob donna un coup de poing dans le mur.

Carwell les avait suivis sans leur demander leur avis. John se tourna vers lui.

— Chaque fois que nous vous confions un plan, les Storwick en sont informés ! Vous pouvez nous expliquer ça ?

Déserté par son habituel sourire énigmatique, le visage de Carwell semblait de pierre.

— Je n'en sais rien, mais j'ai bien l'intention de le découvrir.

John jeta un coup d'œil à son frère.

— Empare-toi de lui !

— Ne soyez pas stupide ! protesta Carwell. A l'heure qu'il est, Storwick doit être en route vers mon château.

Un château dont il avait dû réduire la défense au minimum...

— Venez avec moi, si vous ne me croyez pas.

— D'accord ! fit John.

Mais, avant, il devait affronter Cate.

Et son échec.

Encore couvert de cendres, il l'enveloppa de ses bras et ils s'étreignirent follement. Vivants, et de nouveau ensemble ! Le soulagement de John était toutefois mêlé de colère — la colère d'avoir échoué.

Cate ne posa pas de questions et se contenta de lever vers lui un visage interrogateur.

Conscient de ne pas mériter ce privilège, il rompit leur étreinte.

— Envolé !

C'était laconique et abrupt, mais comment le dire autrement ?

— Oh ! Seigneur ! J'aurais dû venir avec vous ou au moins vous laisser Belde. Nous aurions pu...

— Il ne sert à rien d'y penser !

Ils avaient atteint le chemin de ronde et Cate se mit à aller et venir, aussi nerveuse que Belde, en scrutant les montagnes comme si elle redoutait une nouvelle menace.

Il ne pouvait pas l'en blâmer. Hélas ! il avait appris trop tard la loi des Marches !

— Il savait, murmura-t-elle en tournant les yeux vers l'ouest. Il a dû être informé.

Elle lui fit face, le regard déterminé. Comme un compagnon d'armes…

— Et maintenant ?

— Il faut que nous trouvions le traître. Ensuite, nous essaierons de remettre la main sur Storwick.

— Le traître… Vous croyez que c'est Carwell ?

John hésita, incertain. Il ne savait plus à qui faire confiance.

— Franchement, je ne sais pas.

Si c'était bien Carwell, quelles conclusions en tirer ? L'homme était-il traître au roi ou ne trompait-il que les Brunson ? Et si le roi lui-même jouait un double jeu ? Après tout, John ignorait la teneur du message personnel qu'il avait remis à Carwell en même temps que le décret lui annonçant sa nomination.

— Mais j'ai bien l'intention de le découvrir, conclut-il, faisant écho aux paroles du gouverneur.

Pour cela, il devait se rendre à Carwell Castle pour s'assurer que Storwick n'avait pas attaqué la forteresse ou n'y avait pas trouvé refuge.

Carwell était prêt à se remettre en selle sur-le-champ, mais Rob et John insistèrent pour que les hommes prennent d'abord un peu de repos. Si Storwick avait attaqué Carwell Castle, il était de toute façon trop tard pour l'arrêter.

Il fut décidé que Rob resterait à Brunson Tower avec un contingent d'hommes, tandis que John et les autres se rendraient au château de Carwell. Assez nombreux pour pouvoir affronter les gardes du gouverneur, le cas échéant…

Au moment du départ, Rob lui étreignit le bras en guise d'au revoir.

— C'est le moment de vérité, Johnnie ! Tu vas savoir enfin jusqu'où va la loyauté du gouverneur choisi par ton roi !

Son ton était aussi sceptique que ses paroles, et John partageait son sentiment.

Il lui restait juste assez de temps pour embrasser Cate une dernière fois avant de se mettre en route. De nouveau, il lui avait interdit de venir. Cette fois, elle n'avait pas discuté.

— Vous ne le trouverez pas là-bas, déclara-t-elle d'un ton calme. Le moment n'est pas venu.

John l'étreignit sans poser de questions. Logiquement, elle ne pouvait pas savoir où se trouvait Storwick. Mais, parfois, le chasseur et la proie pouvaient être reliés par un lien incompréhensible.

Carwell les poussa sans relâche et ils atteignirent le rivage à la tombée de la nuit. Ils s'avancèrent vers la forteresse avec précaution, au cas où les hommes de Storwick auraient pris le dessus sur ceux de Carwell.

En approchant du château, ils s'aperçurent que les bandits étaient venus et repartis. Les douves avaient protégé la bâtisse elle-même, mais une hutte de pêcheurs édifiée à l'extérieur, sur le terrain qui descendait en pente douce vers la baie, n'était plus qu'un tas de ruines fumantes.

— Là ! fit Carwell en leur désignant l'amas d'un geste. Vous avez votre réponse.

Une indéniable amertume vibrait dans sa voix.

— Ce n'est pas une réponse, rétorqua John. Vous pouviez être de mèche avec lui, en le laissant mettre le feu à une hutte sans importance.

Lui tournant le dos, Carwell franchit le pont-levis.

— J'aurais pu, lança-t-il par-dessus son épaule d'un ton trop suave au gré de John. Mais je ne l'ai pas fait !

Parvenu dans la cour, il mit pied à terre et ordonna à son régisseur de veiller aux besoins de la petite armée qui l'accompagnait. Puis il convoqua ses lieutenants dans la grande salle afin qu'ils lui fassent leur rapport.

John le suivit, tandis qu'il traversait la cour et entrait dans le château d'un pas décidé.

— Non, il a découvert nos plans d'une autre façon, déclara le gouverneur, reprenant leur conversation interrompue. Des hommes de Maxwell ont épousé des filles Storwick. Et des filles Brunson ont également épousé des Storwick, je suppose. Il suffit d'une personne…

John fronça les sourcils. Etait-ce une explication ou une excuse ?

— Mais sa famille l'a désavoué, objecta-t-il.

Même à la lueur incertaine du foyer, John lut l'incrédulité dans le regard de son interlocuteur.

— Le sang des Storwick coule toujours dans ses veines. Il y en aura toujours un qui lui offrira l'asile s'il se rend à Stirling et fait allégeance au roi Jacques.

John réprima un soupir. Dieu qu'il avait été naïf, lui qui avait candidement cru à la loi, au roi et aux proclamations, quand rien de tout cela n'était aussi fort que la loi du sang !

— Dans ce cas, où se trouve-t-il à présent ?

— N'importe où ! Il a volé mes poissons et votre bétail. Il a de quoi festoyer pendant des mois.

— Je ne peux pas attendre des mois !

— Le roi non plus.

Ni Cate.

— Le roi devra attendre quelques semaines encore, déclara John.

Il se pouvait même que le roi attende à jamais.

Chapitre 19

De retour à Brunson Castle, il alla directement trouver Cate pour lui avouer que la proie leur avait de nouveau échappé. Tous deux sortirent du château et se dirigèrent vers la rivière. Sur les berges, les arbres avaient perdu leurs feuilles, mais l'herbe avait gardé une belle teinte verte comme en été.

Cate se pencha pour ramasser un bout de bois, qu'elle lança sur l'autre rive. Belde plongea aussitôt pour aller le chercher.

— Je suis heureuse que vous ne l'ayez pas trouvé.

— Pourquoi donc ?

Elle avait prédit la chose, c'était un fait. Se réjouissait-elle d'avoir eu raison ?

— Je veux être là quand vous mettrez la main sur lui, dit-elle d'une voix dure. Je dois le tuer moi-même.

— Je vous ai dit que je le retrouverai. Je tiendrai parole.

Assister à la capture pour tuer le Balafré de ses propres mains ? Fadaises ! Elle oublierait tout cela quand Storwick serait mort, il n'en doutait pas.

— Je sais, murmura-t-elle. Je ne mets pas votre parole en doute.

John nota qu'elle avait évité de le regarder en prononçant ces mots. Il lui passa un bras autour de la taille et elle ne résista pas, s'appuyant contre sa poitrine tout en observant le chien. Avec un aboiement joyeux, Belde se jeta sur le bâton et le prit dans sa gueule pour le secouer, aussi joueur qu'un chiot.

Ses contorsions arrachèrent un sourire à Cate. Sans lâcher le morceau de bois, Belde s'élança de nouveau dans l'eau pour les rejoindre et s'ébroua auprès d'eux, les aspergeant copieusement.

Cate s'agenouilla en riant, lui prit le morceau de bois et le jeta en direction du château.

Puis elle se releva, de nouveau sérieuse.

— Vous croyez que c'est Carwell ?

John avait mis à profit leur promenade pour l'informer de ce qui s'était passé.

— Je n'en suis pas sûr.

L'homme avait des secrets, certes, mais cela ne faisait pas forcément de lui un traître.

— En tout cas, je ne lui ferai plus confiance tant que je ne saurai pas la vérité.

Lentement, ils reprirent le chemin du château. Belde, qui avait récupéré le bâton, revenait vers eux en courant. D'un geste machinal, John lui tendit la main. Le chien lui apporta aussitôt le morceau de bois et fourra sa truffe fraîche dans sa paume.

— Il n'a jamais fait cela avec personne, dit Cate. Il doit vous faire confiance.

Et vous ? faillit-il demander. Mais il s'abstint de poser la question.

Par jeu, il disputa le bâton à Belde, puis le lança sur un tertre. Le chien s'élança, inlassable, dépassa le monticule et se mit à tourner en rond pour retrouver son jouet improvisé.

John entendit Cate s'esclaffer de nouveau et ce son lui réchauffa le cœur.

— Heureuse ?

Heureuse. Un mot qui lui était si étranger…

Le bonheur, était-ce donc cela ?

Elle lui rendit son sourire. Les femmes normales devaient

avoir beaucoup de moments tels que celui-ci. Le soleil, un homme à leur côté, des chiens, des enfants, des éclats de rire…

Un homme et une femme peuvent être heureux ensemble, lui avait-il dit. *Même quand tout est difficile autour d'eux.*

Elle avait pensé alors qu'il évoquait l'intimité de l'amour, quand on était couché à deux dans le même lit. Un bonheur qu'elle avait cru ne jamais connaître. Mais ce qu'ils avaient partagé dans la chambre seigneuriale, aussi incomplet que cela ait été, avait rendu possible la simple joie d'aujourd'hui.

C'était ainsi qu'elle était naguère remontée du puits de son désespoir. En éprouvant de la gratitude pour un rayon de soleil, en admirant un ciel flamboyant au crépuscule.

Et maintenant, ce bonheur englobait aussi un homme, ce qu'elle n'avait même pas osé espérer. Serait-elle capable un jour de connaître un bonheur plus complet encore ? D'aimer John pleinement ?

Cette pensée ranima la peur qui ne la quittait jamais vraiment. Willie Storwick était en liberté. Lui aussi avait ri en cette fatale nuit…

Mais je suis ici, pas dans la montagne. Et je ne suis plus celle que j'étais avant l'arrivée de Johnnie. Je dois penser à l'instant présent, pas au passé ni à l'avenir.

Alors, était-elle heureuse ?

Son sourire s'élargit, radieux.

— Oui !

John retrouva Rob dans la petite salle sans fenêtre où ils s'étaient entretenus avec Carwell, et où leur conciliabule aurait dû rester secret.

— Cette fois, nous allons partir à la recherche de Storwick sans Carwell, commença John.

Rob hocha la tête.

— Je suis d'accord. On ne peut pas lui faire confiance.

— Il prétend que Willie était au courant de nos plans parce que des Brunson ont épousé des Storwick.

— Un Brunson capable d'épouser une Storwick est capable de tout.

— Mais une fois mariés, ils ne reviennent plus ici. Comment auraient-ils pu savoir ?

— Par la famille. Les femmes se rendent parfois visite.

Rob se rembrunit.

— Homme ou femme, si je mets la main sur le traître, je ne lui ferai pas de quartier.

Décidément, la première impulsion de Rob était toujours de se battre, songea John. Mais, parfois, il n'y avait pas d'ennemi à abattre. Le désastre pouvait être le fruit d'un simple concours de circonstances.

— Le Balafré devait s'attendre à notre venue. C'était un dimanche. Imagine qu'une Brunson ait l'habitude de rendre visite tous les dimanches à l'une de ses cousines mariée à un Storwick, et qu'on lui ait dit de n'en rien faire ce jour-là. Willie aurait compris tout de suite.

— A moins que la fuite ne vienne de Carwell. Et du gouverneur anglais.

John hocha la tête.

— D'abord, il faut retrouver Willie. Puis découvrir qui nous a trahis. Tu as parlé au chef des Storwick, je crois. Accepte-t-il de nous aider ?

— Non.

John ne commenta pas. Désavouer un membre de sa famille était une chose ; de là à le livrer à l'ennemi…

— Et si Carwell avait raison ? Si nos projets ont filtré dans la famille, même accidentellement, cela peut marcher dans l'autre sens. En questionnant habilement les Storwick, nous pourrons peut-être apprendre où se cache Willie.

Rob dévisagea son frère.

— C'est à la cour qu'on apprend à être aussi futé ?

Une indéniable note d'admiration vibrait dans sa voix.

Tant mieux ! songea John. Au moins, il lui prêterait une oreille attentive.

— Connais-tu un Brunson qui aurait épousé une Storwick ?

— Bien sûr que non ! C'est interdit.

D'habitude, Rob n'était pas aussi regardant par rapport à la loi.

— Le vol de troupeaux aussi est interdit !

— Je ne parle pas du roi. C'est moi qui ne voudrais pas d'une Storwick sous mon toit.

John soupira. « Têtu comme un Brunson », disait-on dans les Marches. Il comprenait pourquoi, à présent.

— Une Brunson mariée à un Storwick, alors ? Et qui vivrait sur leurs terres ?

— Quelques-unes, admit Rob d'un air maussade. Mais que veux-tu faire ? Aller les trouver et leur poser la question ? Tu recevrais une flèche en plein cœur avant même d'avoir atteint leur porte.

— Pas moi, ni toi.

Ils réfléchirent, silencieux. A qui pouvaient-ils faire confiance pour cette délicate mission ?

— Bessie, dit enfin Rob. Je ne vois qu'elle pour cette tâche.

— Bessie ? se récria John.

Il n'imaginait pas sa tranquille petite sœur jouant les espionnes.

— Elle ne peut pas, voyons…

— Pourquoi ? Elle est la sœur du chef de clan. Mère rendait visite à tous les membres de la famille au moins une fois par an. Même à ceux-là, ajouta-t-il avec un soupir.

— Ce serait le prétexte parfait, admit John. Elle est calme et réfléchie, mais serait-elle capable de mentir sciemment ?

Il se rappela alors tout ce que Bessie savait et n'avait jamais divulgué à personne. Après tout, elle ferait peut-être une meilleure espionne qu'il ne le pensait !

— Préfères-tu que ce soit Cate ?

John foudroya son frère du regard. Cate ne pourrait même pas respirer l'air des Storwick sans suffoquer.

— Elle ne tromperait personne, voyons !

— Ah ! assez d'histoires ! Traversons la montagne et attaquons-les, ce sera plus simple.

— Et s'il n'est pas avec eux ? Ce serait une escalade pour rien dans le conflit. Et Willie serait toujours libre !

Rob soupira de nouveau et posa une main sur l'épaule de son cadet.

— Alors faisons comme tu dis.

John sentit son cœur se gonfler de gratitude. Cette main sur son épaule, c'était un merveilleux cadeau. Une reconnaissance. Rob acceptait son plan. Un plan bien hasardeux, certes, mais cela valait mieux qu'arpenter indéfiniment les montagnes pour rien, à pourchasser un fantôme.

— Je vais en parler à Cate. Puis nous demanderons à Bessie.

Il ne lui restait plus qu'à espérer qu'elle accepte car, sans elle, plus de plan en perspective !

John trouva Cate dans la grande salle vide, occupée à ravauder les déchirures de son gilet comme si cette tâche lui revenait de droit.

Il lui expliqua le nouveau plan en quelques mots.

— Nous allons demander à Bessie, conclut-il.

— Pourquoi Bessie ? Je peux y aller moi-même, je n'ai pas peur !

— Je sais bien.

Ou, plus exactement, il la savait capable de vaincre sa peur.

— Mais personne ne se posera de questions sur sa visite. Tandis que vous…

— Oui, ils savent que je ne porte pas les Storwick dans mon cœur.

Elle soupira.

— Comment une femme peut-elle faire cela ? Epouser l'ennemi mortel de sa famille ?

Par amour, songea John, mais il s'abstint de formuler la réponse. L'amour n'était pas une raison suffisante pour détourner un homme de son devoir. Ou, du moins, il n'aurait pas dû l'être. Ni à la cour ni ici, dans les Marches.

Pourtant, il avait bel et bien laissé Cate le détourner de sa mission !

Il chassa aussitôt cette pensée. Ce n'était pas le moment de réfléchir à cela.

— Voulez-vous m'aider à expliquer à Bessie ? Elle n'est pas comme vous. Elle…

Il s'aperçut soudain qu'il aurait été bien en peine de dire qui était vraiment Bessie. Toujours à l'arrière-plan, silencieuse et active, elle faisait tout ce que l'on attendait d'elle, et parfois même ce qu'on ne lui demandait pas.

Cate hocha la tête et se leva.

— Elle doit être aux cuisines.

Ensemble, ils descendirent l'escalier et traversèrent la cour ouest.

— Cate, vous aviez prédit que nous ne le trouverions pas à Carwell Castle. Pouvez-vous…

Il hésita, cherchant le mot adéquat.

— Pouvez-vous… sentir où il se trouve ?

Elle tourna les yeux vers les montagnes, le regard soudain sombre et lointain, comme si elle essayait de voir.

— Par là-bas. En train d'attendre.

John ne sut pas s'il devait être soulagé ou déçu qu'elle n'en sache pas davantage.

Une odeur de ragoût au mouton les accueillit dans la cuisine. Depuis que Willie Storwick leur avait volé leur troupeau, ils risquaient de manger plus souvent du brouet que de la viande.

Bessie leva les yeux vers eux, sans interrompre le mouvement de son rouleau à pâtisserie.

— Eh bien, parlez ! leur enjoignit-elle en les voyant hésiter. Vous n'êtes pas venus ici pour rien !

Futée, cette Bessie ! John fut tout à coup certain que sa sœur ne se laisserait pas rouler dans la farine par un Storwick, quel qu'il soit.

— Il faut que nous retrouvions Willie le Balafré. Rob, Cate et moi en avons discuté, et nous avons eu une idée.

— Vous voulez que j'aille rendre visite aux Brunson-Storwick pour leur soutirer d'éventuelles informations ?

John en resta bouche bée. Sa sœur était-elle une magicienne ? Ce n'était pas la première fois qu'il se posait la question.

Bessie et Cate échangèrent un sourire.

— Ne sois pas si surpris, mon frère. Même une femme est capable d'aboutir à ce genre de raisonnement !

— Et tu veux bien te charger de cette mission ?

Bessie posa le rouleau et releva les bords de la pâte, afin qu'elle puisse contenir le mouton et les carottes.

— C'est mieux que d'envoyer trois cents hommes dans les monts Cheviot pour y débusquer un hors-la-loi caché dans les bruyères !

Elle prit une autre boule de pâte et l'attaqua au rouleau.

— Je leur rends visite tous les ans depuis la mort de mère. A présent que père est parti… Eh bien, c'est le moment !

— Merci, dit Cate. Merci de braver ces sauvages pour moi.

Bessie s'arrêta pour repousser une mèche de ses cheveux roux derrière son oreille.

— Une fois je me suis retrouvée seule avec un membre de la famille Storwick.

Cate porta instinctivement la main à sa dague.

— Où cela ? Quand ?

John observa le sourire de sa sœur ; le même sourire réprobateur et malicieux que dédiait autrefois leur mère à ses chenapans de fils…

— Il y a longtemps. Je devais avoir douze ou treize ans.

— Est-ce qu'il vous a fait du mal ? s'enquit Cate en retenant son souffle.

Bessie secoua la tête.

— Ce n'était pas « il », mais « elle ». Une jeune fille. On m'avait envoyée à la rivière pour y puiser de l'eau, mais j'avais laissé le seau sur la berge pour me promener et ramasser des fleurs. C'était une délicieuse journée de printemps, et je n'avais pas envie de travailler.

John ravala sa surprise. Il n'avait jamais vu sa sœur esquiver une tâche !

— Un peu plus loin, j'ai jeté un coup d'œil de l'autre côté du cours d'eau et j'ai vu une fille, peut-être un peu plus âgée que moi. Elle m'a vue aussi et nous nous sommes arrêtées toutes les deux, effrayées.

— Vous saviez que c'était une Storwick ? demanda Cate.

— Je n'en étais pas sûre. Je savais seulement que ce n'était pas une Brunson, car je les connaissais tous.

— Que s'est-il passé ?

— Nous nous tenions de chaque côté de la rivière, trop loin l'une de l'autre pour représenter une menace. « Qui êtes-vous » ? m'a-t-elle demandé. « Et vous ? » ai-je répondu aussitôt. Alors elle m'a dit qu'elle était une Storwick, et je me suis présentée à mon tour.

Bessie sourit de nouveau.

— C'était une rencontre si surprenante que nous sommes restées sans voix un moment. Puis nous nous sommes mises à bavarder.

— Bavarder ? s'étonna John. Qu'aviez-vous donc à vous dire ?

Le sourire de Bessie se fit légèrement acide.

— Pour autant que je me souvienne, nous avons parlé de son arrogant cousin et de mes grandes brutes de frères.

John la dévisagea, sidéré. Il n'avait guère pensé aux femmes Storwick et ne les avait pas imaginées un instant en tant que sœurs taquinées par des grands frères ou des cousins !

Près de lui, Cate se mordillait la lèvre, comme si elle découvrait elle aussi que les Storwick étaient des êtres humains, après tout.

— L'as-tu revue ensuite ? s'enquit-il.

— Je n'en suis pas sûre, répondit Bessie après un petit silence.

Puis elle reprit son rouleau à pâtisserie et se remit au travail.

— Je rendrai visite aux Storwick-Brunson. Sans doute dimanche.

En quittant la cuisine, John réfléchit à l'énigmatique réponse de sa sœur. Les femmes, décidément, recelaient bien des secrets !

Le dimanche matin, Cate aida Bessie à empaqueter des gâteaux d'avoine et les mit dans les sacs de selle attachés au poney. Elle s'agitait, nerveuse.

— Je pourrais venir avec vous, proposa-t-elle. Ils n'auront pas peur de moi si je suis avec vous.

— Oh si !

— Je peux me déguiser. Mettre des vêtements de femme, par exemple…

— Non !

C'était abrupt et définitif. Bessie pouvait se montrer aussi ferme que ses frères.

— Je n'ai pas peur, vous savez ! ergota Cate.

Bessie secoua la tête.

— Je n'ai pas dit cela même si, à mon avis, vous devriez. Moi, j'aurais peur à votre place.

— Vous ? Allons donc ! Vous n'avez jamais peur.

— Vous croyez cela ?

Cate la dévisagea, interloquée. Voilà une fille qui ne protestait jamais contre les tâches qu'on lui confiait, qui endossait sans broncher toutes les responsabilités, même les plus lourdes. Une fille plus jeune qu'elle de deux ans, mais qui semblait infiniment plus âgée.

— Mais vous n'en laissez jamais rien voir !

— Vous non plus.

Cate déglutit. Si elle avait gardé le silence, ce n'était pas par courage, mais par honte.

— Je ne veux pas qu'on sache à quel point je suis terrorisée, murmura-t-elle.

Bessie haussa les sourcils. Elle ne prononça pas une parole, mais son expression disait clairement : « C'est la même chose pour moi. »

Troublée, Cate secoua la tête. Sous ses yeux, la Bessie calme, patiente et pondérée qu'ils connaissaient tous se transformait soudain en une autre personne. Une femme qui acceptait les fardeaux sans récriminer, non parce qu'elle n'avait aucune raison de se plaindre, mais parce qu'elle n'osait pas, Dieu savait pourquoi…

Cate l'enlaça, dans l'espoir que cette étreinte saurait lui dire tout ce que des mots auraient été impuissants à exprimer.

— Prenez garde à vous ! lui dit-elle.

Elle sentit Bessie hocher la tête contre son épaule.

John fronça les sourcils en voyant sa sœur se mettre en selle.

— Tu devrais emmener d'autres hommes avec toi. Un seul garde pour toute escorte, ce n'est pas assez. Et si tu es attaquée ?

— Mère voyageait toujours ainsi. Si je débarque avec une armée, ils ne me laisseront même pas approcher !

John jeta un coup d'œil suspicieux à celui qui accompagnait sa sœur puis il entraîna Rob à l'écart.

— Pouvons-nous faire confiance à cet homme ?

— Je crois. Mais il te reste une chose à apprendre sur les Marches, Johnnie. Tu peux réfléchir, combiner et planifier autant que tu veux mais, à la fin…

Il haussa les épaules.

— A la fin, c'est le sort qui décide. Ta vie est entre ses mains. Comme celle du premier Brunson.

Laissé pour mort et retrouvé vivant…

Ainsi qu'en avait décidé le destin…

John regarda Cate gratifier Bessie d'une dernière étreinte. Oui, le destin avait déjoué ses plans imparables.

Et il avait le pressentiment que ce n'était pas fini.

Nul ne travailla pendant le reste de la journée.

Assis devant le foyer de la grande salle, Rob regardait les flammes, plus taciturne que jamais. John arpentait nerveusement la pièce. De temps en temps, il montait sur les remparts, dans l'espoir de voir apparaître au loin une femme à cheval escortée par un seul garde.

Quant à Cate, elle s'était installée sur le siège tiède près de la cheminée et n'en avait pas bougé depuis le départ de Bessie. Toute la journée, elle resta blottie là, le regard fixé sur les montagnes qui ondulaient comme des vagues. Au loin, des nuages gris roulaient au-dessus des sommets arrondis et des vallées secrètes.

Les jours raccourcissaient, et le soleil se couchait plus tôt à présent. Lorsque John vint la rejoindre à la fin de l'après-midi, le ciel avait pris des teintes écarlates, nimbant de rouge tout le paysage.

Immobile, Cate scrutait l'obscurité. Belde, qui ne l'avait pas quittée depuis des heures, releva la tête. Les yeux tristes du chien semblaient exprimer une prière et une accusation.

— Nous ne pouvons plus guère espérer la revoir avant demain, soupira John, autant pour lui-même que pour Cate.

— J'aurais dû y aller, dit-elle sans le regarder.

— Je me suis dit la même chose, figurez-vous !

Elle se tourna vers lui, une expression désespérée dans le regard.

— Mais tout cela est ma faute ! C'est à cause de moi que quelqu'un a dû aller là-bas.

John secoua la tête. Sa faute ? Comme si c'était elle la responsable de ce qui était arrivé, et non cet homme si méprisable qu'il avait été rejeté par sa propre famille !

— Ce n'est pas votre faute, assura-t-il en lui passant un bras autour des épaules pour l'attirer vers lui. Et vous ne pouviez pas résoudre cette affaire toute seule.

— Je ne suis pas seule, répondit-elle avec un léger sourire.

Pourtant, telle qu'il la voyait en cet instant, enveloppée dans une couverture d'un bleu passé et sa chevelure blonde un peu en désordre, elle semblait aussi solitaire que l'ancêtre d'autrefois, lorsqu'il avait été abandonné de tous.

— Je suis une Brunson !

John hocha la tête. Une Brunson, oui.

Avec une sœur, Bessie, qui serait passée dans le feu pour elle, et un frère, Rob, prêt à prendre l'épée pour redresser les torts qu'on lui avait faits. Aucun roi lointain ne se souciait de la vie ou de la mort de cette femme. Le roi Jacques n'avait pas mangé avec elle, ni lu l'angoisse dans ses yeux.

Ni partagé son lit.

Aucun roi ne se souciait de ce qui comptait le plus pour John, et il se retrouvait à présent confronté au choix qu'il avait d'abord refusé de faire : Cate ou son roi.

Repoussant le museau amical de Belde, il s'accroupit pour contempler le visage de Cate. La ligne de son nez, les contours de ses pommettes étaient bien aussi anguleux qu'il l'avait d'abord pensé. Mais ses lèvres… Comment avait-il jamais pu les trouver autrement que parfaites ? Celle du dessous, doucement incurvée, et l'autre, si renflée, si sensuelle…

— Oui, vous êtes une Brunson. Et la plus courageuse de tous.

Chapitre 20

Bessie ne revint pas avant le lendemain soir au lever de la lune. Cate dut se mordre la langue pour ne pas l'assaillir de questions, jusqu'à ce que la voyageuse soit installée près du feu avec un bol de soupe chaude. La journée avait été rude pour elle, et le trajet fort long.

Ils s'étaient rassemblés dans la chambre de Rob. Derrière la porte close, Belde veillait pour tenir éloignées les oreilles indiscrètes.

Bessie prit le tabouret près de la cheminée, John celui de l'alcôve, et Rob s'assit sur le coffre, ce qui ne laissait plus que le lit à Cate. Elle se percha gauchement sur le haut matelas de plumes, en évitant le regard de John. Le seul fait de s'asseoir là lui rappelait tout ce qu'ils avaient partagé sur cette couche…

Après avoir bu quelques gorgées de soupe, Bessie poussa un long soupir et rejeta la tête en arrière, laissant pendre sa chevelure auburn derrière elle comme pour évacuer toutes les fatigues du voyage.

Puis elle reposa son bol et se pencha en avant.

— Il a été désavoué, c'est parfaitement exact. Le chef de clan a ordonné aux autres de ne plus le considérer comme un Storwick.

Cate frissonna. Etre rejeté de sa famille, c'était devenir un mort-vivant.

— Ne croyez pas cela, intervint Rob. Le chef de clan et

lui doivent être de mèche avec le gouverneur anglais pour s'emparer du *no man's land.*

— Ça, je n'en sais rien, dit Bessie. Mais ce qui est sûr, c'est qu'ils ne portent pas plus que nous Willie dans leur cœur. Personne ne l'a prévenu délibérément de ce qui se tramait contre lui.

— Comment peux-tu en être sûre ? demanda John.

— Il a…

Bessie jeta un coup d'œil à Cate et déglutit, embarrassée.

— Il s'est fait des ennemis même parmi les siens.

Cate frissonna d'horreur. Elle n'avait jamais pensé que des femmes Storwick avaient pu endurer la même chose qu'elle de la part de cet homme. Est-ce que l'une d'elles se réveillait aussi la nuit, tirée du sommeil par des cauchemars ?

John posa la main sur sa jambe dans un geste de réconfort.

— Mais savent-ils où il se trouve ?

Bessie secoua la tête.

— Non. Et cette histoire les met visiblement mal à l'aise.

— Il n'y a qu'un seul endroit où il puisse être, affirma Rob. Il a dû retourner sur les Terres litigieuses pour y rebâtir sa forteresse.

— Je ne crois pas, dit Bessie. On dit que ses propres hommes le blâment pour la perte de la tour. A mon avis, il est beaucoup moins loin.

— Qu'est-ce qui te fait penser cela ?

Le regard de Bessie alla de Cate à John, les englobant dans un même regard.

— Parce qu'ils disent qu'il est à tes trousses, Johnnie.

John sentit Cate trembler violemment. Elle voulut parler, mais aucun son ne franchit ses lèvres.

Sa tâche à lui, à présent, consistait à la protéger. S'il s'était fait un ennemi personnel de Willie le Balafré, tant mieux ! Cela éloignerait l'homme de Cate.

— C'est peut-être un piège, objecta-t-il.

Il avait confiance en sa sœur, mais il se méfiait des Storwick.

— Les femmes m'ont raconté tout cela pendant que j'étais seule avec elles.

Elle semblait penser qu'une femme n'aurait jamais pu lui mentir.

— S'il s'est fait des ennemis parmi les siens, nous pouvons peut-être nous unir pour le traquer, suggéra John. Les Brunson et les Storwick.

Il interrogea Rob du regard. Si les deux familles lançaient l'expédition ensemble, ce ne serait plus un raid, ni une vengeance personnelle, mais un juste châtiment à l'encontre d'un criminel.

Du moins était-ce ce qu'il expliquerait au roi.

Rob fit la moue.

— Je ne me joindrai aux Storwick sous aucun prétexte. Ils nous feront tomber dans une embuscade. Cette fois, nous irons seuls, toi et moi.

— Non. C'est moi qu'il cherche. C'est donc moi qui irai. Seul.

— Tu ne me fais pas confiance ? demanda Rob qui s'était raidi.

— Bien sûr que si, Rob. J'ai une confiance totale en toi.

Il ne s'en était pas rendu compte jusqu'à cet instant, et il ne savait pas encore si cette trêve entre eux était définitive ou temporaire.

— Tout cela va finir par la mort de Willie, et le roi sera fou de rage. Mieux vaut qu'il passe sa colère sur le seul Johnnie Brunson.

— Tu crois que le roi est capable de différencier un Brunson d'un autre ? Les Storwick n'y sont jamais arrivés !

— Il saura au moins me différencier, moi.

Celui qui avait été son ami. Naguère.

— En regardant tes yeux, peut-être ?

Ils s'esclaffèrent de concert, puis Rob retrouva son sérieux.

— Ne t'inquiète pas pour moi, je ne crains pas la colère du roi.

— Je sais. Et je sais aussi que tu ne me crois pas. Mais un jour, cela aura son importance. Il serait bon que l'un de nous reste du côté de la loi. Pour la sauvegarde de la famille.

« Pour la famille. » Des mots qu'il n'aurait jamais cru prononcer un jour.

— Et puis…

Il coula un regard à Cate, se rappelant sa promesse.

— J'ai des raisons personnelles de vouloir la mort du Balafré.

Rob le dévisagea.

— C'était un engagement familial. Peu importe qui le remplit.

John n'était pas d'accord sur ce point. C'était sa promesse à lui, celle qu'il avait faite à Cate. Il sentit cependant l'adhésion de Rob dans ces mots. Son frère le laisserait accomplir le serment familial, et il serait derrière lui pour reprendre l'épée à sa place, s'il venait à échouer.

Et derrière Rob, des générations de Brunson.

Emu, il s'éclaircit la voix.

— La prochaine fois, je te laisserai affronter la colère du roi !

Ce petit son dans la gorge de Rob, était-ce de nouveau un rire ? Décidément, les choses entre eux semblaient un peu s'aplanir.

— Mais en ce qui concerne le Balafré, je tiens à y aller seul.

— Pas question, intervint Cate. Cette fois, je viens avec vous !

Non ! C'était tout ce qu'ils savaient lui dire, tous. Non et non et non, tandis qu'ils se perdaient dans des conciliabules sans fin, se demandant où Willie pouvait bien se cacher.

Dans les montagnes au long de la frontière ? Plus loin, en Angleterre ? Ou de nouveau sur les Terres litigieuses ?

Elle décida de ne plus insister. Elle savait, elle, où se cachait Willie ; elle en était aussi certaine que si elle avait eu le don de double vue.

Il était retourné là où tout avait commencé, sur Hogback Hill.

Et elle allait y retourner aussi pour l'affronter. Seule.

Mais avant cela, elle avait quelque chose d'autre à faire. Quelque chose qui allait exiger d'elle encore plus de courage...

La chambre seigneuriale avait été préparée pour eux. La chose s'était faite tacitement, sans que personne n'ait eu besoin de fournir d'explications.

John allait se mettre en route le lendemain. Rob et Bessie avaient voulu leur faire ce beau cadeau d'une dernière nuit ensemble.

Mais Cate, elle, voulait davantage. Elle voulait se prouver qu'elle était bien Cate la Hardie, assez courageuse pour affronter ses deux ennemis à la fois. Le Storwick réel et son fantôme.

John entra dans la chambre et alla s'accroupir devant l'âtre pour ranimer le feu. Cate entra à son tour, Belde sur ses talons. Dès qu'elle eut refermé la porte, le chien se coucha devant pour monter la garde contre d'éventuels intrus.

Elle jeta un coup d'œil vers le lit.

Un endroit qui suscitait encore bien des terreurs en elle. C'était là que le courage lui avait manqué.

A la lumière déclinante du crépuscule, ce qu'elle lut dans les yeux de John était bien plus que du désir. De la confiance. Oui, il croyait en elle, ne doutant pas un seul instant que dans cette chambre aussi elle puisse se montrer courageuse.

Partagée entre la crainte et le désir, elle hésita. Elle voulait aimer John, croire que l'aimer éradiquerait enfin son passé. Elle voulait être brave au lit comme sur le champ de bataille.

Mais, en même temps, elle redoutait de n'être à la hauteur ni dans un cas ni dans l'autre. Et tant qu'elle n'aurait pas vaincu le fantôme de Willie dans ce lit, elle ne serait pas capable de vaincre l'homme en chair et en os.

John se tourna vers elle et la vit frissonner sur le seuil.

— Nous ne ferons que ce que vous désirez, promit-il.

Doux, tendre, respectueux. Si différent du Johnnie qui lui avait volé un baiser dans la cour quelques semaines plus tôt, lorsqu'ils avaient croisé l'épée. Mais cet homme-là, cet amant passionné, c'était John aussi. Un autre aspect de lui-même, qu'elle voulait retrouver. Elle avait déjà essayé, et échoué. Mais ce soir, oui. Ce soir, elle pouvait. Elle allait y arriver.

Elle traversa la chambre et s'arrêta devant lui.

— Venez. Laissez-moi…

Elle déglutit. Il n'existait pas de mots pour ce qu'elle désirait. Seulement ses doigts se glissant sous la tunique de John pour trouver sa peau nue, dans son impatience de le découvrir tout entier.

— Dites-moi, fit-il d'une voix déjà rauque. Dites-moi ce que vous voulez.

— Je veux vous voir.

La dernière fois, le contact de la laine rêche sur son ventre l'avait paralysée. Aussi le voulait-elle nu, cette fois.

— En entier.

Elle désigna le lit du doigt.

— Là !

Il eut d'abord un sourire malicieux qui promettait bien des joies intimes, puis l'hésitation assombrit son visage.

— Vous êtes sûre ?

Cate fronça les sourcils. Est-ce que sa peur avait contaminé John ? Ah non, pas de cela ! Willie le Balafré avait déjà fait assez de victimes.

— Oui, je suis sûre.

Il sourit de nouveau et saisit le bord de sa tunique, prêt à la retirer.

— Attendez ! Quand je vous le dirai.

Jusque-là, il avait agi en lui laissant le pouvoir de dire non. Cette fois, c'était elle qui allait diriger les opérations.

L'air incertain, il laissa retomber ses bras. Cate glissa de nouveau les mains sous sa tunique, savourant le contact de sa peau si chaude. Puis elle laissa ses paumes voyager de son dos à sa poitrine ombrée de poils soyeux.

Ses doigts rencontrèrent les mamelons et elle s'attarda, intriguée. Si différents de ceux d'une femme… De quelle utilité pouvaient-ils être à un homme ?

Elle frotta, doucement.

John émit un sourd gémissement. Elle sourit. Ha ha ! Ils étaient donc sensibles ! Comme les siens…

— Maintenant, chuchota-t-elle. Otez-la.

Elle l'aida, tout en gardant une main sur sa peau. La tunique enlevée, elle put admirer sa poitrine, ses bras magnifiquement galbés. Elle avait déjà vu des hommes torse nu. Au travail ou à l'entraînement, beaucoup ôtaient leur chemise mais, lorsqu'elle les regardait, elle se disait seulement qu'ils étaient forts. Assez pour manier une épée ou une lance.

Ou pire. Assez forts pour la jeter par terre.

John, lui, était assez fort pour la protéger, fût-ce contre lui-même.

Elle le caressa doucement, du bout des doigts, comme si elle voulait apprendre à dessiner ses formes.

Il gémit, les paupières closes, puis frissonna lorsqu'elle laissa sa main glisser à l'intérieur de son bras, jusqu'à cette petite surface de peau si sensible au creux du coude.

— Puis-je vous toucher, maintenant ? s'enquit-il en rouvrant les yeux.

Elle secoua la tête, bien qu'elle se languît déjà de ses caresses.

— Au moment voulu. Quand j'aurai fait tout ce dont j'ai envie.

Et d'ajouter avec un sourire :

— Vous pouvez dire non quand vous voulez, bien entendu !

— Je comprends.

Il sourit lui aussi, démentant ainsi le ton solennel de sa réponse. Et ce sourire en disait tellement plus que des paroles…

Cate se blottit contre lui, la joue sur sa poitrine, pressant ses hanches contre les siennes. Le devant de ses braies était dur et tendu. Elle se força à respirer calmement. Dénuder le torse avait été la partie la plus facile. Maintenant, elle devait affronter ce qui était dessous.

Elle s'écarta et inspira profondément, comme pour se donner du courage. Puis, consciente du tremblement qui agitait ses phalanges, elle attaqua les lacets de ses braies. Elle sentait le membre puissant et dur se dresser sous ses paumes et redoutait de tirer sur le dernier lien, libérant ainsi le monstre…

John leva les bras, comme s'il se constituait son prisonnier.

— Faites de moi ce que vous voulez !

Le ton léger de l'injonction contrastait avec le désir qui altérait ses traits.

— Mais soyez hardie, Cate. De l'audace !

Incapable de parler, elle avala sa salive.

Et si je me mets de nouveau à hurler, à donner des coups de pied et à griffer ? Et si la peur reprend le dessus ? Si elle ne veut plus jamais me quitter ?

Doucement, elle tira sur le lacet.

Les braies glissèrent, mais de quelques centimètres seulement, arrêtées par son sexe. Elle fut forcée de le libérer, et s'étonna de le trouver si brûlant sous ses doigts.

— Oh…

Elle leva les yeux vers le visage de John. Il ouvrit la bouche, mais aucun son n'en sortit. Ce fut d'un mouvement de la main qu'il lui permit de continuer, car il semblait incapable d'articuler un mot.

Espérant le soumettre, elle arrondit les doigts autour de lui. Au lieu de cela, le membre grossit encore. La dernière fois, il l'avait embrassée dans son intimité. Peut-être aimerait-il la même chose, songea-t-elle. Mais aurait-elle le courage ? Elle s'agenouilla, constatant que cette position mettait sa bouche exactement au niveau qu'il fallait pour le goûter.

Observant ses réactions avec curiosité, elle caressa doucement la chose. A présent, elle se sentait plus tentée qu'effrayée.

— Cate, chérie…, gémit John.

Les mots s'étranglèrent dans sa gorge. Son sourire de gamin s'était évanoui.

— Je veux que vous fassiez tout ce que vous voulez. Mais un moment viendra où je ne pourrai plus… Où je serai obligé de…

Comprenant soudain ce qu'il voulait dire, elle se releva, tremblante. Non, elle n'était pas assez hardie pour cela. Pas encore.

Elle serra les poings, rassemblant son courage, puis lui montra le lit.

— Etendez-vous !

— Puis-je enlever d'abord mes bottes ?

L'enjouement était de retour dans sa voix.

Elle regarda les braies entortillées autour de ses bottes.

— Asseyez-vous. C'est moi qui vais le faire.

Elle se sentit plus reine que servante lorsqu'elle s'agenouilla devant lui pour le débarrasser de ses derniers vêtements.

Quand il fut nu, il s'étendit sur le lit et elle resta debout, le dominant de toute sa taille. Lentement, son regard se promena sur lui, de ses jambes robustes à ses hanches, puis remonta vers sa poitrine, jusqu'à ce qu'elle se sente prête à rencontrer ses yeux.

Il doit s'impatienter, songea-t-elle. *Etre irrité d'attendre…*

Au lieu de cela, le cher regard bleu ne recélait qu'adoration.

Elle retint son souffle. Il avait fait passer ses besoins à elle avant les siens et, pourtant, il la regardait comme si elle était en train de lui offrir un trésor.

Combien d'hommes en feraient autant ?

Pour la première fois de sa vie, elle avait devant elle un homme doté d'un réel pouvoir. Celui de se contrôler…

— Dites-moi, fit-il d'une voix qui avait retrouvé son calme. Dites-moi ce que vous voulez.

En fait, elle ne savait plus ! Elle avait cru que l'amour serait une bataille, un corps envahissant et conquérant l'autre. Aussi avait-elle projeté de le manœuvrer de façon à ce qu'elle ne se sente ni menacée ni forcée à se soumettre.

Or, c'était dans son propre corps qu'avait lieu la bataille.

John attendait ses ordres. Elle pouvait le punir pour le mal que lui avait fait Storwick ; elle pouvait le punir d'être un homme.

Mais ce n'était plus du tout ce qu'elle voulait. La Cate assoiffée de vengeance qui avait tenu tous les hommes à distance et lutté pour son intégrité n'était plus que le fantôme de quelqu'un mort depuis longtemps. Sous cette Cate s'en cachait une autre, qui aspirait à quelque chose de bien différent.

S'unir à John.

A l'intérieur d'elle, une carapace s'était enfin rompue, telle la glace d'un ruisseau au printemps, révélant dessous l'onde qui coulait librement vers la mer.

C'était ainsi qu'elle voulait aller vers lui — deux cours d'eau qui se rencontrent et se mêlent en un grand fleuve de vie.

Est-ce qu'un homme et une femme pouvaient faire cela ?

Dites-moi ce que vous voulez…

— Je voudrais…

Elle hésita. Si elle se couchait sur le lit, l'un des deux se mettrait sur l'autre, dans une position de conquérant. Pour s'unir à lui de la façon qu'elle voulait, il fallait qu'elle dépose son armure, renonce à toute bravade, à toute sa fausse hardiesse.

Qu'elle s'abandonne…

— Dites-moi ! insista-t-il.

Comment exprimer cela avec des mots ?

— Je veux être… avec vous. Mais il faut que ce soit différent.

— Il en sera ainsi… parce que je suis différent !

— Moi aussi, chuchota-t-elle, bien qu'elle eût encore du mal à y croire.

John avait voulu lui faire confiance, se mettre à sa merci sans poser de questions. Serait-elle assez forte pour en faire autant ? Pouvait-elle croire en lui à ce point ?

— Ce ne sera pas comme vous le craignez, je vous le promets.

Elle sourit.

— Vous m'avez fait tellement de promesses que j'en ai perdu le compte, Johnnie.

— Pas moi !

— Alors vous le jurez sur la tombe de votre ancêtre ?

— Sur quelque chose de bien plus certain, parce que cette promesse est la plus importante de toutes. Je le jure sur les sentiments que j'éprouve pour vous.

Cate se mordit la lèvre, mais ne put retenir la larme qui roula soudain sur sa joue.

John lui tendit la main.

— Venez vers moi !

Elle comprit le sens de ces mots ; il la voulait nue, elle aussi. Alors elle souleva sa tunique. Il la laissa faire toute seule, ne l'aidant que lorsqu'elle eut du mal à la faire passer par-dessus sa tête. La voyant se débattre, aveuglée par l'étoffe, il la dégagea avec douceur, comme s'il savait que quelque chose avait changé en elle.

Hésitante, Cate baissa les yeux. Malgré le désir qui la taraudait, ôter ses vêtements d'homme signifiait bien plus qu'un simple déshabillage. Ce n'était pas comme une robe qu'un homme pouvait aisément soulever. Des braies, cela protégeait plus efficacement ce qui était dessous !

John se leva et l'attira vers lui, si près qu'elle sentit contre elle la raideur de son membre. Impatient, suppliant…

— Un homme aussi est vulnérable, murmura-t-il en la plaquant contre ses hanches.

Puis, reculant légèrement pour qu'elle puisse le regarder dans les yeux, il ajouta :

— Quand je vous désire, vous pouvez vous en rendre compte. Mais j'ignore ce que vous désirez, vous… Alors, si vous ne me dites rien ou ne me montrez pas ce que vous voulez, je ne saurai pas si vous êtes prête, ni ce que vous attendez exactement de moi.

Ah, voilà ! Le sourire de Johnnie reparaissait…

— Mais vous savez maintenant dans quel état vous allez me laisser !

Elle éclata de rire, un son qui lui semblait encore un peu étranger… Johnnie lui avait appris cela, que le rire pouvait faire partie de l'amour. La gaieté irradiait en elle, chassant les derniers vestiges de l'angoisse.

— Alors nous allons faire ce qu'il faut pour que vous ne restiez pas dans cet état, Johnnie Brunson !

Elle se débarrassa de ses braies, qu'elle écarta d'un coup de pied. John la souleva dans ses bras et la porta sur le lit, mais elle se raidit de nouveau en le voyant penché sur elle.

Il secoua la tête, comme s'il avait deviné ses peurs. Dans son regard, la tendresse se mêlait au désir.

— Ce ne sera pas ainsi cette fois, la rassura-t-il. On peut prendre une femme de force, certes…

La flamme de la colère se ranima un instant dans ses yeux, tandis qu'il ajoutait, chassant d'un geste les souvenirs douloureux :

— Mais on ne peut pas la forcer à aimer.

L'amour. Quelque chose dont elle n'avait même pas osé rêver.

Elle hocha la tête pour manifester son acquiescement. Il la fit rouler sur le flanc et s'allongea près d'elle, en lui soutenant la tête d'une main.

— A vous, maintenant…

Couchée sur le côté, Cate riva son regard au sien, chacun d'eux s'ouvrant ainsi à l'autre.

Bientôt, regarder ne lui suffit plus. Elle ouvrit les bras pour l'accueillir et il fit de même.

Puis elle ferma les yeux, laissant les lèvres de John trouver les siennes et les sensations déferler en elle. Plus de frayeur, non. Il n'allait pas la dévorer. Ils allaient se repaître l'un de l'autre, son désir à elle aussi fort que le sien.

Et ses démons enfin vaincus.

John l'embrassa en la serrant dans ses bras, aussi attentif aux sentiments de Cate qu'à ses propres besoins.

Tout était différent chez elle, et la façon dont il l'aimait était elle aussi différente. C'était la femme la plus farouche et la plus vulnérable qu'il ait jamais connue. Pendant toutes ces semaines, cette évidence seule avait bridé la violence de son désir.

Abandonnant sa bouche, il embrassa ses joues, puis ses tempes et son front, avide de poser ses lèvres partout sur elle. Puis il s'écarta, le souffle court.

— Je sais…

Il déglutit, à court de mots.

— Je sais que vous ne voulez pas être… possédée.

Il scruta son visage, craignant d'y lire de nouveau de la peur, mais ne vit rien de tel. Elle ôta la main qu'elle avait placée dans son dos et lui caressa la joue.

— Oui, mais…

Mais lui, il voulait la posséder ! La faire sienne et ne plus jamais la laisser s'éloigner. Oui, il voulait cela plus que tout ce qu'il avait jamais voulu dans sa vie…

Elle esquissa un sourire.

— Mais ce ne sera pas la même chose avec vous, murmura-t-elle. Je le sais, à présent. Faire cela signifiera que je suis enfin… libérée !

Libérée. Plus de fantômes, de restrictions ni de promesses.

John ne voulait plus de cela entre eux. A la place, il voulait la marquer pour qu'elle ne soit jamais « libérée » de lui. Mais ça, ce serait pour plus tard, bien plus tard. Ce soir, son avenir à lui devait être banni aussi complètement que le passé de Cate. Il ne restait que l'instant présent.

Les mots luttaient pour franchir ses lèvres.

— Cette nuit, dit-il enfin, il n'y aura plus que John et Cate. Rien derrière nous, rien devant.

— Pas d'hier et pas de demain, renchérit-elle.

Il ne répondit pas, laissant son corps s'exprimer à sa place. De nouveau, leurs lèvres se joignirent. Leurs langues se rencontrèrent, leurs mains s'avancèrent, et ils ne surent plus qui touchait qui. John sentait son sexe frémir, chaud et dur, déjà prêt pour elle. Mais l'avait-il assez préparée ?

Il glissa la main entre ses jambes et la trouva tout humide sous ses doigts.

— Oui, fit-elle dans un souffle.

— Vous êtes sûre ?

Il ne savait pas comment il parvenait encore à parler. Cependant, il devait être sûr. Cette fois, il fallait que ce soit différent ; il l'avait promis.

Comme elle hochait la tête, il sut soudain ce qu'il devait faire.

Sans la lâcher, il se laissa rouler sur le dos, entraînant Cate qui se retrouva au-dessus de lui, serrée contre sa poitrine. Elle releva la tête et l'interrogea du regard, perplexe.

— Voilà, mon amour. C'est vous qui dirigez tout ! Vous pouvez me prendre, si vous le souhaitez.

Il adressa au ciel une prière pour qu'elle le fasse, et aussi promptement que possible !

Cate se redressa, le regard toujours plongé dans le sien ; elle commençait à comprendre ce qu'il suggérait.

— Mais est-ce… est-ce possible de cette façon ?

John eut un petit rire.

— Oh oui ! Sans problème !

— Et est-ce que ce sera aussi bon que lorsque vous…

— Je ferai mon possible pour qu'il en soit ainsi.

Alors elle écarta les jambes et il la guida vers lui, ravi de l'adorable mélange de joie et de confusion qu'il lisait sur son visage.

— Je me sens… remplie.

Dès qu'il fut en elle, elle resserra les muscles autour de lui en réponse. Les doigts sur ce point d'elle où se concentraient tant de sensations, il l'emmena avec lui et elle commença à onduler voluptueusement au-dessus de son corps. John garda les yeux ouverts pour contempler son visage empourpré où ne se lisait plus rien d'autre que l'expression de ce plaisir qu'il lui avait promis.

Penchée vers lui, elle chercha ses lèvres tandis qu'il l'étreignait, bougeant à présent à son propre rythme. Et elle le rejoignit aussitôt, dans un tourbillon de sensations où leurs corps semblèrent se fondre l'un en l'autre pour ne former plus qu'un.

Puis il accéléra le tempo et se répandit en elle, tandis qu'elle tressaillait dans les spasmes de sa propre jouissance. Une vague de plaisir déferla en lui, plus puissante que tout ce qu'il avait jamais connu en faisant l'amour.

Il se sentait chez lui, enfin. A la maison.

Puis la vague reflua lentement.

Les bras resserrés autour de Cate, il écouta le son de sa respiration de plus en plus lente et régulière, tandis qu'elle glissait peu à peu dans le sommeil.

Oui, songea-t-il avec satisfaction, le fantôme qu'elle portait en elle avait enfin disparu.

Tout en contemplant les braises qui rougeoyaient dans l'âtre, il se reprit à penser à l'avenir, conscient que rien de ce qu'il avait pu faire ou entendre depuis son retour ne l'avait lié aussi fortement à ce pays que l'acte qu'il venait d'accomplir.

Et la femme qu'il tenait dans ses bras.

Chapitre 21

La pleine lune projetait ses ombres sur le sol. Allongée à côté de Johnnie, Cate attendait en silence.

Le moment était venu pour elle de devenir vraiment Cate la Hardie. Elle s'était appuyée trop longtemps sur la famille — sur Rob, John, Bessie et les autres, les obligeant à endosser sa vengeance. C'était envers elle et elle seule que Willie le Balafré avait une dette. Une dette pour laquelle il devait mourir.

Bien sûr, Johnnie avait raison de vouloir y aller seul pour protéger sa famille, mais il avait tort de penser que cette tâche lui incombait. Elle ne savait presque rien du roi, pas assez en tout cas pour savoir s'il fallait le craindre ou non. Les Storwick, quant à eux, qu'ils aient désavoué Willie ou non, ne laisseraient jamais un Brunson tuer impunément l'un des leurs. Ils se vengeraient, et Rob le Noir répliquerait à son tour.

Ensuite, le massacre n'aurait plus de fin.

Mais si elle tuait le Balafré toute seule, ils la prendraient simplement pour une folle. Elle se livrerait à la justice, et advienne que pourra ; elle était assez courageuse pour affronter cela.

Bien entendu, elle prétendrait qu'elle avait fait cela pour sauver Johnnie, même si la vérité était bien différente. En fait, elle devait tuer Willie elle-même, si elle voulait redevenir entière. Alors seulement elle serait délivrée.

Et ce serait enfin terminé.

Au début, elle avait cru que faire l'amour avec John la guérirait et qu'elle pourrait ensuite trouver quelqu'un d'autre. Maintenant, elle n'arrivait pas à s'imaginer s'abandonnant à un autre homme et lui confiant ses secrets.

Le problème était que John méritait mieux qu'elle. Il méritait une femme complète, guérie. Même cette nuit, alors qu'elle voulait se donner tout entière à lui, il s'était montré prudent, inquiet de ses réactions. Elle n'était pas parvenue à se perdre complètement en lui.

Un doute, pourtant, subsistait en elle, mais elle l'écarta aussitôt. Il fallait qu'il en soit ainsi. Si elle voulait avoir le moindre espoir d'une vie avec Johnnie, elle devait vaincre tous ses démons, et il n'existait qu'un moyen pour cela.

Tuer Willie le Balafré.

Bien sûr, il y avait encore une autre possibilité. Willie pouvait la tuer, elle. Et cette pensée la tourmentait bien plus qu'avant.

Elle se glissa hors du lit et enfila ses vêtements. Johnnie remua et ouvrit les yeux.

— Un petit besoin, chuchota-t-elle.

Il hocha la tête en refermant les paupières, vaincu par le sommeil.

Belde fut plus difficile à convaincre. Il se leva, prêt à la suivre.

Elle hésita en se mordillant la lèvre. Elle n'avait aucune raison de l'emmener, pas d'odeur à lui faire sentir. Le plus grand cadeau que lui avait fait Belde était le courage. Belde, lui, n'avait jamais peur de rien.

Eh bien, il était temps qu'elle fasse appel à son propre courage. Pour protéger John. Pour les protéger tous.

Elle passa les bras autour du cou du chien.

— Reste là. Je serai bientôt de retour.

Il lui renifla le visage, comme pour la rassurer.

En refermant la porte, elle se demanda si Belde avait senti l'odeur de ses larmes.

Ce fut le chien qui le réveilla.

John se dressa sur son séant. Les aboiements de Belde résonnaient entre les murs de la chambre, et Cate avait disparu.

Un martèlement de sabots résonnait dans le lointain. Il comprit à l'instant même où il émergea du sommeil. Il comprit non seulement qu'elle était partie, mais ce qu'elle s'apprêtait à faire, et il se maudit pour ne pas avoir deviné plus tôt.

Belde allait et venait de la porte au lit en gémissant, comme s'il le suppliait de se dépêcher.

— Je viens, mon garçon !

Rejetant les couvertures, il tendit la main vers le gilet qu'elle avait confectionné pour lui.

Elle avait dû faire sortir le poney en catimini. Qui était l'imbécile de sentinelle qui l'avait laissée franchir le portail ?

D'autres hommes avaient dû être réveillés par le bruit, mais il n'avait pas le temps de les rassembler. La veille, il avait projeté de partir seul. Finalement, il allait emmener l'autre créature qui partageait son amour pour Cate.

Rapidement, il mit son harnais à Belde puis il saisit un coin du drap et le lui fit sentir, ainsi qu'il avait vu Cate le faire.

— Retrouve-la ! Retrouve Cate !

Belde s'élança, les oreilles en arrière, l'entraînant vers l'escalier.

Chapitre 22

Tandis que le poney avançait lentement sur la montagne saupoudrée de neige, Cate regretta de ne pas avoir emmené Belde. Elle était seule dans ce paysage baigné par le clair de lune.

Et elle haïssait cette odeur de bruyère…

Non ! Ça, c'était son imagination. Le froid était venu. Cette senteur n'était rien d'autre que le sillage d'un rêve, un rêve dans lequel elle se retrouvait plongée de nouveau. Elle revenait dans ces montagnes où tout avait commencé, chevauchant pour affronter l'homme une nouvelle fois.

Le cauchemar redevenait réel.

En passant devant l'endroit où se dressait naguère la hutte de son père, elle frissonna violemment, mais ce n'était pas de froid. Le sol recouvert de neige avait effacé toutes les traces et il ne restait aucun vestige visible de la cabane. L'image qu'elle en avait gardée était cependant aussi tangible, aussi solide que la roche sous les sabots de son poney.

Dieu savait pourquoi, elle avait pensé qu'il serait précisément ici, à l'attendre. Elle avait été si sûre de le trouver là ! Or, il n'y avait que le vent. Et ses souvenirs.

Elle continua son escalade. Peut-être se cachait-il dans les alentours. Quelque part, tout près.

Le cercle de pierres levées apparut devant elle, étranges silhouettes dans le clair de lune. Jusqu'à tout récemment, elle avait redouté ce lieu. A présent, un doux souvenir s'y rattachait. Johnnie et elle s'étaient assis là ensemble, le regard perdu sur les montagnes à l'autre bout de la vallée, et elle avait senti pour la première fois…

Elle sursauta. Une forme sombre se mouvait parmi les pierres. Son père assurait que ces lieux étaient hantés. Etait-ce le fantôme de l'un de ses ancêtres qui se promenait ainsi sur Hogback Hill ?

Ou pire ?

Elle mit pied à terre aussi silencieusement que possible, laissant le poney où il était, et tendit la main d'un geste machinal, espérant rencontrer sous ses doigts la fourrure douce et chaude de Belde. S'il avait été là, il aurait été en train de gronder, l'échine hérissée, prêt à la protéger, mais elle était seule.

Tirant son épée, elle s'avança sur le tapis de neige. La silhouette avait disparu.

Elle adressa une prière silencieuse à ses ancêtres. Ils devaient être occupés ailleurs, car ce qu'elle aperçut la seconde d'après, ce fut une lance pointée sur elle.

— Un pas de plus, mon gars, et cette lame te transpercera le ventre !

Ce n'était pas un esprit qui hantait ces pierres. C'était Willie le Balafré.

Ne voulant pas qu'il s'aperçoive qu'elle n'était pas un homme, ainsi qu'il semblait le croire, elle s'immobilisa sans mot dire.

Sa lance toujours pointée, il tourna autour d'elle, méfiant.

— Quel est ton nom, mon garçon ? Et comment m'as-tu trouvé ?

Elle essaya de le suivre des yeux, mais il passa promptement derrière elle.

— Et vous, qui êtes-vous ? demanda-t-elle d'une voix aussi grave qu'elle le put. Et que faites-vous sur les terres des Brunson ?

Dieu merci, il ne l'avait pas désarmée !

Il s'arrêta dans son dos, invisible menace.

— C'est donc vous ! fit-il soudain. Et toute seule, à ce qu'il semble…

Toute bravade avait déserté Cate. L'estomac noué, les joues tantôt brûlantes, tantôt glacées, elle ne put que rester là, aussi paralysée que la première fois, à attendre qu'il l'empoigne de nouveau.

— Je vous ai manqué, depuis la Journée de la Trêve, hein ? Votre damné chien m'a infligé une nouvelle cicatrice. Eh bien, vous allez payer pour ça !

— Non, murmura-t-elle, la gorge serrée.

Il faut que tu le fasses ! Sinon, la prochaine fois que Johnnie te tiendra dans ses bras, tu verras cet homme à la place…

— Non ! répéta-t-elle d'une voix plus assurée, afin que ses ancêtres sachent qu'elle n'était pas une lâche.

Elle fit un bond en avant, puis se retourna pour lui faire face en brandissant son épée, solide et puissante dans sa main.

— Je suis revenue pour m'assurer que vous ne ferez plus jamais de mal à une femme !

Il fit un pas de côté, l'obligeant à faire de même.

— Vous voulez vous battre avec moi ?

Il éclata de rire.

— Parfait ! C'est encore plus excitant que la première fois.

Elle crispa la main autour de la poignée de son épée, au point d'en avoir les phalanges engourdies.

La première fois. Quand elle avait été incapable de résister, de se débattre.

Il taquina sa lame de la pointe de sa lance, dont le long manche lui permettrait de la désarmer aisément, tout en la maintenant à distance.

Furieuse, elle saisit la poignée à deux mains et balança sa lame, laissant son flanc à découvert. Willie la bloqua facilement avec sa lance, lui faisant perdre l'équilibre du même coup. Elle trébucha en arrière, heurtant du dos l'une des pierres.

Il attendit, l'air railleur, pendant qu'elle se redressait.

La peur et la colère se mêlaient en elle tandis qu'elle levait de nouveau son épée.

Pendant ce temps, le Balafré riait à gorge déployée.

Profitant de son inattention, elle bondit avant qu'il n'ait eu le temps d'esquisser un geste de parade et lui fit sauter sa pique des mains. Puis elle pointa sa lame sur sa poitrine.

Maintenant ! Transperce-lui le cœur !

Soudain, elle prit conscience de leur proximité. Il était tout près d'elle. Aussi près que la nuit fatale, juste avant qu'il ne…

D'un mouvement vif, il plongea sous la lame et se rua sur elle.

Elle voulut lui échapper, mais ses bras et ses jambes, aussi lourds que du plomb, refusaient de se mouvoir. Elle recula, se cogna contre une pierre et s'affala dans la neige.

L'instant d'après, il était couché sur elle.

Cette fois, elle donna des coups de pied, hurla, griffa et martela l'homme de ses poings, avec toute la rage accumulée depuis deux ans. Mais elle avait beau faire, il était plus grand qu'elle, plus fort et plus lourd, aussi. Il lui maintenait les bras, protégeant ainsi son visage, tandis qu'elle essayait vainement de lui donner un coup de genou dans le bas-ventre, et ses ruades désespérées n'étaient pas suffisantes pour le désarçonner.

Le cauchemar était devenu réalité.

Monté sur Norse, John galopait près de Belde, qui avait pris la direction de Hogback Hill.

Je ne suis pas revenue sur cette montagne depuis que…

Quel imbécile il avait été alors de ne pas comprendre ! Ce qu'elle redoutait, là-haut, c'était bien plus que des esprits.

Sachant que le chien soutiendrait aisément le rythme, il éperonna son cheval. Il commençait à gravir le versant de la montagne lorsqu'il les vit — deux silhouettes sombres en train de lutter parmi les pierres.

Elle balança son épée.

Il para le coup.

Elle trébucha.

Tomba et hurla tandis que Storwick se ruait sur elle.

John sauta à bas de son cheval et tira son épée. Cette fois, pas question d'attendre, ni de prétendre livrer l'homme à la justice. La justice, c'était lui qui allait la rendre. De manière rapide, sûre. Définitive.

Le temps qu'il mette pied à terre, Belde, tous crocs dehors, avait déjà sauté sur l'agresseur, lui déchirant la joue.

Storwick hurla puis se leva en vacillant et voulut s'enfuir. Mais Belde bondit sur lui. Dressé sur ses pattes arrière, aussi grand que son adversaire, le chien le renversa et le cloua au sol.

John se précipita, l'épée au clair, prêt à plonger sa lame dans la poitrine du Balafré. Une fureur irrépressible l'habitait, la même qui avait maintenu Cate en vie pendant ces deux années. Cet individu lui avait fait du mal, il l'avait blessée si profondément qu'elle ne s'en remettrait peut-être jamais.

Et, pour cela, il devait payer.

Il leva son épée.

L'homme que Belde tenait en respect se recroquevilla et ferma les yeux, tremblant de tous ses membres.

John s'immobilisa, le bras en l'air.

Non. Pas comme ça. Cela, ce serait un meurtre…

La rage bouillonnante qui l'agitait se calma suffisamment pour qu'il puisse baisser les yeux sur l'infâme lâche à ses pieds. Cet individu ne méritait pas une meilleure mort pour ce qu'il avait fait.

Mais tuer un adversaire sans défense, ce n'était pas dans les habitudes des Brunson.

Il donna un coup de pied dans les côtes du Balafré.

— Relève-toi !

L'homme rouvrit les yeux. Belde gronda, et ne lâcha pas sa proie.

John baissa les yeux vers Storwick, et fut de nouveau tenté de le transpercer de sa lame.

— Relève-toi, espèce de couard !

Tout en écartant Belde, il le saisit par le col pour le remettre debout.

— Tire ton épée et affronte-moi ! Je te donne une dernière chance. Mais sache qu'un seul d'entre nous redescendra de cette montagne vivant !

Il ricana devant le visage apeuré de Storwick.

— Et ce ne sera pas toi, je te le promets !

Cate se recroquevilla derrière la pierre gravée près de laquelle elle était tombée lorsque John leva son épée, prêt à l'abattre sur l'homme couché à ses pieds. Les yeux fermés, elle attendit le cri d'agonie du Balafré.

Comme rien ne venait, elle rouvrit les paupières et vit l'homme debout, sa rapière à la main.

Non ! voulut-elle hurler.

Le cri s'étrangla dans sa gorge.

Bouge ! Fais quelque chose !

Mais elle était littéralement figée sur place, et la petite voix dans sa tête lui semblait aussi lointaine que la scène qui se déroulait sous ses yeux.

Ecarté de sa proie, Belde allait et venait derrière les deux hommes qui tournaient l'un autour de l'autre, épées et dagues en main. Craignant qu'il ne s'approche trop de John et ne le fasse trébucher, elle le rappela.

Belde obéit à contrecœur, et elle referma les bras autour de son cou, tandis que les deux combattants s'affrontaient. Un instant, elle songea à se lever, à obliger ses jambes à marcher et à tirer sa dague pour l'enfoncer dans la gorge du

Balafré, sauvant John du danger dans lequel le mettait son damné sens de l'honneur. Avait-on idée de proposer ce duel !

Cependant, en regardant les deux silhouettes sombres se mouvoir contre le ciel qui pâlissait à l'approche de l'aube, elle hésita. Quelques minutes plus tôt, elle avait essayé de combattre Storwick, mais il avait été plus fort qu'elle. Si elle interférait maintenant, aiderait-elle John ou le mettrait-elle plus encore en danger ?

Pour avoir déjà croisé le fer avec lui, elle le savait habile escrimeur. Le Balafré, lui, préférait utiliser une lance du haut de son cheval ou envoyer des traits avec une arbalète, abattant ainsi son adversaire tout en restant lui-même hors d'atteinte. Elle ne l'avait jamais vu affronter un homme face à face avec une épée.

Malhabile, il maniait sa rapière comme un gourdin, avec des gestes brutaux et puissants, abattant la lame sans chercher à savoir où il frappait. Toutefois, s'il atteignait sa cible, le coup serait fatal.

En face de lui, John se battait avec prestesse et légèreté, changeant de position et d'angle d'attaque avec tant de promptitude que Storwick n'avait pas le temps de parer. Une fureur contrôlée commandait la danse mortelle de sa lame.

A côté de Cate, Belde gronda, tirant sur sa laisse.

Storwick abattit son arme, obligeant John à reculer. Cate vit la pierre derrière lui et se leva pour lui crier de prendre garde, mais trop tard. Il trébucha et tomba sur le dos.

Storwick se précipita sur lui pour l'achever.

Chapitre 23

L'épée de John avait volé sur le sol. La respiration coupée par sa chute, il leva les yeux et vit l'épée de Storwick pointée sur sa poitrine.

— C'est moi qui redescendrai de la montagne, fit l'homme avec un sourire sardonique. Avec la fille !

Au diable l'honneur ! John leva son pied botté, visa carrément entre les jambes de son adversaire et frappa. Storwick vacilla en arrière en hurlant, lui laissant le temps de rouler hors d'atteinte, puis de bondir sur ses pieds.

Mais sa seule arme désormais, c'était sa dague. Plié en deux, Storwick n'en avait pas pour autant lâché sa longue épée. John fit quelques pas de côté, espérant récupérer la sienne avant que le Balafré ne remonte à la charge.

C'est alors qu'il vit une forme jaillir comme un bolide de derrière un mégalithe.

Belde avait réussi à échapper à Cate et s'était élancé. Pris par surprise, Storwick laissa tomber son épée et se mit à courir en trébuchant vers la crête de la montagne. Les yeux écarquillés de terreur, il jeta un regard par-dessus son épaule en direction du chien qui gagnait de la distance à chaque seconde.

C'est ainsi qu'il ne vit pas le précipice devant lui.

L'écho de son cri fut brusquement interrompu par le bruit sourd d'une chute, très loin en contrebas.

Les idées encore confuses, John secoua la tête. Belde allait et venait au bord du ravin, comme prêt à sauter dans le vide pour s'assurer que Willie Storwick le Balafré ne serait plus jamais une menace.

John s'approcha de l'abîme et s'obligea à regarder en bas.

Terminé.

Tout était terminé.

Il avait tenu parole, et vengé Cate.

Il se retourna, s'attendant à la trouver derrière lui, souriante, prête à lui tendre les bras et à lui offrir ses lèvres, mais il ne vit rien d'autre que les pierres sculptées et n'entendit que le sifflement lugubre du vent.

Cate entendit le hurlement, puis le silence qui suivit et comprit que c'était fini.

Alors elle attendit que le soulagement déferle en elle.

La joie.

La paix.

Rien de tout cela ne vint.

La mort de Storwick ne redonna pas de force à ses membres et ne descella pas ses lèvres. Dans la lueur grise de l'aube, elle ne put que rester là à regarder fixement les signes gravés sur les pierres, comme si leur mystérieuse signification devait soudain lui être révélée.

Lorsque John revint près d'elle et la fit doucement se lever, elle ne résista pas.

— C'est fini. Il est mort.

Elle évita son regard et, quand il la prit dans ses bras et la serra farouchement, elle ne lui rendit pas son étreinte.

C'était comme si son esprit avait quitté son corps, ne laissant qu'une écorce vide, l'apparence d'une femme.

Willie Storwick le Balafré gisait au fond du ravin. Mort. Elle était vengée. Pourtant, c'était exactement comme l'avait craint Johnnie.

Ce n'était pas suffisant, mais pas pour la raison qu'il croyait.

— Je l'ai combattu, cette fois, murmura-t-elle.

Il la berça tout contre lui.

— Je sais. Tout va bien, maintenant.

Oh non ! Mais elle était incapable de lui expliquer pourquoi.

Elle secoua la tête, le visage enfoui contre sa poitrine.

— Ça n'a servi à rien. Absolument à rien.

Et c'était pour cela qu'elle n'était pas digne de cet homme.

— Si vous n'étiez pas arrivé, il m'aurait violentée de nouveau.

John la serrait éperdument contre lui, bouleversé non par le contrecoup de la bataille, mais par le désespoir de la femme qu'il tenait dans ses bras.

— Mais je suis venu !

La traque était achevée, les promesses tenues. La vengeance accomplie. Elle aurait dû être soulagée, heureuse, éperdue de gratitude.

Or, elle n'éprouvait rien de tout cela. L'expression de son visage était étrangement vide, comme si sa vie n'avait plus de but. Il s'était attendu à… A quoi ? Eh bien, à de la joie, du bonheur, de l'exultation pour célébrer cette victoire. Certainement pas à cette sorte d'inertie intérieure, comme si la mort de Willie Storwick avait tué aussi quelque chose en elle.

— Et c'est le chien qui a dû vous sauver, dit-elle d'un ton plein de dérision en jetant un coup d'œil vers Belde.

— Il a fallu qu'un chien pousse Willie le Balafré dans le précipice, pendant que Cate la Hardie tremblait de peur derrière une pierre gravée !

Que disait-elle là ? Ça n'avait pas de sens ! Il lui passa un bras autour des épaules et la ramena vers les chevaux.

— Venez. Rentrons à la maison.

Elle se laissa conduire sans un mot.

Suivis par Belde, ils regagnèrent le château, tandis que le soleil levant éclairait les montagnes du côté de l'est.

Impuissant à lui arracher un sourire, John l'embrassa sur le front et la confia à Bessie, pour qu'elle la mette au lit.

Cate était épuisée. Elle avait besoin de dormir. Il devait lui laisser le temps. Il n'était que trop naturel qu'elle soit sous le choc. Lorsqu'elle se réveillerait, elle serait *sa* Cate de nouveau.

Mais tout en formulant cette pensée, il savait qu'il se mentait à lui-même.

— Est-elle encore au lit ?

Cate avait dormi toute la journée, tandis que tout le clan célébrait John comme un héros. On avait trinqué avec force chopes, chanté des ballades, et un nouveau vers avait même été composé pour la circonstance :

Johnnie Blunkit le Courageux, le Brunson aux yeux bleus,
A affronté son ennemi sur Hogback Hill…

Et lorsqu'il avait raconté aux hommes que tout le mérite en revenait au chien, ils s'étaient esclaffés en chœur et avaient ajouté un vers en l'honneur de Belde.

Il n'en fallait pas plus pour que John ait l'impression de se sentir enfin chez lui, et de vouloir y rester.

Jusqu'au moment où il avait jeté un coup d'œil vers Rob, qui se tenait, silencieux, auprès de l'âtre.

Il était le seul à ne pas lui avoir adressé de félicitations.

Pendant toute la journée, il n'avait rien su de Cate. Aussi quitta-t-il la joyeuse assemblée en voyant Bessie apparaître dans l'encadrement de la porte.

— Elle n'a pas bougé depuis que je l'ai couchée, dit sa sœur à voix basse. Et son chien est resté couché près d'elle !

— Ne devrions-nous pas la réveiller ?

Bessie soupira.

— Je ne sais pas. Je l'ai déjà vue ainsi une fois, à son arrivée ici. Juste après le…

Elle se mordit la lèvre.

Juste après le viol, avait-elle failli dire.

John la dévisagea, surpris. Il pensait être le seul à qui Cate s'était confiée.

— Elle t'avait donc raconté ?

Bessie l'examina en silence, se demandant visiblement ce qu'il savait et s'il méritait d'apprendre le reste.

— Elle ne l'a dit à personne, répondit-elle enfin, admettant implicitement que John et elle partageaient un secret.

Ainsi, il était bien le seul confident de Cate !

— Alors comment es-tu au courant ?

Un haussement d'épaules accueillit sa question. Elles étaient des femmes, elles partageaient la même chambre. Et les femmes avaient le don mystérieux de savoir bien des choses qu'elles ne disaient pas…

— Comment est-elle… revenue à elle la première fois ?

— Je ne l'ai jamais su. Mais je me rappelle le jour où elle s'est levée. Elle est apparue sur le seuil de la cuisine, vêtue d'habits d'homme pour la première fois, le regard fixé non pas sur moi, mais sur quelque chose qu'elle était seule à voir. Elle m'a dit alors : « La prochaine fois, je le tuerai moi-même. La prochaine fois, je n'aurai pas peur. »

— Mais il est mort ! Elle n'a plus rien à craindre. Alors pourquoi…

— Voilà que tu me poses de nouveau des questions qu'il faut lui poser à elle, Johnnie !

Il m'aurait violentée de nouveau.

Le fait qu'elle ait vaincu sa peur n'avait rien pu y changer. Etait-ce pour cela qu'elle semblait si anéantie ? Pour lui, il était plus facile d'affronter l'épée de Storwick que de voir Cate dans une telle détresse, et d'envisager l'éventualité que même la mort de Storwick ne parvienne pas à la délivrer.

Il soupira.

— Je vais la laisser se réveiller toute seule. Ensuite, je lui demanderai.

Il jeta un regard derrière lui, vers le groupe autour de la table. Les autres lui firent signe de venir les rejoindre, mais il secoua la tête. La journée avait été longue et il commençait à avoir besoin de sommeil.

Bessie lui agrippa la manche.

— Il y a une autre question que tu devrais poser, Johnnie. Une question à toi-même !

— Laquelle ?

— Tu devrais te demander jusqu'à quel point tu tiens à elle. Et si c'est suffisant…

Cate serra très fort les paupières. Non, elle ne voulait pas se réveiller, elle ne voulait pas revenir à la réalité ! Mais ses yeux finirent par s'ouvrir malgré elle, clignant dans la lumière du soleil couchant.

Elle était seule dans la chambre. Bessie s'était levée de longues heures plus tôt pour vaquer à ses tâches, la laissant affronter seule la vérité.

Storwick était mort, et pourtant elle n'arrivait pas à se réjouir.

Elle avait désespérément cherché en elle, en quête de ce soulagement qu'elle s'était depuis longtemps promis. Le jour tant attendu venu, avait-elle cru, le ciel s'ouvrirait et un arc-en-ciel brillerait devant son regard ébloui. Elle avait espéré ressentir une exultation sans pareille, ou au moins une divine impression de paix.

Elle avait espéré qu'elle serait enfin une femme digne de l'amour de Johnnie Brunson.

Au lieu de cela, elle n'éprouvait qu'un sentiment d'échec. Storwick était mort, certes, mais elle était toujours la même.

Belde sentit qu'elle était réveillée et bougea à ses pieds. Il ne l'avait pas quittée de la journée, une épreuve pour un chien habitué à se dépenser. Et maintenant, il la regardait de ses bons yeux qui ne la jugeaient pas, comme s'il se réjouissait de leur avoir sauvé la vie, à John et à elle, et se sentait prêt à recommencer.

Des larmes lui brouillèrent la vue. Ce n'était qu'un animal, et pourtant, il avait montré plus de courage qu'elle !

Pendant deux ans, elle n'avait vécu que pour redresser les choses dans sa vie. Cette fois, s'était-elle promis, elle lutterait. Cette fois, elle rendrait coup pour coup. Cette fois, elle lui ferait payer ce qu'il avait fait à son père.

Ce qu'il lui avait fait à elle.

Puis, quand le moment était venu, rien n'avait changé. Elle s'était battue, oui, en dépit de sa peur, mais sans succès. De plus, elle avait mis John en danger. Ce n'était pas son courage à elle qui l'avait sauvé, mais celui d'un animal !

Ses vêtements d'homme, son épée, tout cela avait été pour la montre. Un déguisement sur du néant.

Elle essaya d'imaginer ce que sa vie allait être, mais ne vit devant elle qu'un vide béant. Pendant deux ans, chacun de ses instants avait été dédié à la vengeance. La moindre petite joie avait représenté un barreau gravi sur l'échelle qui la tirait peu à peu de son désespoir et la maintenait en vie, assez longtemps pour qu'elle puisse terrasser ses démons.

Mais elle avait atteint le sommet de l'échelle, et les démons vivaient toujours !

Elle tendit la main pour caresser Belde. Il s'approcha

d'elle et lui renifla le visage, comme s'il pouvait y sentir la cause de sa tristesse.

Elle eut beau refermer les yeux, des larmes s'en échappèrent. Elle ne pouvait pas se retrouver devant Johnnie, en sachant qu'elle avait échoué. Au lit, elle avait peut-être vaincu les démons qui assaillaient son esprit, mais cela n'avait rien changé, en fin de compte. John avait failli mourir pour une femme qui n'en valait pas la peine.

Si elle restait couchée assez longtemps, il serait parti lorsqu'elle émergerait enfin. Il prendrait avec lui les hommes qu'il lui fallait et retournerait à la cour, auprès du roi. Ainsi, elle n'aurait plus jamais à affronter son regard bleu.

Elle enfouit son visage dans l'oreiller pour ne plus voir la lumière.

Jusqu'à quel point tu tiens à elle. Et si c'est suffisant…

Les mots de Bessie avaient atteint leur cible.

John vacilla et dut s'appuyer contre le mur. Derrière lui, il entendait résonner les paroles assourdies du nouveau couplet :

Johnnie Blunkit le Courageux, le Brunson aux yeux bleus
A affronté son ennemi sur Hogback Hill…

Oui. Il avait fait preuve de hardiesse, pourchassant Willie Storwick jusqu'à la mort en risquant le courroux du roi aussi bien que sa propre vie — se racontant à lui-même, et aux autres, qu'il ne faisait cela que pour pouvoir quitter enfin les Marches et retourner à la cour.

Mais ce n'était pas du courage, cela. Tous les hommes en faisaient autant, chaque jour.

Sa véritable peur, il ne l'avait pas affrontée.

Depuis son retour ici, tout ce qui faisait sa vie avait changé. Ce qu'il était, ce qu'il voulait. Il était un Brunson, et il voulait vivre avec Cate. Ici. A la maison. Il ne voulait plus rien de ce qu'il avait cru désirer lorsqu'il avait vu se découper devant lui la silhouette de Brunson Tower, pour la première fois après tant d'années.

Etait-il assez courageux pour regarder cela en face ?

En quête de calme, il quitta la grande salle pour s'installer dans l'escalier, à l'endroit même où Cate et lui s'étaient entretenus, seuls dans le noir.

Il avait repoussé à plus tard toutes les pensées concernant son avenir. D'abord, retrouver Storwick. Ensuite, exécuter les ordres du roi.

Mais là, entre les épais murs de la tour, tandis que les voix de ses compagnons résonnaient au loin, il s'aperçut que, en réalité, cela faisait déjà des semaines qu'il avait pris sa décision sans en être conscient.

D'une façon ou d'une autre, le roi allait devoir se passer des Brunson.

En jurant de pourchasser l'ennemi de Cate, il avait de nouveau lié son sort à ses montagnes natales. Il avait dû savoir, dès cet instant, qu'il ne reverrait jamais Stirling, mais il avait été trop aveugle pour le voir. Ou trop lâche pour l'admettre.

Il s'était raconté que Cate n'était qu'un moyen pour parvenir à une fin. Eh bien, ce n'était plus vrai, à supposer que ça l'ait jamais été. Cate était la fin en elle-même. Quelle que soit la blessure dont elle souffrait encore, ils pouvaient la guérir ensemble.

Ce n'est pas à moi, c'est à elle qu'il faut poser ces questions, avait dit Bessie.

Des questions comme : « Voulez-vous partager ma vie ? »

Mais il ne pouvait pas lui demander cela. Pas tant que certaines choses ne seraient pas clarifiées.

Tu n'es plus un Brunson. Je ne veux pas de toi ici.

Il semblait qu'il s'était écoulé une éternité depuis que Rob avait prononcé ces mots. Depuis, ils avaient chevauché côte à côte et combattu épaule contre épaule. Cependant, les paroles de Rob tenaient toujours. Il ne les avait pas reprises.

Et John ne lui avait pas demandé de le faire.

Il jeta un coup d'œil par la meurtrière. Le sol était dur, gelé, et poudré de neige fraîche. Un vent âpre et froid soufflait dans la vallée. Il eut l'impression que l'air humide le pénétrait jusqu'à la moelle des os.

Pourtant, il n'y avait aucun autre endroit sur la terre où il aurait préféré être.

Sur sa terre natale, il se sentait plus fort et plus assuré qu'il ne l'avait jamais été aux côtés du roi.

Etait-il le parfait habitant des Marches, comme Rob ? Non, sans doute. S'il restait, son frère et lui se querelleraient encore. Mais Rob devait savoir désormais que Johnnie Blunkit n'était plus le petit garçon aux yeux bleus qui traînait sa couverture dans ces escaliers.

John soupira. Il avait projeté de revenir ici triomphant, la broche royale fièrement épinglée à son torse. Un homme digne de respect.

Et maintenant, s'il voulait rester, il allait devoir faire ce qu'il avait cru ne jamais faire : s'humilier devant Rob et lui demander s'il pouvait revenir à la maison.

A moins que…

Il se leva en souriant. Allons, il y avait peut-être un autre moyen !

Chapitre 24

Il trouva Rob sur les remparts, occupé à scruter les alentours dans la crainte d'une nouvelle menace. Willie Storwick avait peut-être disparu, mais pas le reste de son clan.

Il alla se poster près de lui. En silence, ils regardèrent le ciel virer lentement au bleu foncé du crépuscule.

— Alors tu as tenu ta parole, dit enfin Rob.

Pas de remerciements ni de louanges. Nul n'en méritait, en l'occurrence. On annonçait qu'on allait faire une chose et on la faisait, voilà tout. Petit à petit, cela finissait par vous gagner le respect de tous, mais il fallait toute une vie pour cela.

— J'ai été aidé, déclara John.

— Alors c'est au chien que je devrais porter un toast ?

Il eut du mal à ignorer l'insulte.

Reste calme ! Tu n'es plus un gamin. Et si tu ne te mords pas la langue de temps en temps, Rob et toi allez vous quereller jusqu'à la fin des temps !

Sauf qu'aujourd'hui il avait une excellente raison de provoquer un combat…

— Tu doutes de moi ?

— Le devrais-je ?

John posa la main sur la poignée de son épée, en retenant un sourire.

— Viens faire un tour avec moi sur le terrain, si tu as des doutes. Comme autrefois !

— Peuh ! Je te battrai maintenant comme je te battais alors.

— Eh bien, nous allons voir cela ! répliqua John en tirant son épée du fourreau et en la faisant passer d'une main dans l'autre.

L'ombre d'un sourire passa sur les traits de Rob.

— Et quel sera l'enjeu, dans le cas très improbable où tu gagnerais ?

— Rester ici, en tant que Brunson. Dans ma maison.

Neuf mots, pour évoquer toute une vie.

Cette fois, aucun sourire n'éclaira le visage impassible de Rob. Impossible de savoir s'il était content, surpris ou hostile.

— Et si je gagne ?

John haussa les épaules, comme si c'était sans importance.

— Dans ce cas, je suppose que j'irai me remettre entre les mains de Sa Majesté le roi. Et je serai jugé pour trahison.

— Allons-y !

Ils descendirent du rempart pour gagner le coin de la cour où un peu de lumière s'attardait encore. Là même où ils s'affrontaient quand ils étaient enfants…

Rob tira son épée.

— Premier assaut, annonça-t-il d'un ton ferme. Commençons !

Lentement, ils se mirent à tourner l'un autour de l'autre d'un pas mesuré, chacun surveillant son adversaire. Il y avait des années qu'ils n'avaient pas croisé le fer. Autant dire toute une vie. Certes, ils avaient combattu ensemble ces derniers jours, mais côte à côte, dans des batailles où leur vie était en jeu. Pourtant, l'affrontement de ce soir, pour une raison inconnue, leur semblait plus important encore.

John avança sa lame vers Rob d'un geste lent, testant ainsi les réactions de son frère. Rob était plus large de stature et plus lourd que lui, mais il lui restait l'avantage de la vitesse. Il était plus rapide que son aîné.

Il faudrait bien que cela suffise.

Chacun d'eux observait l'autre, évaluant la longueur de

sa lame et la portée de son bras. Rob détenait l'avantage, son épée étant un peu plus longue. Dans le jour déclinant, qui projetait sur lui tout un jeu d'ombres mouvantes, John avait l'impression d'être encore le petit Johnnie d'antan, sur le point de se faire battre par son frère plus âgé que lui.

Résolument, il chassa ces images de son esprit. S'il attendait de Cate qu'elle surmonte ses souvenirs, il devait faire de même. Il devait être Johnnie le Courageux, comme elle était Cate la Hardie.

Rob porta la première botte, le manquant de peu. N'ayant pas oublié la cicatrice que lui avait infligée son frère bien des années plus tôt, John avait endossé le gilet de son père ; le sien, désormais, usé par les batailles, et si confortable ! Rob avait hérité du titre de Geordie le Rouge mais, dans cette veste cuirassée, John sentait la protection de son père. Et l'amour de Cate dans chaque point.

Il para avant de bondir en avant, et son adversaire eut à peine le temps d'esquiver. Rob ricana, visiblement surpris.

— J'ai appris quelques petites choses auprès du maître d'armes du roi, expliqua John avec un sourire.

A présent qu'ils s'étaient jaugés, tous deux savaient qu'ils étaient de forces appariées. Le combat fit donc rage, tandis que la lumière baissait peu à peu.

John commençait à ressentir la fatigue du jour précédent. Ses yeux le brûlaient, ses muscles tremblaient d'épuisement. Il s'était levé au milieu de la nuit, avait poursuivi Cate dans les montagnes et affronté Willie Storwick, avant de revenir célébrer cette victoire avec les autres. Un homme plus sage aurait attendu le lendemain pour provoquer son frère, après une bonne nuit de sommeil.

Il rassembla ses forces pour balancer sa lame de nouveau, en un mouvement tournant dont il usait déjà avec Rob quand ils étaient enfants. Cela ne réussissait jamais, à l'époque, et il n'espérait pas qu'il en serait autrement aujourd'hui, mais il voulait obliger Rob à reculer un peu, pour se ménager un petit temps de réflexion.

Au lieu de bloquer le coup comme il l'avait toujours fait, Rob plongea ou eut un geste maladroit, tout cela si vite que John n'eut pas le temps de comprendre ce qui se passait. La pointe de sa lame piqua l'épaule de son frère, qui se mit à saigner.

— Touché ! fit Rob en levant les mains pour signifier qu'il se rendait.

Chose étrange, il souriait.

— Ce n'est pas demain la veille que nous allons être débarrassés de toi ! s'exclama-t-il joyeusement.

Englouti dans l'étreinte puissante de son aîné, John dut lutter contre les larmes qui lui brouillaient soudain la vue.

Chez lui. Il était enfin de retour chez lui !

Il chercha le regard de son frère, qui l'avait promptement relâché. Avait-il fait exprès de le laisser gagner ? Que signifiait cette flamme mystérieuse dans ses yeux ?

— Merci, dit enfin John.

— Merci de quoi ? D'être mauvais à l'épée ? Tu ne me remercieras pour ça quand les Storwick reviendront faire un raid par ici !

— Quand ils viendront, nous serons assez nombreux pour les recevoir de pied ferme.

Rob haussa les sourcils, intrigué.

— Le roi va devoir se passer des Brunson pour ses batailles, ajouta John.

Cette fois, Rob eut un franc sourire.

John lui donna une tape dans le dos.

— Allez, viens ! Laissons Bessie te raccommoder avant que les charognards ne viennent tourner autour de toi.

Ils regagnèrent le château. Juste avant d'entrer, Rob posa la main sur l'épaule de son frère.

— Ce n'est pas ma permission qu'il te faut, Johnnie.

Il désigna d'un geste l'étage supérieur.

— C'est la sienne.

Puis tapotant l'épaule de John, il le poussa à l'intérieur.

— Va !

Elle finit par se lever à la tombée de la nuit et enfila la seule jupe qu'elle possédât encore. Pendant deux ans, elle avait su qui elle était et ce qu'elle voulait. A présent, toute hardiesse l'avait désertée.

La jupe sombre atteignait à peine ses chevilles et, sans ses braies, elle sentait le froid sur ses jambes. Au lieu de marcher à grandes enjambées, elle devrait écarter sa jupe à chaque pas.

Belde s'assit et leva la tête vers elle, surpris. Elle s'accroupit devant lui et le caressa derrière les oreilles.

— Je t'ai appelé Belde. Et c'était ce que je voulais être — audacieuse, brave, et plus jamais paralysée de peur.

Des larmes chaudes coulèrent sur ses joues. Elle enfouit le visage dans la fourrure tiède.

— Puis le moment est venu et ça n'a pas suffi… J'ai frappé, donné des coups de pied et griffé, mais…

La voix de John retentit soudain derrière elle.

— Cate, vous êtes réveillée !

Elle essuya ses joues du revers de la main, tandis que Belde s'élançait vers John en remuant la queue en signe de bienvenue.

Cate se releva et vacilla. Elle était restée si longtemps couchée que la tête lui tournait lorsqu'elle était debout.

En un clin d'œil, John fut auprès d'elle pour lui prêter le secours de son bras, comme si elle était le genre de femme incapable de faire un pas sans protection ! Peut-être avait-il raison, après tout. La lâcheté dont elle avait fait preuve avait failli le tuer.

— Laissez-moi ! intima-t-elle pourtant d'une voix rauque.

Il la lâcha aussitôt et elle reprit son équilibre toute seule. Elle n'avait pas gagné le droit de se tenir à son côté.

John l'examina des pieds à la tête et fronça les sourcils, étonné, mais ne lui posa pas de questions au sujet de la jupe.

— Assis ! ordonna-t-il à Belde, qui bondissait pour atteindre sa main.

Au grand étonnement de Cate, le chien obéit, puis les regarda tour à tour, indécis.

John tendit à Cate un pain bannock.

— J'ai pensé que vous deviez être affamée.

Affamée ? Elle le fut tout à coup, comme si son estomac la rappelait à l'ordre.

La première bouchée lui parut divine, aussi douce que du miel. Les gâteaux d'avoine n'étaient pas aussi sucrés, d'habitude. Bessie avait dû confectionner celui-ci spécialement pour elle. Elle ferma un instant les yeux pour le savourer.

Lorsqu'elle les rouvrit, elle surprit le regard de John sur elle.

— Vous… vous allez bien ?

Depuis quand Johnnie Brunson avait-il du mal à trouver ses mots ?

Elle mangea lentement pour gagner un peu de temps. Il n'y avait pas de réponse à cette question, ou du moins aucune qu'elle souhaitât lui donner.

— Assez bien, murmura-t-elle enfin après avoir avalé la dernière bouchée.

— Alors venez avec moi. Nous allons faire une promenade à cheval.

Ce n'était pas une requête, mais une injonction. Avant qu'elle n'ait eu le temps de refuser, Belde poussa un aboiement et trotta joyeusement vers la porte.

Pauvre animal fidèle ! Il était resté enfermé toute la journée et devait avoir grand besoin de se dégourdir les pattes. Elle ne devait pas lui faire supporter les conséquences de ses propres fautes. De plus, elle ne voulait pas rester seule avec John dans une chambre qui ne lui rappelait que trop de souvenirs.

Sans doute John allait-il lui annoncer qu'il partait avec ses hommes pour rejoindre le roi et lui faire ses adieux.

Il lui drapa un manteau sur les épaules — comme si elle était incapable de le faire elle-même ! Cependant, elle eut bel et bien besoin de son bras pour descendre l'escalier. Après cette longue journée au lit, elle avait les jambes en coton.

Belde, tout excité, dévala les marches devant eux. En débouchant dans la cour après lui, Cate sentit une rafale de vent froid la transpercer et elle regretta ses vêtements d'homme. L'air frais lui parut néanmoins revigorant et acheva de la réveiller. John se tenait tout près d'elle, son regard bleu empreint de gravité mais, comme toujours, un sourire à peine perceptible jouait sur ses lèvres.

Elle jeta un coup d'œil vers le portail.

— A-t-on signalé des Storwick dans les parages ?

Il secoua la tête.

— Les hommes viennent juste de rentrer après avoir patrouillé dans les montagnes. Ils n'ont vu personne. Ne craignez rien, vous êtes en sécurité.

En sécurité ? Non. Elle ne serait jamais en sécurité. Parce qu'elle n'avait pas été capable de se sauver elle-même, ni de sauver John.

Fou de joie à la perspective de la promenade, Belde tournait autour d'eux en bondissant tandis qu'ils enfourchaient les poneys. Quand le portail s'ouvrit devant eux, il s'élança en avant.

Cate comprit trop tard où John la conduisait.

Sur Hogback Hill.

Silencieux, John la regardait chevaucher à son côté, ne sachant trop comment s'adresser à cette étrange cavalière qui ressemblait plus au fantôme de Cate qu'à Cate elle-même.

Il sut à quel moment précis elle devina où ils allaient, car il la vit se tourner sur sa selle et ouvrir la bouche pour protester. Mais il éperonna son cheval et la dépassa, laissant le vent emporter ses paroles.

C'était sur cette montagne qu'elle s'était perdue. Alors c'était là qu'ils devaient aller pour la retrouver.

Il accéléra l'allure juste assez pour se maintenir hors de portée de voix, en espérant qu'elle ne ferait pas demi-tour pour rentrer sans lui. Contre toute attente, elle le suivit docilement.

Lorsqu'ils eurent atteint le cercle de mégalithes, il mit pied à terre et attendit, tandis que Cate demeurait immobile sur sa selle.

— Descendez, dit-il enfin. J'ai à vous parler.

Comme un automate, elle se laissa glisser de son cheval, les yeux baissés.

John se demanda quel homme il avait bien pu être à son arrivée ici, pour s'imaginer qu'il connaissait quoi que ce soit aux femmes. Sur le sommet de cette montagne glacée et balayée par le vent, en face d'une Cate qu'il reconnaissait à peine, force lui fut d'admettre qu'il n'y connaissait rien du tout.

Eh bien, puisqu'ils le revendiquaient comme un des leurs, c'était à ses ancêtres de l'aider, à présent !

Il la prit par les épaules.

— Tout est accompli, Cate. C'est terminé !

Elle baissa les yeux vers le ravin, puis hocha imperceptiblement la tête.

— Vous avez eu votre vengeance.

— Oui, murmura-t-elle.

En même temps, elle secoua la tête comme pour affirmer le contraire !

— Et j'ai tenu ma parole.

Son regard rencontra enfin le sien.

— Oui, vous l'avez tenue.

John déglutit. Allons, c'était le moment !

— Cate, j'aimerais que vous deveniez mon épouse.

Il retint son souffle. Il ne lui avait jamais parlé de mariage, c'était un fait. Cependant, s'il l'avait vengée, ce n'était pas seulement pour l'honneur familial. Il le savait désormais, et elle avait dû le comprendre depuis longtemps. Sans cela, lui aurait-elle fait le don de son corps ?

Alors pourquoi redoutait-il tant sa réponse ?

— Votre épouse ?

Elle avait répété le mot comme s'il lui était étranger.

— Oui, ma femme, idiote !

Il s'était exprimé avec plus de rudesse qu'il n'en avait eu l'intention. C'était lui, l'idiot ! Pourquoi ne pouvait-il aplanir les choses avec cette femme une bonne fois pour toutes ?

Elle cilla.

— Pourquoi voudriez-vous d'une fille déshonorée ?

Déshonorée ? Ce fut au tour de John de ciller. Il l'avait prise, certes, mais il s'était aussi donné à elle.

— Ce n'est pas le mot qui convient pour ce que nous avons fait.

— Oh ! je ne parle pas de vous !

Elle jeta un coup d'œil vers le ravin.

— C'était à lui que je pensais.

Il suivit son regard et repensa à cette nuit où elle s'était confiée à lui, se refusant à ce que les autres sachent, dans la crainte de ce qu'ils penseraient.

— Je me soucie de ça comme d'une guigne !

— Vous vous en êtes soucié assez pour le tuer.

— Je me suis soucié de vous, et de la promesse que je vous avais faite. Mais je me moque de ce qui s'est passé avant. Sauf que cela vous rend triste !

— Triste ?

Elle leva les yeux vers les nuages chargés de neige.

— Quel mot étrange…, fit-elle dans un murmure.

Elle s'exprimait sans la moindre intonation, et il dut résister à l'envie de la secouer pour la tirer de sa torpeur. Qu'était donc devenue l'intrépide guerrière qu'il aimait ? Elle semblait avoir disparu, ne laissant derrière elle qu'un inconsistant fantôme vêtu d'une robe.

Les mains posées sur ses épaules, il hésita. Laquelle des deux était la véritable Cate ? La guerrière n'avait-elle été qu'une apparence, une simple armure ? Et si la femme qu'il avait en cet instant sous les yeux était la vraie Cate ?

Pourrait-il aimer celle-là comme il avait aimé l'autre ?

— Alors dites-moi, dit-il d'un ton plus doux. Dites-moi quel est le mot qui convient.

Pour la première fois, son regard se fixa sur lui et elle parut le voir vraiment.

— Cela a fait de moi une couarde.

Il se récria devant la dureté de ce mot.

— Je ne laisserai personne vous appeler ainsi, pas même vous ! Comment pouvez-vous penser cela un seul instant ?

— Parce que c'est ce que je suis !

Elle écarta les bras, se dégageant de son étreinte. Au moins, elle réagissait de nouveau. Au moins, quelque chose en elle reprenait vie.

— Storwick est mort, déclara-t-il. Le ciel a fait justice.

— Je me moque de la justice du ciel ! s'écria-t-elle en lui martelant la poitrine. Je veux ma justice à moi ! Vous comprenez ? La mienne !

Il voulut répliquer, mais elle ne lui en laissa pas le temps.

— C'était censé se passer autrement. J'étais censée être différente. Mais ça n'a servi à rien. Je n'ai pas pu l'arrêter. Je n'ai pas pu me sauver moi-même. Et j'ai été incapable de vous sauver !

Il reconnaissait sa Cate, à présent, celle qui avait tant brûlé de se venger. Mais ce qu'elle voulait, en fin de compte, ce n'était pas la vengeance.

C'était changer le passé.

Et, parce qu'elle ne le pouvait pas, elle retournait contre elle toute la haine qu'elle avait vouée au Balafré.

— Vous vous imaginiez peut-être que tuer Willie allait vous rendre votre virginité ?

Elle le regarda, stupéfaite.

— Non, bien sûr. Mais je pensais…

Elle déglutit.

— Je pensais que cela me rendrait digne de vous.

— Mais vous l'êtes ! Est-ce que je ne viens pas de vous demander en mariage ?

Elle secoua la tête.

— Retournez près de votre roi, Johnnie ! Retournez près de vos belles dames de la cour. Trouvez-vous quelqu'un qui puisse partager votre lit sans voir des démons et combattre des cauchemars. Quelqu'un qui puisse… qui puisse…

Elle serra les lèvres pour ravaler ses larmes.

Il s'empara de ses mains.

— C'est ici que je veux vivre, Cate.

— Pourquoi ?

Une question si simple ! Et la réponse, désormais, était tout aussi simple.

— Parce que c'est à cette terre que j'appartiens.

De nouveau lointaine, elle secoua la tête.

— Ne restez pas ici pour moi, Johnnie Brunson. Je n'ai pas gagné le droit de vous retenir.

Resserrant sa cape autour d'elle, elle retourna vers le poney. John l'aida à se mettre en selle et elle s'engagea sur le versant sans l'attendre. Belde la suivit, non sans avoir jeté en arrière un regard de reproche.

John la héla avant qu'elle ne soit hors de portée de voix.

— Quand vous serez prête, je serai là !

Il serait là, oui. Assez longtemps pour qu'elle redevienne Cate de nouveau.

Mais tandis qu'il redescendait la montagne, voûté contre

le froid, il ne perçut pas le moindre réconfort dans les chuchotements du vent.

Tant que Cate ne croirait pas en elle-même, elle ne pourrait pas croire non plus en leur couple.

Même l'amour ne pouvait pas changer le passé.

Chapitre 25

J'aimerais que vous deveniez mon épouse.

Seule dans sa chambre, où elle était restée de nouveau terrée toute la journée, Cate se ressassait ces étranges paroles. Tout ce qu'elle n'avait même pas osé espérer était là, devant elle, et elle n'avait pas le courage de s'en saisir.

Elle avait combattu Willie Storwick tant qu'il était en vie, seulement pour découvrir qu'il l'avait vaincue dans la mort. Si elle couchait de nouveau avec Johnnie, les affreux souvenirs risquaient de se réveiller encore et encore, la retenant dans les griffes de la peur.

Non, elle ne prendrait pas ce risque. Pour elle-même, mais surtout pour Johnnie. Il lui fallait une véritable épouse. Une femme capable de rire, d'aimer, de s'abandonner et de construire avec lui ces instants de bonheur qu'ils avaient vécus ensemble.

Ces instants qu'elle avait tant aimés…

Un coup léger fut frappé à la porte, et Bessie entra dans la chambre avec un panier de linge fraîchement lavé. Elle adressa un signe de tête à Cate, puis posa tranquillement des draps sur le lit avant de se mettre à ranger les chemises propres dans le coffre.

— Pouvez-vous m'aider à changer les draps ?

Cate se leva et retira le drap de dessus, tandis que Bessie prenait celui du dessous.

— Si vous avez l'intention de porter des jupes, à présent, il va falloir que vous vous en cousiez de nouvelles.

Surprise, Cate leva les yeux vers Bessie, qui n'attendait visiblement pas de réponse. Ces simples mots, pourtant, la sommaient de faire un choix. Elle ne pouvait pas se cacher éternellement dans cette chambre !

— A vrai dire, je ne sais pas ce que je vais faire maintenant !

Bessie déplia un drap et le posa sur le matelas.

— Je n'aurais jamais pu avoir le courage que vous avez montré depuis…

Elle n'acheva pas sa phrase, c'était inutile.

— Du courage ? La peur ne m'a pas quittée un seul instant !

Et elle me hante encore.

— Vous avez su aller au bout de chaque journée et, la nuit, vous avez affronté vos cauchemars. Vous avez continué à vivre comme si de rien n'était malgré votre peur. Moi, j'appelle cela du courage !

Cate secoua la tête.

— Ce n'est pas ce genre de courage dont j'ai besoin maintenant.

— Que craignez-vous, à présent ?

De ne pas être à sa hauteur.

Elle lissa le drap propre sur le lit. Le lit où John et elle avaient fait ce que font ensemble les hommes et les femmes. Il désirait une épouse, une vraie. Pas question de le lier pour toujours à une femme qui se figerait ou crierait sous lui de terreur !

Mais c'était là des pensées trop intimes pour être partagées.

— J'ai peur d'être sa femme.

Bessie, la patiente Bessie, borda le drap de son côté. Puis elle se redressa avec un soupir.

— On nous donne ce dont nous avons réellement besoin. Ce qu'il vous faut, à vous, ce ne sont pas des épées ni des dagues, ni des raids sur les terres des Storwick. C'est le courage de dire « oui ».

Dire oui…

Etre allongée près de John dans l'obscurité.

Faire l'amour avec lui.

Lui permettre de la posséder.

Lui laisser voir ses peurs et tout le reste…

Pouvait-elle dire oui à tout cela ?

Si elle n'y arrivait pas, la mort du Balafré ne servirait à rien. Son avenir ne serait pas différent de son passé.

— Voudriez-vous…

Elle s'éclaircit la gorge.

— Voudriez-vous dire à John que je suis prête ?

Après le départ de Bessie, Cate resta debout près du lit fraîchement refait, en serrant les poings pour empêcher ses mains de trembler.

Il n'y avait rien à craindre, rien du tout !

Johnnie, songea-t-elle en entendant la porte s'ouvrir derrière elle.

Il se tenait là, sur le seuil.

Johnnie qui lui avait affirmé qu'il l'aimait…

Il la regarda un long moment en silence, lui laissant tout le temps dont elle avait besoin.

Elle déglutit.

— Vous m'avez dit que lorsque je serai prête… vous seriez là.

— Oui.

Cruel, il ne lui demanda pas si elle était effectivement prête ; il ne lui facilita pas l'aveu en lui laissant seulement un faible « oui » à murmurer.

Il se contenta d'attendre.

— Eh bien, je suis prête, dit-elle enfin.

Il arqua un sourcil.

— Ah bon ?

Une légère amertume vibrait dans sa voix, écho de la souffrance qu'elle lui avait infligée sans le vouloir.

— Vous êtes prête à quoi exactement ? A l'union de toute une vie ? A faire l'amour sans cette armure protectrice autour de votre cœur ? A abandonner votre corps à votre époux dans le noir ? Si vous n'êtes pas prête pour tout cela, alors je ne suis pas prêt pour vous !

Cette énumération la fit trembler. Et si elle se pétrifiait de peur, si elle criait ou se débattait quand viendrait le moment de l'amour ?

D'un autre côté, elle ne pouvait rester indéfiniment là à hésiter, sans jamais savoir !

— Je suis prête à affronter ma peur. Si vous voulez bien m'aider.

Le visage de John s'éclaira enfin et il l'attira dans ses bras. Puissants, protecteurs.

— Qu'est-ce qu'un homme pourrait demander de plus ?

— J'ai peur… d'avoir toujours peur !

— Tant que vous n'avez pas peur de moi…, la taquina-t-il avec un sourire.

Il s'écarta légèrement, comme pour lui laisser un peu d'espace, un peu de temps. Ne pas la brusquer trop tôt.

— Je peux être très précautionneux, vous savez…

Non. Ce serait pire. Elle deviendrait pour lui un fardeau au lieu d'une partenaire.

— Je ne veux pas de traitement spécial. Willie Storwick n'entrera pas dans notre chambre.

— Mais si vous…

— Non ! Nous ne pourrons jamais avoir une vie normale, si ma peur devient aussi la vôtre. Vous êtes Johnnie le Courageux, et je suis Cate la Hardie !

Elle le regarda droit dans les yeux.

— Aussi brave dans l'amour que dans la bataille…

Un sourire voleta sur les lèvres de John.

— Alors venez m'affronter, ma Cate. Il n'y aura pas de perdant !

Il lui prit les lèvres sans la moindre délicatesse, d'un baiser exigeant, introduisant sa langue en elle pour explorer sa bouche, prémices de ce qui allait suivre. Et elle l'embrassa en retour, jusqu'à ce qu'ils communient dans la même ardeur. Pas de conquérant ni de vaincu, tous deux s'abandonnant l'un à l'autre !

Le désir jaillit en elle, si nouveau et si violent à la fois, un désir farouche qui échappait à son contrôle.

D'un geste impatient, elle tira sur la tunique de John et baissa ses braies, refusant d'attendre un instant de plus. Cette fois, ce ne serait pas une union prudente et timorée comme la dernière fois. Elle le voulait tout entier, et tout de suite. Sous ses mains avides, elle sentait la chaleur de sa peau, la dureté de ses muscles, la mousse dorée des poils sur son torse.

Impatiente de sentir sa chair contre la sienne, elle l'aida tandis qu'il la déshabillait. Lorsque ses vêtements furent enfin épars sur le sol, elle ne sentit plus que les lèvres de John, sa peau contre la sienne, et la fraîcheur de l'air sur son corps.

Il lui embrassa le cou ; elle lui embrassa les épaules. Il lui taquina le bout des seins ; elle lui caressa les cuisses. Il gémit ; elle poussa un léger cri.

Puis il reprit sa bouche et ils se retrouvèrent sur le lit. Plus le temps de penser, d'hésiter.

Jusqu'au moment où il se coucha sur elle, clouant son corps sous le sien.

L'espace d'un instant, elle se raidit. John, pantelant, roula aussitôt sur le côté.

Elle serra les dents. Oh ! ce stupide corps, si sottement entêté ! Elle aurait voulu se battre.

Des larmes de frustration lui piquèrent les paupières et le visage aimé se brouilla sous ses yeux.

— Non ! Ne vous arrêtez pas !

Mais elle vit le doute dans son regard.

— Je ne peux pas. Pas si…

Alors elle lut sur son visage, et elle comprit qu'elle le possédait aussi totalement qu'il la possédait. Même quand elle lui avait fait l'amour, à cheval sur lui, il n'était pas en position d'infériorité. Et elle ne le serait pas non plus. Quand on était uni dans l'amour, il n'y avait pas de vainqueur ni de vaincu, de prédateur ni de proie. Il n'y avait plus qu'un seul être, celui qu'ils formaient ensemble.

— Vous êtes Johnnie Brunson, dit-elle. L'homme que j'aime. L'homme que je désire. L'homme qui va me prendre. Et que je prendrai en retour.

— Cette fois, vous êtes vraiment Cate la Hardie. Car ce que vous êtes en train de faire demande plus de courage que d'affronter toute une armée de soldats !

— Faites-moi de nouveaux souvenirs, Johnnie.

Alors il s'empara de ses lèvres, puis de tout son corps, les propulsant tous deux dans un monde protégé qui n'appartenait qu'à eux.

Elle s'éveilla au lever du soleil, avec l'agréable sensation de la jambe de John pesant sur elle et une énergie toute neuve. Peut-être sa blessure guérirait-elle comme le faisaient les blessures physiques, la laissant plus forte aux endroits atteints.

John ouvrit les yeux, ses magnifiques yeux d'un bleu très doux, et lui sourit.

— A présent, il va falloir officialiser notre union, vous ne croyez pas ?

Leur union. Elle se sentit vibrer de joie jusque dans les moindres fibres de son corps.

Un tel soulagement…

Puis la réalité reprit ses droits.

— Vous voulez donc rester ici ?

Souriant toujours, il se pencha vers elle, appuyé sur un coude.

— Le roi Jacques ne sera guère d'humeur à me pardonner, je le crains. J'aurai de la chance si notre estimable gouverneur ne décide pas que je mérite la pendaison.

Cate hocha la tête. Nul ne savait si Carwell était un ami ou un ennemi, en fin de compte.

— Mais si le roi vous pardonne ?

John secoua la tête, conscient de l'anxiété qui vibrait dans ces mots.

— Même alors, je resterai ici. A la maison.

A la maison.

Cate réfléchit un instant. A la maison, c'était bel et bon, mais si Rob n'était pas d'accord, ils devraient s'exiler sur ces Terres litigieuses où Willie le Balafré avait un temps trouvé refuge.

— Où habiterons-nous ? s'enquit-elle.

Il lui tira doucement les cheveux, comme pour les faire pousser plus vite.

— Rob et moi avons eu une petite conversation à ce sujet.

Cate devina à son sourire que la conversation n'avait pas dû tenir une grande place dans leur échange.

Elle le secoua par les épaules, impatiente.

— Et alors ? Qu'a-t-il dit ?

— Il m'a chargé de vous demander si vous vous contenteriez de la moitié de la chambre seigneuriale. En construisant une cloison, bien entendu…

Avec un rire argentin, elle le fit rouler sur le dos pour s'emparer de ses lèvres.

Et ils ne parlèrent plus pendant un long, très long moment…

Épilogue

Il a toujours espéré que tu reviendrais à la maison...

Debout sur les remparts, une semaine plus tard, John essayait de capter dans le vent un écho de la voix de son père.

— Bessie avait-elle raison, vieil homme ? Est-ce cela que tu voulais ?

Car il n'y aurait pas de retour en arrière. Quand la nouvelle de la mort du Balafré se répandrait, il deviendrait un homme pourchassé. Un homme qui avait tourné le dos aux titres, à la richesse et au pouvoir — à tout ce qu'un roi pouvait offrir.

Pourtant, tout en contemplant les montagnes drapées de neige, il avait l'impression d'être bien plus qu'un roi. Le futur époux d'une femme sans pareille, une femme qu'il était prêt à protéger au péril de sa vie.

Car cela pourrait s'avérer nécessaire. Carwell allait se mettre à la recherche de celui qui avait tué Willie Storwick. Et si on lui disait que c'était un chien, le croirait-il ?

Il sourit. Qu'on laisse les chanteurs de ballades raconter une plus belle histoire ! Qu'on les laisse célébrer Cate la Hardie, aussi brave que le premier Brunson.

— Johnnie ? Le souper est prêt ! Tu ne viens pas ?

Bessie se tenait en haut de l'escalier.

— Viens voir ! lui dit-il. Le vent est tombé.

Le crépuscule avait jeté sa teinte d'or sur le ciel au-dessus des sommets enneigés. Bessie vint s'accouder près de lui pour admirer le coucher du soleil.

— Voulait-il vraiment que je revienne à la maison ?

Pas besoin de prononcer le nom. Bessie comprendrait, il en était sûr. Il avait attendu si longtemps pour poser cette question, dont il appréhendait la réponse.

— Oui.

Un seul mot, mais il lui apporta la paix qu'il avait si désespérément cherchée pendant une bonne moitié de son existence.

— Mais il ne m'a jamais envoyé une seule lettre, ne s'est jamais enquis de ce que pouvait être ma vie !

La blessure, que les années n'avaient que partiellement cicatrisée, sembla se rouvrir de nouveau.

Bessie secoua la tête.

— A quoi cela aurait-il servi, si nous t'avions informé des petits événements de notre vie ? Cela n'aurait fait qu'attiser ta nostalgie. Mieux valait que tu te construises une nouvelle vie.

John secoua la tête à son tour. Il ne leur était donc pas venu à l'esprit que sa famille lui avait manqué malgré tout ?

— Mais il espérait que tu reviendrais, reprit-elle.

— Pour lui demander d'envoyer des hommes au roi ?

Elle esquissa un sourire ironique, qui n'était pas sans rappeler celui de Rob.

— Oh ! ça ! Je crois qu'il aurait accueilli la demande encore plus fraîchement que Rob !

— Tu es sûre qu'il ne voulait pas simplement se débarrasser d'un fils qu'il n'appréciait guère ?

Elle se détourna des montagnes obscurcies et lui fit face.

— Non. Il savait que tu devais vivre dans un endroit où tu ne serais plus Johnnie Blunkit.

John sentit sa gorge se serrer à ces mots. Un endroit où il pourrait apprendre à être lui-même, avant de devenir un Brunson…

Décidément, Geordie le Rouge était un homme plus sage qu'il ne l'avait imaginé !

— Il aimait la vie ici, reprit-elle. Et Rob appartient à ces terres depuis sa naissance. Mais toi, il voulait que tu sois libre de choisir une autre existence, si tel était ton désir.

John inspira longuement l'air vivifiant des Marches.

— Que pourrais-je désirer de mieux ?

Il se retourna pour lui sourire et, l'espace d'un instant, il crut voir passer une ombre sur son visage. De la nostalgie ? De l'envie ?

Une fois de plus, il se demanda quel avenir attendait sa sœur.

— Bessie ?

La voix de Cate résonna dans l'escalier.

— Vous êtes là, Johnnie ?

Elle les rejoignit sur le rempart et sa seule vue arracha à John un sourire de bonheur.

— Venez donc manger ! J'ai fait un pâté à la viande. Si vous ne vous dépêchez pas, Belde va le manger pour nous !

Avec une mimique faussement réprobatrice, Bessie se hâta de descendre pour sauver le dîner, tandis que Cate se tournait vers John.

— Moi, j'ai envie d'autre chose, ce soir, dit-elle timidement en baissant les yeux.

Le corps de John répondit instantanément à l'invite.

— Là, tout de suite ?

Il réprima le sourire qui lui était monté aux lèvres. C'était encore si nouveau pour elle ! Il ne voulait pas la brusquer.

— Vous pouvez dire non, vous savez !

Elle releva la tête pour rencontrer son regard.

— Oui ! Oui ! Et mille fois oui !

John lui prit les lèvres, en songeant que le souper allait devoir attendre.

Sa maison, c'était là où se trouvait Cate.

Et si les hommes du roi venaient pour s'emparer de lui, eh bien lui et Cate, et des générations de Brunson, les attendraient de pied ferme.

*
* *

A présent, laissez-moi vous chanter l'histoire de Cate la Hardie,

Qui parcourait les montagnes avec son intrépide chien Belde…

Pendant des années et des années, longtemps après la mort de tous ceux qui l'avaient connue, on continua à chanter la Guerrière de Liddesdale, et à raconter comment elle se glissait dehors par les nuits sans lune afin de pourchasser et de tuer son ennemi.

Et le chant racontait aussi comment le roi s'était précipité dans les Marches pour punir le meurtrier de Willie Storwick.

Et s'était retrouvé face à une femme.

Mais cela, c'est un conte pour une autre fois.